上党戏班演义

SHANGDANG XIBAN YANYI

卢艺明◎著

中国戏剧出版社
CHINA THEATRE PRESS

图书在版编目（CIP）数据

上党戏班演义 / 卢艺明著. -- 北京 : 中国戏剧出
版社，2021.6
ISBN 978-7-104-05095-7

Ⅰ. ①上… Ⅱ. ①卢… Ⅲ. ①长篇小说－中国－当代
Ⅳ. ①I247.5

中国版本图书馆CIP数据核字(2021)第114518号

上党戏班演义

责任编辑：杨　娟　闫续哲
责任印制：冯志强

出版发行：中国戏剧出版社
出 版 人：樊国宾
社　　址：北京市西城区天宁寺前街2号国家音乐产业基地L座
邮　　编：100055
网　　址：www.theatrebook.cn
电　　话：010-63385980（总编室）
传　　真：010-63383910（发行部）

读者服务：010-63381560
邮购地址：北京市西城区天宁寺前街2号国家音乐产业基地L座

印　　刷：鑫海达（天津）印务有限公司
开　　本：787mm×1092mm　1/16
印　　张：15.5
字　　数：217千字
版　　次：2021年6月　北京第1版第1次印刷
书　　号：ISBN 978-7-104-05095-7
定　　价：98.00元

目　录

引　子

余幼顽劣不喜学，常逃课，游走于乡野。水泊草丛间，逮鱼扑蝶；树头屋檐下，捕蝉掏雀；场院里巷人聚处，坐听家长里短；街铺路阁棋局旁，默立静观不言。

村有老丈，姓蒋名书，高颧深目，模样高古。大排行第九，人称九叔。人无分老幼，一样称呼。九叔曾经纪戏班，口齿伶俐擅讲。四时奔走写台口，足遍十里八乡。经多见广，攒下一肚子故事。日常谈说，听来如满口戏词。

九叔既老，解甲卸袍，回归故里，颐养天年。许是存钱无多，囊中羞涩，许是别艺在身九叔技痒。炸制麻花，鸡蛋和面，酥脆甜香，橙亮金黄。杖挑竹篮，沽卖沿街，不用唤头，无须惊闺。凭讲故事，招徕生业，现编曲辞，以飨食客。村人多喜食九叔麻花，当然更爱听九叔讲古。见九叔杖挑竹篮而至，遂纷至沓来。买得麻花，不急回家，择处坐定，待听讲古。圈围几层，听者如堵，九叔到处，顿成书场。九叔开言，说今道古。千头万绪，不一而足。戏剧源流，戏曲回目；梨园逸闻，舞台旧俗；班社旧事，名伶掌故。娓娓道来，侃侃而述。

余常随九叔行藏，听讲过故事多场。九叔虽早已作古，言语犹常萦耳旁。今欲将九叔所讲诉诸文字，奈何笔力不逮心底恐慌。常虑才疏学浅言不达意，深恐思匮语乏难成文章。遥想当年九叔筐篮尽处，尚留余渣；念九叔慷慨施舍，尽入吾肠。惭愧吾今纸上所记尽乃边角零碎，恍如旧时九叔筐底所剩余渣碎蘼；笑思九叔若在天有灵定会遗憾，早知该以整根麻花相赠，说不定能喂出小子肚里大块文章。噫吁！抱愧且将当年所闻铺陈纸上，汗颜敬请列位看官费目观赏。

闲话少说，鸣锣开场。

“嘚儿隆咚，锵锵锵锵！”

……

第一回

三乐意班初露头角　开元宫前一派宫商

九叔讲古：

晋城西南，有村望头。
开元宫中，祀唐明皇。
龙眉凤目，长髯三绺。
梨园始祖，伶界老郎。
潞州别驾，上党缘厚。
千年祭拜，源源相守。
民国二年，开元缮修。
功成貌焕，演戏献酬。
三乐意班，后起之秀。
驾前献演，头角展露。

一九一三年，甫一起班的东宅三乐意戏班，即受邀于望城头开元宫前，为梨园始祖老郎神献演神戏。一夜之间，东宅三乐意如一匹黑马般地，成了上党梨园行风头最劲的戏曲班社。

这年四月二十四那天一早，已多年没热闹过的望城头村，开元宫前新搭起的五彩戏楼下，早已聚起了不少的村人，或站或坐，闹闹哄哄地围观戏班装台挂幕。人群里，早先望城头复源班演包头的冯耀熙和复盛班演二净的安濡笃，而今歇业在家的俩老家儿，指着戏楼上刚挂起来的条幅——“高邑东宅三乐意班”，你一言我一语地搭话，言语间却多含不屑与嘲讽。

望城头也叫望头，是晋城西南厢四十八里处的一个村庄。因站在村西高岭处，能望见周村镇的城楼，故得此村名。望城头村子狭长，西高东低，东西绵亘里许，周长三里有余。村东北一条官道，南通清化，西至翼城，是驮骡马帮必经之道。踞地利之便的望城头，自古以来就是轮聚辐辏、车马繁华之地。

虽轮聚辐辏、车马繁华，却奈何山多土薄、地瘠民贫。此地乡民受此窘迫，多以营务拉脚赶牲口为业，亦有不少子弟不得已入了梨园行。百姓间自古就流传着“秋泉、李寨、望城头，不是唱戏就赶牲口”的谚语，说的正是这一带赶脚的多，唱戏的也多。望城头千户人家中，以唱戏为生者就有三百余。村里先后有过恒顺班、义盛班、复源班、复盛班等十数个戏曲班社。村人郭王保、翟根印、翟宿州、郭圭圭，都是上党戏里的好把式。戏王茹补补、名红生段发荣、名小旦刘丫头、名二净陈喜科、名小生霍银州，也都是秋泉李寨望城头这一带人。

只听那冯耀熙说道：“三乐意，三乐意，也不知是个甚样的草台班子，也敢来这开元宫前献丑？”安濡笃一旁帮腔道：“可不是甚！想当年，咱望城头就是唱那庙会戏，也是非进过文庙的上五班不写。现如今，就算是敬献给祖师爷的神戏都敢瞎对付！世道变了，人心坏了啊！”

望城头村里有座开元宫，正殿居中端坐着的老郎神，龙眉凤目，三绺长髯，头戴乌纱帽折上巾，衣着赭黄色金龙袍，左右有内相式侍者伺候。儒雅俊秀、王气尽露的老郎神，相传就是唐明皇李隆基。一生笃乐好舞、精通音律的他，登大位前任潞州别驾时，就经常出入于道观，与演奏法曲的道士们过从甚密。山西，自古以来就是道教繁盛之地，域内道教宫观比比皆是。道教祀神以乐为尊，道教音乐博采众长、细微精深，潞州别驾李隆基浸淫其间良久，自然对此了如指掌。登大位后的他，将道教法曲引入宫廷，设立法曲部，又设教坊司，且亲自于梨园中教习歌儿舞女。史载：“逢梨园演戏，明皇亦扮演登场，掩其本来面目。惟串演之下，不便称臣，而关乎体统，故尊为老郎之称。”后世伶界艺人深念明皇恩德，奉其为梨园始祖，尊其当年串演时之虚号“老郎神”为名，传布后世。

俩老家儿你唱我和的一番对话，像是给本就沸腾大锅底下的烈火上又浇了勺油，人堆里更加乱语喧哗，纷纷评头论足起了这前来献演神戏的高平东宅三乐意戏班。

此番前来的三乐意起班未久，的确还是个名不见经传的戏班子。这也难怪望城头的村民们会有如此热烈的议论。望城头可是个戏窝子，什么大名鼎鼎的戏班没见过？再者说，在这戏曲班社林立的上党之地，配在开元宫前献演神戏的名班社，数出一百家去，怕也未必能轮得上一个起班未久的戏班啊！可见过大世面的望城头村民们却也心底明白：能被邀前来这祖师爷驾前献演的班社，想来也不会差到哪里去！试问所有的梨园子弟，谁人又敢在老郎神驾前耍滑头？评头论足，众说纷纭。开元宫前的望城头村民们，对这三乐意戏班褒贬不一，莫衷一是。

清代的康熙至道光年间，山西境内梆子声腔兴盛，梨园行空前繁荣。望城头开元宫即建于道光甲申年，此后历五十载岁月荏苒，风摧雨浸的开元宫，于同治十三年（一八七四）时就有过一次重修。展眼间又是数十载光阴，到了一九一三年，上党地界的戏曲艺人们喜逢新世、心怀愿景，从望城头走出去，遍布于上党各大戏班里的名艺人们带头集资，将墙坍屋漏、蒿蔓藜侵的开元宫内外修缮，重绘朱阁绿牖，再装玉貌金身，焕新了庙貌，也设立了新规：由望城头的名艺人按年轮班执事，主持当年开元宫里的一应祭祀，并安排望头籍老艺人郭发卿留守开元宫，供奉日常香火。工成之日，望城头阖村喜气洋洋，赛社迎神、献戏酬神；在村边姜沟滩打铁花、放烟火，这些本应在年节时才会举行的隆重仪式，一并被安排在庆贺开元宫缮修庆典时举行。还特意邀请了高平东宅三乐意戏班，前来为老郎神献演神戏。

留守开元宫的老艺人郭发卿，见众人议论纷纷，就向大家说道：“这三乐意刚起班不假，可你们知道这三乐意的掌班是谁吗？他可是现如今大名鼎鼎的赵群孩啊！”

“赵群孩？”人群中发出了声声惊叹。

“就是那个十七岁唱响戏台，二十多岁就做了掌班的赵群孩？”

“就是那个五腔皆擅、四路不挡的赵群孩吗？”

“赵群孩不是在大名鼎鼎的鸣凤班里吗？什么时候去到这东宅三乐意班的啊？”

望城头是梨园之乡，村人们好戏懂戏，对梨园行里的人物掌故都如数家珍，更别说大名鼎鼎的赵群孩了。

郭发卿正待解答众人的疑问，忽然间，开元宫门楼南侧的山墙边，“咴儿咴儿……”传来一阵驴鸣。众人聚睛看处，一位男子，一袭青袍，一顶礼帽，身材颀长，身后一头拴在墙上的青灰驴子，见主人要离它而去，正嘶鸣着发出抗议。郭发卿见了，就指着此人向大伙招呼道：“说曹操，曹操到！呶，这就是三乐意的掌班，大名鼎鼎的赵群孩先生了！”说着，紧前几步，拉了赵群孩的手向众人走来。赵群孩面带微笑，环视一周，叉手抱拳，高举胸前，向众人致意。大家再细细看时，见这位赵群孩掌班三十上下年纪，容长瘦脸儿，面白无须，高鼻梁，单眼皮，一双圆眼睛炯炯有神，嘴唇红润，唇角上扬，随笑露出一口白牙，晶莹粲然。身上一袭青袍，质料讲究，合体随身，越发衬得人物非凡，气宇轩昂。一众人见赵群孩掌班如此谦逊有礼，落落大方，禁不住心生爱意，亲近之情油然而生，正欲围拢上去，猛听得五彩戏楼之上有人喊话：“师父师父快来看看，这屏风到底该怎么摆放？”原来是戏班几个徒弟装台有了分歧，要请师父明断。这群孩掌班听了，向众人拱拱手，又和郭发卿老人道过谢，提袍襟缘戏楼旁侧的梯子来在了戏台之上。此时台下前来看热闹的人越聚越多，一排一排的板凳也渐次摆了大半个场子，望城头的村人几乎倾巢出动了。

巳初时分，台装好了。五彩戏楼之下已是人头攒动，人声鼎沸，呼儿唤女声、吆卖吃食声，闹哄哄好似烧开了的汤锅一般。台前场子里早已摆了个满满当当，当间儿四张八仙桌作田字形摆放，四周摆着一排排的板凳。奇怪的是板凳上却并无人坐，人们都环围在场子周围。原来上党梨园行有旧规：唱戏时先唱安神戏，诸般人等不得落座。安神戏之后唱安人戏，观众方可落座观演。今日是老郎神驾前献演，就更得如此严肃行事了。

巳正时刻，望城头社首和几位专程赶回村的伶界名流：郭王保、郭补州、翟根印、冯水国芦等人，在郭发卿老人引领下，顺次在场中八仙桌四侧肃立站好，等待开演。一时间四周人声都安静下来，耳听得戏台上的老鼓"嘚儿隆咚，嘚儿隆咚"敲响，眼见得大幕开启，鼓声镲声锣声，嘭嘭咚咚好一阵急响，打侧幕里摇出来一位天官样儿人物，身着红蟒，腰荷玉带，头戴相帽，足蹬朝靴，手里笏板半遮戴了白面具的脸，在台子上一晃三摇地踱着方步。绕场一周，四方揖拜毕，于台中亮相，手中笏板早已变法术似的化作一卷条幅，双手抻了向台下亮，只见条幅上赫然四个朱红色大字——"天官赐福"，此谓《跳加官》；一时间鼓声锣声镲声大作，天官收起条幅，谢幕，入相厢隐退。出将厢侧幕处又走出来一位白衣秀士，踌躇满志，气度不凡，念白自报家门，原来是合纵六国的苏秦。一阵锣儿响，一位手捧圣旨的皓发白须老者登台，口里呼道："苏秦速来接旨。"原来是黄华大仙，因苏秦合纵六国有功，奉玉帝旨意前来封赠这苏秦为"六国都丞相"，苏秦领旨谢恩，黄华大仙将紫金冠、白绣袍，给苏秦一一穿戴好；又是一阵锣儿响，福禄寿三星前来道贺：福星执如意居中，禄星居右，怀抱金元宝，寿星居左，捧桃执杖，福星禄星双翅金帽冠，蟒袍玉带，寿星广额白须，笑语朗朗，一时间仙雾缭绕、瑞气呈祥，此谓《加官封相》；锣鼓铙镲齐鸣，笙箫管笛同奏，六国都丞相下台，众仙隐退。安神戏告罢，台下社首和伶界名人于八仙桌旁依位坐下，围在场边的人群此时亦迫不及待地各找各家的板凳坐定了，等着看接下来的安人戏——《七星庙》。

《七星庙》讲的是杨继业与佘赛花因交战而互生爱慕，结为夫妻的故事。

它既属杨家将戏的范畴，又有皆大欢喜的结局，因此多被选为庙会吉祥戏里的安人戏桥段。

佘赛花上场：起霸，唱（西皮摇板）

佘塘关来了我佘赛花。

心中恼恨杨家将，

不该把我兄长杀。

父王帐中令传下，

倒教奴家怒气发。

扣定玲珑锦战甲，

梨花银枪手中拿。

叫三军与我把关下！

杨继业上场：唱

两国不和把仗打，

一来一往动厮杀。

将身且坐营盘下，

再听探马报根芽。

杨继业败走，蔽身七星庙中顶门不出，佘赛花以烧庙胁迫其应战，杨继业夺枪将佘赛花拽下马，绑缚于庙中。

杨继业　（白）今日你既被擒，我且问你：你是愿意一死，还是愿意一活？

佘赛花　（白）我呀，我愿意一死！

杨继业　（白）来，你看枪！

佘赛花　（白）慢来！我愿意一活。

杨继业　（白）你愿意一活？好好好，来来来，拜天地吧！

佘赛花　（白）你看世界之上，哪有捆着绑着拜天地的？

杨继业　（白）你是想叫我与你松绑啊？

杨继业　【西皮摇板】二人庙内双跪定，

佘赛花　【西皮摇板】夫妻双双把亲成。

早已互生爱慕的一对冤家终成眷属。大幕拉闭，望城头社首并伶界名人对三乐意戏班的演出深表赞许，结队走上台去向赵群孩掌班及三乐意班众致意。一时间台下人声四起，议论声、夸赞声不绝于耳。冯耀熙和安濡笃，刚开始质疑三乐意戏班的俩老家儿，现而今又搭伴夸起了三乐意：生角也好，旦角也好，苏秦也好，黄华大仙也好……总之三乐意演得哪儿哪儿都好！台下观众在喜庆的锣鼓声中依依不舍地离场，不少人边走边回头，还在观望台上的动静。

安人戏既罢，戏班就可入社房领取米面油盐等一应生活物资。三乐意戏班管后勤伙食的田小青师傅，腰间扎了围裙，双膊笼着袖套，早已领着戏班里黑娃和三胖两个青壮后生，候在场边等着随社首们到社房领米面。忙活了半上午，摆案起灶，洗锅烧水，几十号人的吃喝，全靠小青师傅一个人张罗。日已过午，米面菜蔬，油盐调合还未见踪影，小青师傅却依然气定神闲，一大铁锅水已在火上烧开，只等领来了面，火速擀了，下到锅里煮炝锅面，快得很！

社房里领了米面油盐菜蔬：两袋白面两袋小米、一大筐土豆白菜。黑娃和三胖一趟两袋扛回了米面，又将菜筐抬将了回来。小青师傅放下手里的油壶醋壶，立马着手和面，醒面的当口，切菜，淘菜，炝锅，炒菜。将八印大锅中早已滚开了的热水舀入炒菜锅，擀面，切面，下面，葱姜蒜末热油里炝了入锅，香浓四溢，一大八印锅炝锅面活色生香地绽放在火上。恰这时，望城头社首并名伶们因三乐意开场戏演得漂亮，特意领人端着热腾腾两米筛子蒸馍，前来慰问戏班，群孩掌班谢过，送走社首就招呼大家伙儿吃饭。

戏班开饭喽。三四十号人，在戏楼子周围找定地界儿，或蹲或坐着吃饭，一个个都吃得喷香。演苏秦的李小保、演黄华大仙的嵇小国乱，还有福禄寿三星，舞台上老成持重、不食人间烟火的一干老神仙，卸了妆都化作了青春活泼、狼吞虎咽的一堆小年轻，饭场间有说有笑，打趣逗乐，真是让人心生一种奇妙而美好的感觉。来了戏班，起了大灶，看庙的郭发卿师傅，也就被请过来跟着戏班一道吃喝。饭场上，群孩掌班和郭发卿聊起了望城头的戏班和老艺人们，聊起了田书德和徐群狗。

光绪三年（一八七七）山西大旱，泽州一带旱情尤其严重。禾苗尽枯，粮食绝收，炊烟不见，人心惶惶，戏曲班社，没了台口。为保活命，望城头艺人田书德，在行戏兼贩布的河北人申老永资助下，远走他乡逃荒唱戏。这申老永，性情豪爽，办事干练，领戏班上山西下河南门路广阔；乐善好施，交游广泛，平日里与乞丐叫花子、唱莲花落的、打把式卖艺的都有来往。田书德擅演“闺门旦”，他做戏漂亮，扮相俊美，观众爱称其为“大闺女”。田书德经申老永举荐，带领二十余名梆子艺人远赴河北唱戏以度荒年。年景好转后，艺人们陆续返回了故乡，无有妻室挂念的田书德，由演员转为教习，留在河北“打小班”带徒授艺，先后带出了宝字辈、旗字辈、水字辈三批徒弟；旗字辈的白旗后又在永年县宁屯村、榆林村，曲周县北马店等地“打小班”，教出了一大批桐字辈徒弟。田书德一生孤苦伶仃，在河北授徒传艺四十余年，死后葬于鸡泽县东孔堡村“官地”，亏得还有徒弟们逢清明前来祭奠，不致落得孤魂野鬼。再说徐群狗，也是为度荒年，带着戏班远赴山东，在曹州一带行戏。饥荒过后，徐群狗率领戏班又返回了家乡望城头。上党大戏因他二位而得以流传到了河北和山东，山东曹州的叫枣梆，河北永年的叫西调，枣梆和西调都属上党梆子的分支和流派。

群孩掌班问起徐群狗师傅现如今的境况，郭发卿抽袋烟，悠悠答道：“他老人家已不在人世了！”群孩掌班听了好一阵叹息，求郭师傅吃罢饭领他去徐师傅坟上祭拜祭拜。郭发卿师傅听了搁下碗就回了开元宫。不大会儿工夫出来，肩上扛把锹挑捆纸，还掂了一瓶酒，领着群孩掌班出村去了。

三弯两绕出了村，俩人来到村西一块地里。地块不大，西高东低，地中赫然耸着几个墓堆。郭师傅和群孩掌班说：“望城头人把这块地叫七分地，是望城头财主翟满斗捐出来的一块义地，专为收葬那些客死于此的外乡人。”群孩掌班听了心下一沉，心想：“徐群狗曾经叱咤风云的那么一个人物，不会也葬在这义地吧！”正思想间，已被郭发卿师傅引到个墓堆前，青石碑上镌刻着的大字——“徐府君讳群狗之墓”赫然映入眼帘。郭师傅放下锹和纸说：“就是这里了。”说着把香和纸递给了群孩掌班，群孩掌班打火镰将烧纸点着，就着纸火又点燃了香，双手捧香躬身作揖拜了四拜，将香插在了墓碑前，蹲身将烧纸堆翻着烧透。郭师傅挖了几锹土覆在了墓堆上，蹲身将酒瓶拧开，纸火上淋洒了些，眯眼望向墓碑，嘴里喃喃说道：“群狗老兄，群孩掌班看你来了。”说着，两行老泪顺着脸颊滴落在土里。群孩掌班忙上前拉起郭师傅。一阵旋风刮来，将纸灰卷上了空中，二人仰头看时，见那纸灰像黑蝴蝶似的在空中盘旋。

中天晚上的重头戏唱上党昆曲《长生殿》：安禄山造反，唐玄宗带杨贵妃、杨国忠逃亡西蜀。行至马嵬驿将士哗变，杀杨国忠，又逼唐玄宗赐杨贵妃自尽。昆曲《长生殿》是望城头社首特意点的剧目，赵群孩掌班看了戏单子，心下还直打鼓，怕上党昆曲温婉有余，奔放不足，观众们不爱看。太行山高峻雄浑，与天为党，险关锁钥，易守难攻，自古以来就是兵家必争之地。这块土地曾经历过长平之战、巴公原之战、天井关之战、八字军与太行忠义社抗金等无数惨绝人寰的战争，此地因而民风雄浑，民意多坚。上党梆子戏，因饱含慷慨悲壮之气，被此地百姓喜闻乐见而经久不衰。赵群孩的担心不无道理，他经见过在许多地方演昆曲时，遭遇观众离场的尴尬局面。为保险起见，当晚的昆曲《长生殿》，赵群孩掌班亲自领衔饰演唐玄宗，李小保饰演杨贵妃。

唐玄宗（唱【南扑灯蛾】）：

稳稳的宫廷宴安，扰扰的边廷造反。冬冬的鼙鼓喧，腾腾的烽火点。的溜扑碌臣民儿逃散，黑漫漫乾坤覆翻，磣磕磕社稷摧残，磣磕磕社稷摧残，当不得萧萧飒飒西风送晚。黯黯的一轮落日冷长安。

杨贵妃（唱【耍孩儿】）：

事出非常堪惊诧。已痛兄遭戮，奈臣妾又受波查。是前生事已定，薄命应折罚。望吾皇急切抛奴罢，只一句伤心话……痛生生怎地舍官家，（合）可怜一对鸳鸯，风吹浪打，直恁的遭强霸！

赵群孩掌班的唐玄宗，唱得真可谓是中音浑厚、字正腔圆、委婉自如、韵味悠长。李小保和师父演对手戏，把个杨贵妃演绎得雍容华贵，风华绝代。一颦一笑间满是温柔娇羞，亦歌亦舞中尽显婉转婀娜。昆曲温婉圆润有余，淳朴奔放不足，要在别地，看惯了粗犷明快、铿锵激越的梆子戏的观众们，对这昆曲兴趣不大。甚至不少人会中途离场，可梨园之乡望城头的观众们知戏懂戏，赵群孩是昆梆罗卷簧皆能的全把式，李小保扮相俊美，戏功扎实。三乐意班的《长生殿》，可算满足了望城头村人的胃口，让他们又看到了多年未见的，如此精彩绝伦的上党昆曲。戏窝子望城头的村民果然不同凡响！

第三日夜场演压轴戏《雁门关》：杨八郎央梨花公主盗来萧银宗令箭，入关与母相商破番大计。杨八郎借探病刺死萧银宗，与呼延丕显一同逃走，萧天佑率兵来追。杨八郎身陷重围，将萧银宗首级交与呼延丕显，自刎而死。

杨八郎（唱）：

适才番王对我讲，
母妻领兵到阵前。
结发夫妻不能见，
同胞手足不团圆。

佘太君（唱）：

做事不到见识浅，
举家跟你受牵连。
萧后首级头一件，
限儿不能隔三天。

萧公主（唱）：

母后龙床病情犯，
驸马熬药未回转。
出宫门来把他唤，
掌定银灯把他观。

呼延丕显（唱）：

槽头拉来四骑马，
驸马到来好出关。

赵群孩饰演的佘太君，老成持重，不怒自威；嵇小国乱的杨八郎，细腻缠绵，视死如归；李小保的梨花公主，委婉清越，夫唱妇随；车春保的呼延丕显，激昂奔放，沉稳大气。一场《雁门关》，台上唱得如泣如诉，台下看得如痴如醉。激昂时群情振奋，低回时众心含悲。三乐意刚起班，就收到了望城头开元宫前献演神戏的邀约，戏班草创之初，虽大幔不够气派，帷幕不够齐整，蟒袍不够绚丽，铠甲不够鲜明，背旗不够招展，头盔不够张扬，可在三乐意戏班一众好把式的精彩演绎下，这些就都显得不那么重要了。

唱完整本，已近午夜，可台下的观众们意犹未尽，丝毫没有散场的意思。戏班又加演了搭出——文武小生重头戏《伐子都》。只见台上刀枪对打，剑戟相迎，英姿勃发，酣畅淋漓，台下观众们的热情再度被点燃，叫好声不绝于耳，不少戏迷更随着戏台上的节奏拍手跺脚、手舞足蹈，望城头的村民们在那晚大饱了耳福眼福，感叹新起的东宅三乐意真是个卧虎藏龙的顶级戏班。

次日上午，戏班要开拔了。开元宫中，望城头社首们和戏上的好把式一一话别。让社首们感到诧异的是：发给把式们的盘缠，竟无一人肯收。再三问过了才知道，他们都情愿跟着群孩掌班一道，把盘缠捐给开元宫作供奉。社首们不由得感叹道：这三乐意，戏好，戏德更好，这样的戏班，不唱红都难！

赵群孩执掌的三乐意，起班首演就在开元宫前一炮打响，博得了观众们的交口称赞，更随着戏迷们的口碑传扬了开去，很快声名就远播于上党。只是听过传言的人们，都不免会好奇地问上一句：“这三乐意班所在的东宅村，到底是个何等了不得的村子，能请来赵群孩这样的名角儿大腕来掌班行戏呢？”

毕竟后事如何？且听下回分解。

第二回

小阴阳堪舆好风脉　大先生参破妙玄机

九叔讲古：

山环水绕，风脉大好。

代不出人，缘何蹊跷？

海遂卜卦，文显解嘲。

原来此中，暗含机巧。

上回书说到，赵群孩执掌的东宅三乐意起班首演，就在梨园之乡望城头的开元宫前一炮打响，声名远播于上党。这就引得人们不免都好奇地要问："这三乐意班所在的东宅村，到底是个何等了不得的村子，能请来大名鼎鼎的赵群孩先生执掌戏班？"这东宅村呀，还真是大有说头呢！列位看官莫急，且听我慢慢道来：

面朝青玉案，背靠黄金屏。

玉带穿堂过，金龙闹斗盆。

出师不久的海遂小阴阳，详观流水，细察地理，给东宅村定下了以上四句卦辞。海遂小阴阳逢人便要说："这可是能出王侯的大好风脉啊！"可说这话的他往往会遭人诘问："既然是能出王侯的大好风脉，那么你倒说说看，几百年间，东宅村怎么就连芝麻大的官儿，也未见出上一个呢？"屡遭诘问的海遂小阴阳听了也不免心生疑惑，可倒也是啊！这到底是怎么回事呢？满腹狐疑的他忍不住把这疑惑说给了东宅村新学堂里的卢文显先生听。文显先生手捋长须朗然说道："南面八里的大阳镇，左青龙，右白虎，前朱雀，后玄武，如此'雷天大壮'的灵龟卦象，也只敢说能出些芝麻官儿，你这青玉案，黄金屏，且不说是不是能出王侯的大好风脉，就算是，也早都被凿坏了！"

"青玉案"，指的是东宅村南面的青石山。那青石山，山形绵阔，平展如案，是东宅村的朝山，却也是崛山村的靠山。古话里讲靠山吃山，这在崛山村可真不假！古往今来，崛山村就指着这青石山谋利——山上开了大石窝开采石料。青石山的石料石质好：大块头的石料用来作石碑、作石狮——董峰万寿宫里的马仙姑记事碑莹润如玉，良户田阁老侍郎府蟠龙寨前的守门狮清油发亮，据说用的就都是产自青石山的上等石料；中块头的石料，用来作窗台石、作台阶石；小块头的石料作门墩，作石鼓；边角碎料也大有用处——周边村庄里为数众多的草炉，争相买去炼铁用。数百年间采石不止，青石山上的大石窝因年深月久而显得深广阔大！是这大石窝，凿坏了东宅村的青玉案吗？"黄金屏"，指的是东宅村背靠着的祖山。祖山是砂石山，遍体金黄，山形如屏，屏障着东宅村。东宅村的祖山，后来却莫名其妙地归了牛庄。东宅村流传有"大憨小憨，卖了祖山"的古语，说的就是早年间东宅村的大户熊家，不肖子孙熊大憨和熊小憨，以祖上的熊家庄园抵了因赌博而欠下的巨额赌债。这熊家庄园的田产山林就在祖山之上。牛姓赢家得了熊家庄园后，将其更名为牛家庄园。此后金盆洗手，安心营务起了庄园里的田地和山产。几代之后，早已发达了的牛家子孙，循着当地人"黄沙山下出乌金"的说法，在祖山上掘矿洞挖出了乌金。这乌金就是煤炭，是周边村庄众多草炉上炼铁所需的必备之物。牛家因营务煤炭而大发其财。是使牛家发达的矿洞，掘断了东宅村的黄金屏吗？玉带河发源于马山，淋山涧水四时不竭，包绕着东宅村，自西北向东南蜿蜒而过，静水深流，波澜不惊，恰如一条穿堂而过的玉带一般。若是雨水足的年份，河水淹桥没道，阻断交通。传说古时有一南地而来的贩货客商，就曾被汹涌的河水阻挡在了河岸边。这客商恐误了行期而求祷止雨。灵验后为还愿而修的海神庙，至今仍矗立在东宅村的西河岸边。东宅村村形椭圆，被四周高高的寨墙围护着，恰如一只绝大的斗盆。西河岸边的海神庙，东连东宅村的蜿蜒老市街，正形如一条凭势欲飞的金龙。“金龙闹斗盆”之说，指的就是东宅村的海神庙和老市街的地理形势。

文显先生的一番话，解了疑问却添了惆怅。听了文显先生这番话的海遂小阴阳，惆怅一番过后，心下倒释然了许多——“凿坏了青玉案，掘断了黄金屏，就算有穿堂过的玉带，那闹斗盆的金龙终归也闹不出甚大动静了不是！这就不能怪我的卦算得不准了吧！”望着卢文显先生向着新学堂渐行渐远的背影，海遂小阴阳如此悻悻地想道。

东宅新学堂设在村子东南隅的文庙里。东宅村的文庙历史久远，早在宋嘉祐年间，程颢老夫子任晋城令，大兴乡学时就建成了。此后的东宅文庙时废时兴：明弘治年间，高平知县杨子器建社学四十所；清代乾嘉时期始兴义学；同治年间，高平知县龙汝霖又督促诸社复兴义学一百一十二座，东宅文庙皆为其间之一。民国时期设立的新学堂，仍是设在文庙里，这新学堂，与宋时的乡学、明时的社学、清时的义学，都以教化乡民子弟为务，名不同而实相一。

新学堂开设有算术、地理、科学、手工，虽然仍设有国文和书法，但现如今的文庙已大不如以往热闹了。以往的东宅文庙里每日书声琅琅，初入义学的学生们打《三字经》《百家姓》《幼学琼林》学起，跟着先生一字一句地念“人之初，性本善……”，念“赵钱孙李，周吴郑王……”，学生们虽还不明其意，倒也念得不亦乐乎！念熟了，背。背熟了，先生开讲。

学生们渐渐就明白了这些文绉绉的话语的含义。不光读，还要写，先写小红仿，先横后竖，先撇后捺。如此两年下来，读的写的都有了些眉目时，始读四书五经。同样也是先熟读熟背，然后开讲。满腹经纶的卢文显先生抑扬顿挫地讲“大学之意，在明明德……”，讲“君子怀德，小人怀土……”，讲“穷则独善其身，达则兼济天下……”。学富五车的文显先生名声在外，故而不光东宅本村的子弟，就连附近的崛山、沟头、下崖底、崔家庄、梅叶庄，也有不少的人家，因慕卢先生大名，纷纷送子弟们来这东宅义学中受教。文显先生一视同仁，倾囊以教。做先生的，谁不希望自己的学生能有出息呢！“可扳起指头来细细数数，自己从教义学的几十年间，东宅村的确是没出过什么像样的人物啊！科举都废了好几年了，再要想出有功名的主儿可谓难上加难！倒是现如今村里新选的村长李甲午看来还有点出息。”听了海遂小阴阳一番疑惑的文显先生细忖之下，也不由得心生感慨。

太行山腹地的晋之东南，大多数村庄的地底下，有的有煤，有的有铁，有的有煤亦有铁。借物产之惠，此地乡民自古以来就多以煤铁谋利。可独独这东宅村的地底下是既无煤又无铁！虽然后来证明这地底是有煤的，只是这煤富了牛家庄而没有富东宅村而已。东宅村的村民欲以煤铁发家而不可得。可塞翁失马焉知非福?

东宅村往南八里即是大阳镇，向北八里又有马村镇，两个史逾千年的古镇，一个属泽州，一个属高平。东宅村正踞于两大古镇间的官道通衢之上，五行八作，百姓同陈，东宅村也因此形成了自己独特的村庄聚落结构。村子逾五百余的民户里，有姬姓、卢姓、文姓、侯姓、闫姓、郎姓、胡姓、贾姓、田姓、安姓、黄姓、白姓、蒋姓、司姓、何姓、霍姓、熊姓等诸多姓氏，至于那张王李赵、冯陈马刘等常见的姓氏就更不必说。除过耕田户外，村子里有开粮坊的、开油坊的、开醋坊的、开酒坊的；有张罗的、有打铁的；有石匠、有木匠、有瓦匠、有石灰匠、有漆匠……传统乡村社会里不可或缺的行当，在东宅村里大概都能见到。

倘若要以文脉来论，东宅村的文脉确实是好不到哪里去，科举上没出过什么人才就是明证；可若要以财运来论呢，东宅在周边的村落里倒还算说得过去——以行炉发家的李家、以油坊发家的韦家、以醋坊发家的吴家、以石灰窑发家的何家、以作针发家的安家……东宅村里不少家境殷实的户口可资证明。为数不少的殷实人家中，现时最有影响力的恐怕要数那韦家和李家了。

东宅村有“南北韦家、东西李家”的说法。这韦家，在村子的南北，各有一座两进的大宅院；这李家的房子，则更是多得把村子的东西都连成了片。韦家位于村北的大宅，是四大八小的两进四合院。大门开在东南角上，迎门的那堵砖雕影壁墙，当间儿的龟板砖磨边对缝，四边围绕着万字不到头纹。二进门是上下两层的杆栏式木门，一层仪门居中，平时只开侧门，中门有贵客到访时才会开启；二层之上，是可通东西厢房的阁楼。院子四角各有一座三层的看家楼，当地人称之为“三蓬楼”。相传这“三蓬楼”是明末为防自陕西而起的流匪所建，当年建房的主人姓牛。可这看家楼终归没能看住牛家的家业。流匪终于还是攻下了牛家大宅，收勒金银，杀戮人口。牛姓阖家死伤殆尽。此后的牛家大宅几易其主，最终被村里以开油坊发家的韦家买下，直至如今；“东西李家”里所说的李家，祖上以给大阳镇吉星山炉场里驮运货物起家，几代人勤勉做事，到了李甲午爷爷一辈，更在人聚辐辏的荫城镇和怀庆府里开设了店铺。诚实守信、公道经营，生意做得很是红火。家境殷实之后的李家，在村里大肆买地，修房盖屋。算而今，东宅村“南北韦家、东西李家”的说法大概已流传有百年之久了。

同为大户的韦家和李家，家风倒都还算宽厚仁爱。可这宽厚仁爱的表现方式却略有不同——这韦家，对修建祠庙宫观的功德比较感兴趣；而这李家，却对架桥铺路的公益更上心。在村里，两家的口碑都不错。相较而言，李家的名声更实在些。

光绪三年（一八七七）天大旱，夏粮无收，秋粮种不进地里。百姓们恨天怨地！恨归恨，怨归怨，可尚有存粮垫底的乡人们倒也没觉得怎么害怕。来年仍是无雨。存粮日少，百姓间开始出现了恐慌。四境纷纷开始求雨：甘润求到董峰，朴村求到伞盖。求雨的把头们，铁钉把腮帮子扎了个透，也没能求下一滴雨来。晒圣姑鞭龙王的恶招也用了个尽，老天就是不下雨。怨圣姑咒龙王之声充耳可闻。怨着咒着，还是盼着圣姑能显灵，龙王能施雨。可终归就是滴雨未下。

圣姑耳聋了。

龙王眼瞎了。

这时节的蝗虫也来作乱。遮天盖地的蝗虫随风而来，乌压压一片。起先人们还以为风卷云来要下雨，纷纷纳头便拜。谁知雨未落下却落下来了蝗虫。房上地上树上人身上全是蝗虫，人们拿火把烧，拿开水烫，拿连枷打，拿锨拍，终不顶用。蝗虫太多了，铺天盖地，随风源源不绝而来，树叶、草叶，所过之处劫啮一空。

存粮吃尽了。树叶野菜野草也被蝗虫啮食殆尽。不得已人们吃起了树皮和草根。先是果树皮、榆树皮，接着是杨树皮、柳树皮、槐树皮，核桃树皮吃了肿嘴也都剥吃尽了。这时有人吃起了观音土。观音土，吃进去容易拉出来难！开始死人了，说是憋死的，其实是饿死的。

饿殍遍野！遍野的死尸成了狼的美食，一匹匹狼都吃得明光水色，圆滚滚肥。更可怕的是，人也吃起了人——狼儿掌朱屠夫开着的肉铺里，曾一度卖起肉来。肉用瓦盆盛着，肉块间夹着丝丝黄油，朱屠夫说这是从口外高价贩来的羊肉，一斤要价一吊六。这时节还能有肉吃！一时间门庭若市挤破了头，狼吞虎咽之余，还有谁去细辨这肉味的真假。谁知这吃的竟是人肉。后来窗户纸捅破，居然还有不少人偷偷去买来吃！人啊，想活命啊！是饥饿逼得人吃起了人！是饥饿把人变成了野兽！

饿得红了眼的饥民们打起了大户人家的主意。不少村庄大户人家的粮仓都被抢夺一空。东宅村里却没发生这样的事，东宅村的大户人家在饥荒中都设粥棚赈济饥民。

东宅村“东西李家”中的李家是最先开始设粥棚的。李家平日里斋僧粥道、接贫济丐的干粮就时时备着。灾荒发生伊始，李家就在自家门前设起了粥棚。半年下来，眼看着粮仓见底，李家老爷赶忙差人给自家怀庆店铺里的掌柜送信，让把柜上存着的银钱在当地都买成粮食，妥善装车，由镖师押了火速运回来救急。无奈粮食有限，饥民无数。粥棚里供应的稠粥，渐渐地变成了稀粥，再后变来成了水粥。可就是凭着这清可鉴面的水粥，在大灾的三年间，却保得东宅村死人无多。“粒米可活人”的古语，竟是以此种惨烈的方式得以验证。

终于盼来了雨。地湿了，有墒了，有墒了却没有种子播种。还是这李家，把压仓底的余粮连带李家老祖母寿材里的垫棺粮都搜刮出来，按户分发给村民们作种子播下。绿茸茸的禾苗透土后，东宅村民们纷纷聚集在李家门前，磕头谢恩，长跪不起。

时年李家的小少爷李甲午刚满六岁，已入了村里的义学。这小甲午聪明伶俐，读书写字教过即会，诗词文章读过几遍即可成诵。村人们感叹说：是李家的善行给李家的子孙修来了好文德。东宅村里的盲瞽艺人老黄，还把李家善迹编进了秧歌词中传唱：

李家多善德，善德换文德。
十年寒窗后，甲午登科甲。

造化弄人，机缘偏差！多年寒窗后的李甲午，在考取秀才后的第二年，朝廷废除了科举，他便再也无缘考取功名了。本就有重担在肩的李甲午便息了功名之念，专心营务起了家族生意。聪明的头脑加上李家一贯的仁厚之风，李家的商业在甲午的操持下，更加日甚一日地兴旺发达起来。民国新世，李甲午因年富力强，深孚众望，更被东宅的村民们一致推举为东宅村的村长。

多年在外奔走，见过世面的李甲午行事干练，为人豁达，交游广泛，门路宽阔。加之又有一腔宽让仁厚的大胸怀，一副乐善好施的慈心肠，故而登门求他帮忙办事的人也就颇多。李甲午宅心仁厚，古道热肠，对求上门来的人一贯地笑脸相迎满接满待。求办之事，能办的立马办，一时不妥的，想方设法托人也要办。请客吃饭使钱送礼的花销，也都一并包在自家身上。仗义疏财的李甲午，由此得了《水浒传》里小旋风柴进般的美誉。

忽一日，李甲午的一个拜把子兄弟李五德，领着晋城鸣凤班里的俩人来在了他的门上，说是有一件要紧的事儿，要他费心帮忙。原来是鸣凤班的台柱子赵群孩，被高平禁烟督察所关了禁闭，说他带领的戏班里有人抽大烟，他因管教失职也一道受了连坐。

高平禁烟督察所里的小头目王宽，霸道蛮横，傲慢张扬。去年正逢其父七十大寿，这平日炫耀摆谱惯了的王宽，想在寿辰庆典时唱台堂会戏显摆显摆，就着人去大名鼎鼎的鸣凤戏班里下帖写戏。那鸣凤班仗着自家名大声隆，加之台口也实在是满得排插不开，就没有应承此事。这王宽因此怀恨在心，总想着找机会拾掇拾掇这鸣凤班。

机会很快就等到了。

这年的二月初七，高平康营村的庙会，汤王庙里的酬神戏，写的正是鸣凤班的台口。康营村的庙会很古久，规模盛大且声名远播。长治晋城乃至河南河北的不少游贩行商，都会远道而来这康营村驻会，场面很是热闹。康营村大财雄，这年的庙会戏，除鸣凤班外，还请了时下风头正劲，东沟镇七干村的公议会秧歌班，前来和这鸣凤班打对台，好为庙会添势助兴。

七干村的公议会秧歌班里有个红人老顺，老顺本名郭顺，才学不深，天分却高，能演会编，名声响亮。《游西湖》《盗灵芝》《金山寺》《断桥》《雷仙阵》《雷峰塔》连六本折子戏，就出自老顺之手。一招鲜，吃遍天，七干公议会这几年，凭着老顺编的折子戏，台口不断，红得发紫。《断桥》是七干秧歌的代表作：老顺饰演的许仙儒雅敦厚，气宇清明；刘松成饰演的白素贞，唱“白云仙在途中流泪不绝”长达百余句的大段戏文时，一气呵成，不歇不喘，如泣如诉，催人落泪；郭晚根饰演的青蛇，活灵活现，如有蛇神附体。三位唱、做两功俱佳的好把式联袂，本就精彩绝伦，加之又是和大名鼎鼎的鸣凤班打对台，公议会秧歌班自然不敢懈怠，班员们都铆足了劲，《断桥》就演得越发的精彩。虽说鸣凤班是行头好、剧本好、把式好的知名大班社，却也明显地感到了对方咄咄逼人、叫板挑战的气势。康营村的庙会可是大庙会，驻会客商多，流传范围广，要在康营庙会上把这对台戏给输了，丢了两袋面的奖励倒在其次，实在是丢不起上五班的大名声。故而此番的康营庙会，鸣凤班特意派出了以赵群孩为首的豪华阵容，应台打擂。

庙会头两天，鸣凤班唱了《夺帅印》《夺秋魁》《金玉佩》；公议会秧歌班唱了《游西湖》《断桥》《盗灵芝》。梆子戏和秧歌，各是各的热闹，鸣凤班和公议会，各有各的绝活儿。这两天，台下的观众们来回奔走，左右比较，公议会区区一个秧歌班，竟然和上五班之首的鸣凤班打了个平手。这第三日的戏，公议会要演《金山寺》和《雷峰塔》，鸣凤班丝毫不敢轻敌，决定演《雁门关》对阵，赵群孩演佘太君，李小红演杨八郎。李小红已有一把年纪了，又连轴转了好几场，略显疲惫的他为保精力充沛，演好这场关键的重头戏，就在后台偷偷地抽了几口大烟，不想却被高平禁烟督察所悄悄埋伏下的眼线逮了个正着！

虽已是民国，也设立了禁烟机构，可说实在话，抽大烟的风气却并未完全刹住。尤其戏班里，演员们一天几开场，是十分耗力费神的事，不少艺人不免要偷偷抽几口大烟提神。这本是众所周知的事情，主办庙会的村庄，也多会出手打点方方面面的关系，禁烟督察一般不会来这驻会的戏班里找事。可这回的情况不一样，王宽要公报私仇，要借机寻这鸣凤班的碴儿，成心要抓这鸣凤班的把柄，早就在暗中设下了埋伏，守了两日终于得手，一条绳子把李小红和赵群孩二人拴回了高平禁烟督察所。

对台戏不用说肯定是输了，两袋面的奖励自然也泡了汤。可恨社首房也借机发难，硬是扣了一半的戏价。鸣凤班的班员个个像霜打过的茄子一般，急慌慌谢幕装箱，灰溜溜地回了东四义太和寨。

鸣凤班的东家史寅恭，拖着病躯到高平禁烟督察所求情放人，却被回复说："现在是民国了，一切必得公事公办！"哪会那么简单？那王宽本就是黩货无厌、横行贪墨之辈，这回更欲挟私报复，便恐吓这鸣凤班是“窝藏鸦片，聚众吸大烟，必得重惩重罚：一年内不得出班演戏并重罚银钱；李小红收监戒烟，赵群孩一同连坐”。史寅恭百般求情终不顶用，只好垂头丧气回了家。他心内既恼恨李小红偷吸大烟，也埋怨赵群孩治班不严。悲伤郁闷病情加重，以致卧床不起了。

鸣凤班里班规甚严，一切人等，连随意进社房要米要面要小烟之类的东西都属违禁，更别说在后台抽大烟了，可自古老话里说：“将在外，君命有所不受。”外出赶台口的戏班较之于大本营里的苛刻班规，本就松弛些，再加之时常遇到要打对台戏的阵仗，这班规渐渐也就变成了一纸空文。

史寅恭的夫人赵引娣，殷勤伺汤喂药，床前婉劝丈夫想开些，毕竟是那王宽成心寻事，不要一味只怪赵群孩治班不严。她嘱咐丈夫安心休养，不必挂念此事，她自会托人再想想办法。

两年前史寅恭继任鸣凤班的东家，因他本人体弱多病精力不济，故而戏班里的诸多事务全靠夫人赵引娣打理。赵引娣小丈夫十多岁，这年刚刚三十出头，为人胸怀宽广，素无诳言，待人真诚，理事有方，一直以来深得阖班上下人等的衷心拥戴。

赵引娣特意安排后厨备下几桌酒菜，给康营庙会归来的戏班人员接风洗尘。酒席桌上，她语重心长地劝勉大家伙儿，切要将戒除鸦片之事牢记于心，席后又将那戒烟丹分发下去，嘱咐烟民们按时服用，以早日戒除烟瘾。“烟瘾不除，万事皆空”，赵引娣夫人掷地有声的劝诫，使得众人不免都心生愧意，想想那抽大烟的恶习确实是为害不浅，真该早早戒除才是。

引娣夫人托人四下打探，探得东宅村的现任村长李甲午，和那禁烟督察所的王宽交情颇厚。她叫来李文才，如此这般交代一番，又叫来账房先生秦约，让他带足银两，坐了戏班里的骡轿车和李文才去东宅村里走一趟。李文才正是那李小红的嫡亲儿子，李小红与赵群孩二人在戏班共事多年，早已情同手足。李小红见赵群孩对自己的小儿子李文才深有缘法，就让小儿子寄拜了赵群孩作干爹。这几日两位父亲被抓进了局子，最着急的就数他李文才了。

到了东宅村口，李文才下车打问李村长家住处，恰巧打问住了李甲午的拜把子兄弟李五德。甲午、五德二人俱是赵群孩先生的忠实拥趸，周边村子里凡唱群孩戏，二人皆要结伴前往观看。此番康营庙会，二人原本也是打算要去的，只是临时有事绊住了没去成，只听说康营会上，高平禁烟督察所抓了人，没承想被抓的人会是赵群孩先生。

李五德慌慌领了二人到了李甲午家，李文才把情况跟甲午村长又细说了一遍，还把临行前赵引娣夫人交代他不怕花钱的话也兜底说给了二位听。李甲午听了心下暗忖："如今已是民国了，也确实有戒烟的法令，可要说如此的重罚，实在是有些太过了！"谈话间下人送上了茶水点心，甲午村长招呼二人用过，安慰他们不要着急，又吩咐车倌老霍备了车马。两辆车一前一后相跟着进城去找那王宽求情。

那王宽来禁烟督察所之前，在高平铁捐局界牌岭上的征税卡里，主管过境铁货的征税事务。李甲午炉场里产出的铁货，多由这界牌岭关卡出境。李甲午营商仗义疏财，那王宽自然没少得李甲午送上手来的利市红包。交往有年，虽黩货贪墨倒也看重交情的王宽，自然把这李甲午视作了可以深交的心腹好友。

高平禁烟督察所门前，有一处名叫茗香楼的茶馆，李甲午先在茗香楼里定好雅间，才请王宽出来喝茶。寒暄一番过后，李甲午说明了登门叨扰的来意。那王宽，对那鸣凤班大放一通厥词犹不解气，口里一再说，定要照章严惩，重重地处罚这鸣凤班。李甲午熟知王宽的脾气秉性，不但不分辩，还应声说这抽大烟的恶习是该好好整治才是，要不然人心愈坏，世乱难治。

王宽何等样人，李甲午心知肚明：王宽报复鸣凤班的目的已然达到，且将那鸣凤班东家史寅恭也呵斥过了，心内怨气已泄了大半，只是还要故意装出一副严厉的样子来，好唬那鸣凤班多掏银钱。李甲午见机行事，给随行而来的鸣凤班账房秦约先生丢个眼色，秦约先生会意，将一包银钱恭恭敬敬搁在了王宽面前的茶几上。那王宽还佯装大怒，让秦约先生去督察所里公事公办，站起身来佯作要走，被李甲午村长拖住了。李甲午将茶几上的银包提了，送在王宽手上说道："鸣凤班他们也都知道，这督察所里，谁人不是听您的安排？他们此番来是诚心求您高抬贵手，就不要再打什么官腔了吧。再者说我和您交厚，和那赵群孩也交厚，如此我们亦如朋友一般了。是朋友哪有不两肋插刀，倾力相助的道理呢？"李甲午一番话说得巧妙，正中了王宽下怀，王宽手里掂出了银包的分量，心中暗喜，却仍沉着脸冲那秦约李文才二位说狠话："回去和你们东家说，鸣凤班窝藏鸦片，纵容吸大烟，本应受停班一年并重罚银钱的严惩，如今你们托李村长前来求情，我和李村长虽有厚谊，得给李村长面子，却也不敢唐突了国法，钱是一定要罚的，我会一文不少交到督察所里，至于歇班一年和收监关人的事，我会尽力去处里呈情。"秦约李文才二人闻言连忙称谢，李甲午又说了些务必请王宽费心帮忙的话。王宽拎了银包出门，叮嘱众人稍后到禁烟督察所门前候着放人。那王宽提了银包匆匆送回自己家中，才赶回禁烟督察所，叫来胡师爷，将那处罚的文书一把火烧了，然后命手下将那赵群孩李小红二人放行了事。挺了这好半日的王宽，此时发了烟瘾，哈欠连天的他屏退众人，急急钻进后间密室，倒在烟榻上吞云吐雾地抽起了鸦片烟。

李甲午李五德并秦约李文才四人，在高平禁烟督察所门前探头探脑张望了许久，总算瞄见赵群孩李小红二人被放了出来。衣衫邋遢，蓬头垢面，似乎还不大适应刺眼的阳光，手搭凉棚望见门外的一众人时，面上不免几分羞赧。四人迎了上去，李甲午搀了赵群孩，李五德搀了李小红，将二人扶上了戏班的骡轿车里抚慰一阵。秦约让二人在街边摊上吃点东西，二人不应。李村长会意，让李文才去饭摊上打包些饭食，好带着路上吃。秦约将二李倾力相助之事细说一遍，赵群孩李小红二人抱拳施礼，谢恩不迭。说话间李文才买食归来，二李就嘱他们即刻赶路，早回戏班歇息。赵群孩又抱拳施礼，说等安顿好后，定会去府上拜谢。李甲午回说兄弟相帮本是分内之事，如此客套就见外了。说罢两厢依依而别。

光阴飞逝，倏忽已是三月。一日，天气晴好，艳阳高照。东宅文庙前的大树上，喜鹊喳喳高叫。李甲午邀来村中一众族长耆老，于文庙明伦堂中喝茶议事。清室倒台，民国肇立。担任了东宅村长的李甲午，整顿村务，焕新村容，革除流弊，弘扬新风，躬身陋室里巷察访民情，遍请村中耆老虚怀求教，广开言路听取村民心声，聚起社首族长商讨村事村情，议定严禁窝娼聚赌酗酒打架、严惩斩伐损坏山林树木、重罚践踏庄稼及良田放牧、村中不得容留匪类可疑之徒等十二条村规民约，并刻石勒碑儆告村人。新人新规，新世新风。东宅村在新任村长李甲午治下，一改前朝“家事村事国事事事落寞，民情群情世情情情悲戚”之末世情状，百业复盛，万象更新，日渐显露出一派欣欣向荣之景象。李甲午村长还召集村民，垫铺村街里巷道路，修葺祠堂文庙房屋，錾新公中石碾石磨，淘挖村里水井池塘。造福于民，施惠于众，东宅村人见此，都庆幸自己好福气，选了个大公无私的好当家人。

上任以来已多有政绩的李甲午村长，还欲另辟蹊径，以振奋东宅村的村声村威，今日邀来众人集思广益，即是为此事建言献策。众人你一言我一语，各抒己见，倒也说了不少见解。甲午村长含笑听着却并未表态。这些见解，在与会的卢文显先生听来，觉得全都是泛泛空谈，丝毫没有可取之处。

正说话间，李府的老家人李贵发领着个人走进了明伦堂。众人闻声望去，早有眼尖的人认出了是赵群孩先生，慌慌站起身来问候。李村长见有客来访，就交代众人今日且议至此，散了回去细细琢磨，择日得空召集大家再议。

许多人告辞先走一步，不少好戏者却驻留不去，围着赵群孩先生寒暄问候。他们在康营村庙会上亲历过那场抓人风波，纷纷为赵群孩先生鸣不平，有说污吏徇私的，有说皂胥贪财的。李甲午村长怕赵群孩先生面上不好看，忙使眼色示意众人止言，起身携了群孩先生入座，命人添茶续水，聊叙别后寒温。群孩先生倒毫无忌讳之意，反谢众人关爱之情，连说那抽大烟的恶习，是该大力整治才是。还连连致歉康营会上陡生枝节，害得大家都没看上囫囵戏。李甲午圆场道："说起来倒还真不是赵先生的错，那禁烟督察所里的王宽本就气量狭小，又和那鸣凤班的东家史寅恭有隙，他欲公报私仇，借刀杀人，权且拿你赵先生做了替罪羊！但不知返班后，鸣凤班史东家有没有难为赵先生？没给先生小鞋穿吧？"赵群孩听了呵呵一笑道："那倒不会，如今那史东家卧病在床，鸣凤班里的一应事务，全由他夫人赵引娣打理。那引娣夫人最是个宽宏大量的主儿，礼贤下士，体恤人情，哪会给我小鞋穿？只是这戏班本就是人多口杂之地，鸣凤班里好手如林，平日里就钩心斗角，暗中拆台。此番我在康营庙会上逢此一遭，早有人欲拿此事掂掇，怕是那引娣夫人，有意按下恐不可得。哎，何苦让引娣夫人为此等烦心事分神？在下正欲离了那鸣凤班……"话到此，赵群孩欲言又止，叹口气，端起茶来呷一口转了话锋："李村长，在下今日专程为谢搭救之恩而来，适才登临贵府，闻知兄长在明伦堂，便烦了老家人带路寻了来，不想又扰了您的公务，实在是罪过啊罪过！"说着起身拱手，对着李甲午长揖一拜，李甲午忙起身还揖道："区区小事，何足挂齿？先生快请免礼。"说着恭请赵群孩先生坐下喝茶。

赵群孩安座，李甲午村长端茶敬客，抢先说道："敢问先生，适才说要离了鸣凤班，不知先生意欲何往？可否有新起戏班之意？"赵群孩接茶回道："眼下只待搁班日离了鸣凤班，另起新班的想法不能说没有，只是苦于囊中羞涩，不敢贸然唐突，待日后有了积蓄，再做图谋不迟！"李甲午听了赵群孩所言心内一动，喜不自禁说道："赵先生若果有此意，不如就来我东宅村行一班戏，先生担任掌班，吾等竭力与先生共图之，不知先生意下如何？"赵群孩闻听沉思片刻道："若真能如此，在下求之不得，只是这行戏班却不是什么风光事体，李兄难道没听说过'要想生气，行一班戏'的古话吗？说的就是那行戏难，难行戏的由衷之语啊！这行得行不得，还请李兄三思而后行啊！"李甲午听了喜上眉梢道："行得，行得！赵先生果有此意，吾等求之不得。我已思忖良久，何以复兴东宅村之声望，先生此次前来，让在下茅塞顿开，以行戏扬东宅村名，真乃最好不过之举啊！”

李甲午话音未落，座中早有一人站起身朗声说道：“群孩先生能来我东宅村掌班行戏，真乃天作之合的好事，群孩先生名声响亮，我东宅村人杰地灵，行它一个红遍上党的戏班，必定是手到擒来的事啊。盼着群孩先生能早日来东宅村掌班行戏呢！”众人看时，见是卢文显先生。赵群孩最敬重读书人，也早就知道卢文显先生大名，他连忙起身冲着卢先生深施一礼道：“早闻卢先生大名，久仰久仰。先生的话，晚辈一定好生思量。多谢先生美意。”说完，冲着卢先生又是一拜。卢文显先生回礼，心内喜道：“海遂小阴阳说东宅村有出王侯的大好风脉，只怕要应验在这戏班身上！戏班里有皇帝大臣，王侯将相，可不就应了海遂小阴阳的卦辞了不是！只不过那些都是虚的罢了。不过甲午村长以行戏振兴东宅村声的想法，也不失为一件好事，是好事就得支持啊！”

李村长携赵群孩先生归家宴饮，让卢文显先生和好戏的几位一道作陪。文庙门前树上的喜鹊还在喳喳高叫，“喜鹊叫，好事到”，听着喜鹊高鸣的东宅村人，依稀又都想起了海遂小阴阳说东宅村风脉大好的那四句卦辞：

面朝青玉案，背靠黄金屏。
玉带穿堂过，金龙闹斗盆。

甲午村长要请赵群孩来东宅掌班行戏的消息，早在村子里传开了。

毕竟后事如何？且听下回分解。

第三回

秧歌社留驻三官阁　三乐意起班海神庙

九叔讲古：

东宅村里，古来俗厚。
笃歌好戏，爱乐喜奏。
八音会社，设在村北。
秧歌班社，村子南头。
民国新世，再行戏班。
三乐意名，实力雄厚。
甲午五德，东家多仁。
掌班群孩，梨园鳌头。

东宅要行戏班的消息，很快就在村民们之间传扬开来。一时间，街角巷口、场院地头、酒桌牌场、茶余饭后，东宅村的村民们聊天，开篇无论是何等话题，最后都会毫无悬念地归结到这行戏班上头。翘首期盼赞成拥护者有之，迟疑观望说风凉话者有之。各执一词，各抒己见，人心不齐的老传统在这东宅村里历来如是。

却也有人跳出来公然反对。反对者名叫白三，是东宅村里一个难缠的青皮刺儿头。白三行三，上头两个哥哥，皆品行端正，温厚贤良。独这白三，乖戾奸猾，顽劣异常，与两个乖巧懂事的哥哥性格迥异。东宅村里有“三鸽出一鹞，五虎出一豹”的古谚，村人们都说：“这白三就是三鸽里的鹞、五虎里的豹。”白三之父白朗，听了村人们的这些议论，不怒反喜，倒还显出几分得意的神色来。他不无显摆地夸说道：“是啊，不假，我白家还指着这三鸽里的鹞五虎里的豹，振我白家的家声哩！”

幼时的小白三，白白胖胖玉团粉妆，唇红齿白能说会讲。加之又是晚儿，父母双亲自然对他宠爱有加。父偏袒母溺养，把个白三打小就娇惯得少规失矩，不成体统！爱好耍钱赌酒的白朗，常将这晚儿白三带在身旁，筷子蘸酒叫儿舔尝，说是有出息就得有好酒量；叫儿打骺替父壮手，说要成大事就得先在这赌桌上历练胆量！

小白三还果真不负父望！五岁那年，一日白三随父在村街里行走，路遇其父一拜把子兄弟何能。东宅村里，熟人朋友之间走路碰面之时，常有相互调笑以示关系亲密之恶俗。这何能尤好以此为能。这一日的何能，见白朗领着小儿白三在身旁，就换了调笑对象。他手抚着白三小儿的脑袋，佯作惊奇地感叹道：“哎呀呀，怎么刚打娘肚子里爬出来，这头发就白了呀！”原来这白家遗传少白头，这何能要以此打趣白朗的满头白发，今日里索性在小儿身上做起了文章。可还没等其父出声，这白三小儿即朗声对答道：“是啊，狗走窝累的，累得头都白了！”一街人先是一愣，继而都快意地哈哈大笑起来。原来这何能性情浮浪，与村中不少风流女子有染！何能一贯蛮横霸道，村中还真就无人敢当着他面提说此事，不想这白三小儿，初生牛犊不怕虎，一句反击语，把膀大腰圆的壮汉何能羞臊得红了一盘脸，悻悻而走。平日里见惯了何能趾高气扬的一街村人，今日借小儿之语出了口恶气，再看小白三的眼光里就满是佩服了！

八岁那年入了私塾，《三字经》《百家姓》之类的东西，白三读来头疼。侮师辱友的勾当，白三却驾轻就熟——钻桌底抽杌凳摔别人屁墩，门轴上架扫帚敲先生脑袋，诸如此类的恶作剧，白三是门里出身自会三分。学堂里叫来其父白朗告状，不承想这白朗护犊子，说："自古英雄出少年！小儿就得有些痞气方能成就大事。"把学堂里的卢文显先生气得无言以对！经此之后的白三，也就越发地为虎作伥起来。

学堂里四五年，白三只是调皮捣蛋，书也念不成个什么眉目，干脆退了学，托人情入了买卖行。偏又不老实，几次偷拿柜上银钱，终落了个辞退除名的下场。倒了名声的白三终日无所事事，游荡乡间，与臭味相投的一干本村无赖及外乡痞子混迹一处，飞扬跋扈横行乡里，成了乡人们眼中的祸害种子。村人们偏还敢怒不敢言，唯恐暗地里遭了这帮无赖的报复。惯得一干恶徒，越发的盛气凌人，无恶不作起来。庙会上欺行霸市揩利揩油，调戏妇女打架斗殴，平日间翻墙越户偷鸡摸狗，把个好端端的村庄糟扰得乌烟瘴气，鸡犬不宁。仗鹞儿振家声的白朗偏不以孬种儿子为耻，反以豪强儿子为荣，他大言不惭地叫嚣道："我白家的儿孙，一代就是比一代强！"

要说道起来，白三其父白朗，和李甲午还是磕过头的拜把子兄弟。东宅村里长大的男子们，大都有过结拜把兄弟的经历。结拜的仪式一般是在八月十五那天举行，本家的孩子们是不好结拜的，结拜也须出了五服方可，以防迈辈。结拜兄弟的数目有多有少，四个六个八个皆可，只是须得取双数，据说单数不吉利，结拜后往往会死掉一个。譬如刘关张"桃园三结义"就是三个，结果都落了横死的下场不是！结拜那天要吃顿好饭，扁食、扯面皆可，最好是卷薄馍。"卷"字寓意交情牢不可破；只是不得吃撅片，"撅"字寓意不祥，仿佛吃了就会埋下撅断情分的祸根。结拜把兄弟的起始年纪亦不受限制，相互间只要萌发了结拜的意愿即可举行；结拜次数亦不受限，不少人都是在少年懵懂时就结拜过一次，成年懂事后可能还会再结拜一次，不同次结拜的人员也不尽相同。所以同一个人在村中可能就会有好几绺的拜把子兄弟。

李甲午和白朗就是在懵懂的年纪里结拜的把兄弟，一同结拜的还有何能、文贤、司林。待到年纪稍大后，渐渐地觉出了彼此间性格不同，大异其趣，故而交情也就越来越淡。只是逢年过节时李甲午还要邀来几个发小聚聚，以绵延兄弟间的情谊。偏偏这白朗心胸狭窄仇富妒能，一次聚会散场后，李甲午发现家中装茶叶的罐子里被人偷偷浇了许多开水进去，一罐子上好的茶叶就这么给泡了汤。细细回想起来，当时坐在茶罐旁椅子上的人正是那白朗。李甲午还在心底兀自疑惑，果然就听别的把兄弟说，往茶罐里浇开水的正是那白朗，白朗背后说出了这样做的理由：“就看不惯他李甲午使钱充大，他不是钱多嘛，钱多我就让他有钱多的花法！”李甲午听了心里颇不是个滋味，倒不是心疼那罐子茶叶，实在是感叹当年的兄弟情义，竟然会沦落到这步田地。真个使人心寒！

白朗性情阴毒且两面三刀，暗地里攮刀子，明面上还要装好人。听说了东宅村里要行戏班的消息后，白朗让儿子白三和自己一道出手阻挠，如此这般地面授机宜一番。儿子白三不明就里，问其父白朗：“你为何要如此行事？”白朗回说：“也不为啥，就是见不得他李甲午卖弄显摆，擅作主张，更不能让他借着这行戏班的名义显扬自家名声，徒增风光！”白三听了虽觉得好笑，却也欣然应诺下来。唯恐天下不乱的乖戾秉性，在白家父子身上得到了忠实的传承。

一连几日阴雨。无法上地出工的东宅村人窝在屋里，或蒙头睡觉或围炉闲谈，或做些无须出屋的活计。东宅秧歌社里的黄启旺社主，就趁雨把社员们召集起来要操练一番。一时间，三官阁下马王庙里的戏台上就热闹起来。鼓板清越，秧歌悠扬。

白朗父子相跟着冒雨出了家门。白朗戴了草帽挡雨，白三不戴，生怕草帽压坏了发型。不兴留辫子了，时下的年轻人热衷留剪发头。那白三虽说是少白头，却也不忘赶时新，长发垂肩，油光可鉴，时不时地将脖子扭上几扭，白三感觉自己潇洒极了。

出青石圪洞南口左行百余步，有一座嵌在墙上的砖雕壁龛五道阁。阁虽不大，却也雕得翘角飞檐，斗拱繁覆。龛门开启，门上匾额“神威远震”，两边对联:“持宝剑护卫五道,举钢鞭威震八方。”龛内五道神一手举鞭一手扶膝,勇武威猛而身怀正义,传说五道神掌管世人的生死荣禄,常助弱者成事,贫者安生。五道阁就嵌在文贤家的东山墙上。文家宅子院墙高耸、门楼巍峨,位处道旁却也闹中取静,算得个深幽静谧之所在。这文贤好赌成性,常于家中聚一班闲人跌帽(本乡土语,即摊钱赌)赌博,白朗白三父子亦是座中常客。按说父子在一处耍钱赌酒,多少会有些尴尬。东宅村人讲笑话:有父子两个喝酒划拳时,儿子喊:“哥儿俩好。”父亲喊:“亏呀亏!”这样的事,还真就在白家父子身上发生过。可这白家父子似乎对此毫不为意,真是林子大了什么鸟都有!

文贤在家中设赌局,自己既能过赌瘾,还能收场地费,还能抽赢家的抽头,还能放贷给输家赚高利;文贤的老婆文黄氏,头脑精明且颇擅风情,惯会在男人堆里打情骂俏,顺带兜售她囤来的烧酒、瓜子和大烟土,这一举数得的勾当已持续有年,文贤家借此赚了不少昧心财。这早就是东宅村里公开的秘密了!村人们虽对此颇有微词,可怎奈那文贤膀大腰圆,平日里又好使强用狠,村人也只敢背地里议论,从不敢当面指摘于他。文家在东宅村里本就是个大家族,文家的族长文枝茂,年轻时曾在长治裴宝堂创办的打蛋厂当过经理,告老还乡后又任东宅村的里正,于公于私都数次规劝过这文贤要迷途知返,不要再干那见不得人的勾当才是。那文贤受了族长文枝茂的呵斥,倒是也能安生上一阵子,可不久后就赌瘾复发,重操旧业起来。如此三番,文枝茂族长也就懒得再去说他。其时的大清朝已是穷途末路,元气将尽,世相混乱,人心涣散,文枝茂里正连村务都懒得过问,也就不再和这个不听话的混账侄子计较。没了管束的文贤,越发变本加厉起来。

民国肇始,改朝换代。李甲午被推选为东宅新村长。上任伊始,整顿村务,焕新村容,革除流弊,弘扬新风。首要查拿之事即为聚众赌博。李甲午与那文贤,虽是打小结拜的把兄弟,却能不徇私情,几次查拿文贤家赌局。断了财路的文贤,因此对那李甲午村长怀恨在心,总想着得便了要报复这六亲不认的拜把子兄弟。白朗对此心知肚明，他父子二人今日登文家门，正是为心底想出的一着妙棋而来。

虽连遭查拿，那文贤却不甘就此歇手，仍旧在偷开赌局。为防败露，他索性将赌场开在了院中隐秘角落里的红薯窖底。白朗父子来在文家门前，瞅瞅左右无人，一长两短几下叩门声过后，听见门里窸窣声起，吱呀一声门开，文贤老婆文黄氏探头探脑张望几眼，才将这白家父子放入门内，随即又紧关了院门。

白朗父子进院就下了红薯窖。昏黄的麻油灯下，文贤和几人赌得正欢。下了窖的白朗父子并未着急上场，却将那正在坐庄的文贤拖下场说话。那文贤开始还好生不耐烦，待听过了白朗的一阵耳语后，沉思片刻，清账散场，上窖和老婆交代几句，遂穿了长袍，拢理头发，随了白家父子出门，朝着村子东南向的三官阁匆匆而去。

三官阁是东宅村东南隅的寨门。阁高三层，下临文庙门前的半月形泮池。风吹池皱碧波荡漾，三官阁巍峨高大的身影倒映于池中，伸缩拉张随波摇荡，给人一种江南水乡的印象。三官阁首层的拱形门洞贯通南北，门脑顶砖墙内外各嵌着一块青石匾，南面朝村外那块，镌刻着“三官阁”三字，北面朝村内那块镌刻“墉垣保障”四字，两块匾落款都为大明万历年间。前朝遗物仍在护佑着今人的安宁，看了不免使人心生怀古之幽情！二层朝西向的山墙上开有侧门，出侧门就到在了村子南围的寨墙之上。三层高敞，内中供奉着三官爷的塑像——天官赐福，居中而坐，着黄袍；地官赦罪，左首坐，着紫袍；水官解厄，右首坐，着绿袍。三位官爷均头戴无翅官帽，一样的龙眉凤目三绺长髯。道教中的三官爷地位尊崇，有“得道神仙，皆从三官保举，下方生人，但持三官宝号，能除厄难”的神力。东宅村的村民们未必知道这些，却也听村里的老辈人讲过古：“古时人间不敬天地不孝父母，抛米撒面作孽多端，因此触怒天庭。玉帝下旨于正月十五火化人间。三官爷慈悲万民，偷下凡间嘱咐人民：正月十五之夜，人间村村户户大点灯山。千里眼出南天门视看，见凡间已是一片火海，启奏玉帝：‘凡间已被天火焚毁。’过后不久，玉帝得知底细大怒，将三官爷问斩弃尸凡间。民众感念三官爷恩德，为其立庙，并在正月十五这日，由秧歌社祭演供奉。久而久之，秧歌社就把这三官爷尊奉为了本行的行业神。”

三官阁紧邻着马王庙，马王庙里有座规模颇为宏大的戏台。设在三官阁里的秧歌社近水楼台先得月，遂把这马王庙大戏台做了秧歌社的排演场。每逢刮风下雨农闲之日，马王庙里就会响起秧歌社排演的锣鼓家伙梆子声。今日雨中的马王庙里正是如此景象，台外雨丝不歇，台内歌声不绝，黄启旺社主围鼓而击，带着一帮年轻弟子，正在演习开场词：

昔日有个苗庄王，他有三个女娥皇。
大女嫁给王员外，二女许配状元郎。
三女生得丑八怪，留在家中守空房。
庄王访贤到山岗，孔子曰：
四弦上有七个字，六凡工尺合四上。
庄王听了孔子话，调转人马回朝纲。
制下四弦与腿板，惊堂木磨得光又光。
说书庄王他为首，传下弟子游四方。
江湖走遍天下路，有缘君子把俺帮。

白朗父子并文贤三人进得马王庙来，缘梯上到了坐南朝北的戏台上，板凳空位里架二郎腿坐好，津津有味地听着秧歌抽起了旱烟。直到启旺社主开场词教罢了，白朗文贤才将那启旺社主从座中拉起，缘开在戏台西墙上的一道小门爬到了三官阁上。那白朗使眼色给白三，让他留在台上给一干小年轻吹吹耳边风。黄社主见状心下纳罕，连连追问二人此举何意。二人亦不答话，等到在了阁中的三官像前，白朗才语带双关地向着黄启旺社主说道：“黄社主将临深渊了还不觉险，还在高歌行乐，真乃好雅兴啊！”白朗一句话把黄社主说了个癔症，他手摸胡须，不解地问：“何为将临深渊？还请二位明示。”不等白朗开口，文贤就朝着黄启旺社主说道：“前几日，那李甲午在明伦堂中议论行戏班的事，你老是不是也在场？！”黄启旺社主点头称是。文贤接道：“你老人家也不想想，这东宅村里要是真行起了戏班，那还留你这秧歌社作甚？要真起了戏班，可不就是你老将临深渊的时日？”一席话说完，白朗文贤二人四目齐盯着黄启旺社主静观其变。不想那启旺社主呵呵一笑说道：“二位言重了，现如今这戏班不是还没起吗？就算是真起了，他戏班唱戏班的，秧歌社唱秧歌社的，井水不犯河水，又有什么临不临深渊的说道呢？！”见黄启旺社主不以为意，白朗文贤稍显失望，齐声埋怨这启旺社主是眼里揉了沙子看不清脚下道路，是以君子之心度小人之腹。白朗更近前一步，攀了启旺社主的肩膀诘问道：“我看你老是忘了那李甲午是如何对你这秧歌社心怀叵测，又是如何费尽心思压制你这秧歌社的诸般做法了吧？”听了白朗诘问的启旺社主，脸上渐渐敛起笑容，陷入沉思。

黄启旺社主高大个，目光炯炯，满面红光，虽年近六旬却精神矍铄，显得气度不凡。年轻时候的黄启旺在读了几年义学后，经人保举去瑞盛成盐店里当伙计。瑞盛成的东家、渠头村乡绅张补祯，不仅是渠头村八大社的总管，还是渠头村秧歌社的社首。渠头村每年要唱的十六台社戏，全都由他操办。张补祯嗜好秧歌，他不光乐此不疲地操办各类秧歌演出，还在自家的盐店学徒里选拔歌唱好手，办秧歌班自娱自乐。

张东家见年轻的黄启旺丰神秀伟、声振音隆、口齿伶俐且有一条好嗓子，是唱秧歌的好苗子，就把黄启旺选进了自乐班中习学秧歌。这秧歌自乐班的惯例一般是：不请师傅，以老带小，互教互学，能者为师。启旺天资颖悟，过目不忘，凡习学过的曲目，都仿佛印进脑海一般，登台演出时一招一式，一腔一调，都能毫不走样地搬演出来。不二年，他就成了瑞盛成盐店秧歌自乐班里的顶梁柱。

逢年过节或探亲回家，都会有不少的东宅村人，找到黄启旺门上来学唱秧歌，这里头有喜欢秧歌的年轻孩子，也有希望孩子唱秧歌学本事的家长。他们都知道黄启旺是秧歌行里的能人，都希望能够得到他的真传。照着村里祖辈相传的老规矩，这样的要求，能人们一般是不能拒绝的。不过黄启旺也没打算拒绝，他是真心乐意收徒传艺。他有过向人求教的经历，深知求教于人的难处。加之他本身万分热爱这秧歌行当，希望秧歌在东宅村里能够发扬光大，故而也乐得应下登门者的请求，教会了不少村里人唱秧歌。

光阴流逝，岁月如梭。黄启旺告老还乡了。还乡不久的黄启旺就接下了一行新差事。东宅村里正文枝茂，一日领着一帮小年轻登门造访，文枝茂说："咱村喜欢唱秧歌的人越来越多，我也早就有办个秧歌社的想法。今日里登门，是想请您出山，起社收徒并掌持社务，您老可得费费心，成全了众人念想的这桩好事啊！"文枝茂里正言语谆谆，一干小年轻眼神殷殷，黄启旺老先生客套推辞几句后，便欢喜地应下了文枝茂里正的请托，次日就上了任。谁让他是打心眼里喜欢秧歌呢！

文枝茂里正遍请村里的耆老族长，于马王庙戏台上，共同见证秧歌社"会茶"仪式：入社者每人一根麻糖、一碗油茶，在启旺社主率领下敬三官爷，逐条宣读秧歌社社规：

> 即日起排演，凡参加者不得迟到早退；
> 点灯不到，罚油四两；
> 服从师父分配角色，不得挑拣；
> 中途不得退社，违者受罚；
> ……

每宣读一条，众人皆点头，喝茶。宣完社规喝尽了茶，礼成。摆席喝酒、吃十大碗，庆贺秧歌社开社。其时的三官阁下，好一派喜气洋洋的景象。

黄启旺社主做事用心、带徒有方。秧歌社起社三个月就有了模样。排演熟练的剧目还真不少：《打酸枣》《小姑贤》《偷南瓜》《杀子报》……无论是一生一旦一丑的“三小戏”，一旦一丑的“二小戏”，抑或是一人单演的“独角戏”，诸多剧目虽情节简单、唱词粗俚、角色单一、道具简陋，但这样的乡音俚语，唱的尽是村人们身边发生的人情世故，看着就使人顿生亲切之感。

譬如《打酸枣》：

老阳（太阳）上来渐渐高，
小姑子手掀门帘叫嫂嫂。
嫂呀嫂呀，天气好，
咱二人荒郊野外去打酸枣。
……
左看看，右瞧瞧，
你看那红圪丢丢的好酸枣。
用钩镰钩过那酸枣树，
摘一个吃一个不酸不苦真是好。
哎哟哟，不好了，
倒圪针把小姑子手扎了。
小姑子开言只把嫂嫂叫，
嫂嫂你快取钢针把刺挑。
左一挑，哎哟哟，
右一挑，疼死了，
我不叫嫂嫂叫你祖姥姥。
左一不捞，哎哟哟，
右一不捞，疼死了，
嫂嫂你总算把刺挑出来了。
又是哭，又是笑，
姑嫂二人赵家坟台再去打酸枣。

譬如《小姑贤》里女儿婉言规劝母亲：

> 老母亲，老人家，孩儿劝你几句话，
> 女儿我今年十七岁，明年十八到人家。
> 遇上贤惠婆婆倒还罢，和你一样可该咋？

正是这些情节简单、唱词粗俚却使观者心生亲近之感的秧歌剧目，将东宅的村民们牢牢地锁在了台下，成为秧歌社最忠实的拥趸。起先这秧歌社只是农闲时才开社演出，见村人爱看，观者如堵，就渐渐地增加了场次，几乎是见天晚上都开演。

过年时，黄启旺社主会带着秧歌社到村内殷实人家登门送福贺喜；正月十五到这年新娶了媳妇的人家送灯贺喜；到新生了孩子的人家演出，为孩子平安成长祈福。这类的贺喜演出，主家除招待吃喝外，还会另赏些喜钱。每逢三官爷祭日，秧歌社都要为三官爷献演，东宅村民们沿街载道，"家家争先迎送布施，户户夺前造管酒饭"，以求三官爷保佑来年五谷丰登；一些人家为求子嗣，会去偷拿三官阁里的贡献，得子后除到庙里还愿外，还会顺带给秧歌社送赏钱；秧歌社若受邀出村演出，所得赏钱会更多，只是这种演出多会遭遇打对台，为吸引观众，只好演一些荤段子。荤段子又被人们俗称为"钻帐幔"或"脱裤子"，在表现男女私情上多有露骨之处，譬如《缝小衫》《剁白菜》《拣麦根》《雇驴》……荤段子是演给男人们看的，虽说只在妇女孩童退场后的深夜进行，但也屡遭官府批斥："淫词艳曲，丑态万状，愚夫愚妇杂沓于稠人广众之中，倾耳注目喜谈乐道，男女混淆风气不正。"到了民国，政府严厉整饬旧风陋俗。有司勒令："凡设有秧歌社的各村里正，负责监管秧歌社，不得偷演有伤风化的秧歌戏，如有违反，必立拿为首人枷示，锁铐管厢人，遽行惩治。里正社首亦负连坐之责。"李甲午上任村长后，一来担负着监管秧歌社的责任，二来也早就对这秧歌社偷演荤段子之举深恶痛绝，遂对秧歌社做了好一番整治。这整治正是那白朗口中所言李甲午居心叵测，想方设法对这秧歌社诸多压制的那番话了。

一阵喧哗惊醒了沉思中的黄启旺社主，他急忙从三官阁下到戏台上察看。秧歌社里的一干小年轻，围在白三左右，群情激愤，乱语喧哗。启旺社主在楼梯口停下脚步侧耳细听，听出人当间的白三也是在说着他爹白朗刚才说给自己的，李甲午居心叵测压制秧歌社的那番话。他心说，这白三父子到底和李甲午村长有怎样的深仇大恨，舍得下如此功夫来做这煽风点火的事情。不过经刚才一番沉思的启旺社主，现在却也觉得，有必要让秧歌社里的小年轻们借机闹闹事，也给那李甲午村长点颜色看看。那么自己且不出面阻拦，就让那白三索性煽乎煽乎看！

自整饬以来，秧歌社受了弹压，演出行情已大不如前。过节日时，邻近村庄不再邀请秧歌社前去热闹；过事的人家，也不再请秧歌社助兴。秧歌社里的一干小年轻所得报酬因此锐减，早已牢骚满腹，今日里听了白三挑拨离间的一番言语，胸中压抑许久的一腔怒火被瞬间点燃，纷纷大放厥词起来，怒骂那李甲午断人财路不近人情。白朗和文贤看启旺社主默立沉思，驻足梯口默不言声，就知这启旺社主是有意起事了，不由得心内暗自欣喜。

不觉间云散雨收，天色放晴。已有心事在怀的启旺社主，命众人收拾起锣鼓家什散场，嘱咐各位要将那秧歌词句勤加练习，以防生疏忘记。众人各自归家，白朗父子并文贤，叫上几个平日里就常在一处搭伙吃酒的秧歌社员，回白家喝酒热闹。其间白三父子又添油加醋煽风点火一番，几杯黄汤下肚，酒酣耳热的几个小年轻借着酒意，摇荡到了李甲午家门前成心寻事。正在家中喝茶的李甲午村长听见门前喧哗心知有事，倒也并不觉得惊奇。上任以来，他已经历了不少挑衅之事，交锋过不少寻茬之人。他端了那把自己钟爱的宜兴小茶壶出得门来，站在几个小年轻面前看着他们说话，不时就着壶嘴啜口茶自顾不言。刚才还在高声吵嚷的几位，见甲午村长沉静，先自收敛了几分。内中一个叫董笠的，平日间遇事就好承个头，偏今日酒喝得最多，说话也就显得张扬些。他见众人怯了阵，心下尤觉不服，就跳将起来质问这甲午村长道："听说李村长欲在这东宅村中新起戏班，还要解散俺们秧歌社，以霸占那马王庙戏台，你现在且给个痛快话，是不是果真有此事啊？"先前沉默不语的几个小年轻见有人承头，也都来了胆量，趁势齐声附和质问甲午村长是否真有此事。那甲午村长啜口茶回敬众人道："看尔等都是半酣酒儿在肚的人了，都且回家好自安生歇了，有什么话只请明日酒醒了再说。"说完李甲午村长就要返身入门，一众人见了不甘心，又高声责难道："李村长你倒是不要着急走啊，你且把事儿给我们哥几个说个明白才是啊！"那李甲午闻言停步转身，正视几人道："我已说得很明白了，你们今日里都是喝了酒的人，说也说不了什么事。再者说，这秧歌社里不是还有社主嘛，要说事也轮不到列位来说吧！"李甲午村长眼盯着几个小年轻，表情严肃不怒自威，嘴上张狂而心里发虚的几个人乱了方寸，只好悻悻而散。

次日一早，李甲午村长就召集村中耆老族长，于文庙明伦堂中喝茶议事。那秧歌社的黄启旺社主亦在被召之列。喝茶寒暄一番过后，李村长才将昨日秧歌社几个小年轻酒后围门搭户找碴儿寻衅之事说给了众人听。未及众人言语，甲午村长即开门见山地说道："如今已是民国新世，政府下决心要整饬旧俗，革除流弊，这秧歌社搬演荤段子之举，亦在明文禁止之列。我本人也早以为，秧歌社为拉人气赚钱财而偷演荤段子，实乃淫靡斗狠伤风败俗！就该大力革除才是。今天在这里当着众位，我还是那句话，既然我李甲午忝居村长之职，定当负起责任，彻查秧歌社偷演荤段子绝不手软。至于邀那赵群孩先生来东宅村行戏班之事，实在是为振兴我东宅村村声作想，别无他意！周边的村子，除过马村、大阳而外，东宅也算得个大村子了，可怜我东宅这样的一个大村，在前朝暗沉暗迓多年而无甚作为！实乃可惜！如今民国初立，百废待兴，正是我东宅村大显身手之时，那秧歌社里的几个小年轻却说我是'欲以行戏班霸占马王庙戏台而解散秧歌社'，如此风马牛不相及的事硬要扯在我的身上！他们未免也太小瞧我李甲午了。我念他们酒后失态，且不与他们计较。黄社主你老人家可记得回去将你手下的那拨小年轻管教管教，别聚堆喝酒不算，还四处晃荡着耍酒疯。真要惹出什么麻烦事，你老还得跟着受连累不是？”

座中的黄启旺社主，听了甲午村长推心置腹的一番言语，早已羞得脸儿通红，暗自思忖道：“好险啊好险！差点儿被白朗父子和那文贤做了枪使！想当初，自己不也是有凭秧歌社振兴东宅村的念头吗？只可惜这秧歌社只在村内及邻村热闹，影响甚微，不足以担此重任罢了。”他听了甲午村长说行戏班并不会排挤秧歌社的话，心里一热，站起身向甲午村长施礼道：“昨日徒弟们酒后无德，冒犯村长，都怪我管教不严，今后定当从严治社，加排新剧，荤段子一概摒弃，再不给村上惹麻烦，您就放心好了！行戏班有用得着我的地方，在下定当效力不辞！”众人闻言诺诺点头，纷纷出言解劝：“村长大人大量，无须和一干小年轻置气，都是些酒后失德的混账话，敢是受了旁人的挑唆也未可知。”卢文显先生岔开话题圆场解围道：“敢问村长，那赵群孩先生何时来咱村起班行戏？”甲午村长回言道：“走时交代，说和那鸣凤班办清了交割，即会速速前来，倒也没说准日子，大概就在这几天亦未可知！”

议事已毕，众人陆续告辞，唯李五德还坐着未走。待人散尽，李五德问李甲午村长道：“这行戏班的事，兄长眼下究竟作何打算？”这李五德比李甲午小着整整十岁，一绺把兄弟中排行最末，年纪虽轻却老成持重行事稳妥。又和兄长李甲午脾性相近爱好相同，周边十里八乡的村子只要有好戏唱，他一准会和李甲午结伴前往观演。故而在一众把兄弟里，哥儿俩交情最为笃厚。五德兄弟的问话，正说到了李甲午的愁处，秧歌社的小年轻们起头闹事，表面看是白家父子挑唆，启旺社主纵容。内中缘由还是社规不严，监管不力。那秧歌社本为村里公兴，村上为此还派了专员驻社监管。可如此一来，反落得社主、专员彼此推诿，互相推卸之果。秧歌社以利字当先，置礼义廉耻于不顾，这也正是前朝屡次禁绝屡次无功的根源所在。李甲午正欲征询李五德意见，便试探问他：“要不这将行的戏班，干脆由咱哥儿俩和赵群孩先生三人私行如何？省得日后人多嘴杂，互相推责，也落个秧歌社一样的下场！不知贤弟心下作何想？”李甲午话音刚落，李五德即站起身来说道：“敢情大哥和我想到一处去了，我也正想和大哥说这私行戏班之想呢！”兄弟俩心有灵犀不谋而合，戏班由他二人出资兴办，不动用村上钱粮，不委派专员监管，由赵群孩先生一人全权掌班理事，以防重蹈秧歌社之覆辙。又议及戏班驻地，兄弟二人都以为设在海神庙里最为适宜。海神庙是东宅村西南角上一座庙宇。坐北朝南，三间正殿高踞于月台之上。东西相对各有五间上下两层的看楼。山门上下两层，翘角飞檐，一层门洞通达内外，二层倒座小戏台，正对着三间正殿，虽然小巧却很精致。戏班于其上排演、操练十分方便。这海神庙现归村中冯姓家族代为掌管，甲午村长着五德兄弟请来冯耀祖族长计议此事。冯族长也欲借势以振海神庙之威名，得此良遇欣然相允。甲午五德兄弟二人心内大喜，谢茶谢酒自不待言。计议已定，心下稍安。

四月二十六日那天，一架高篷大骡轿停在了李府门前。轿帘开处，鱼贯跳下几个人，个头高矮不一，身手却个个敏捷。几个人下地活动活动手脚，即打轿篷车后厢处取了扎缚得方方正正的行李铺盖，列队站立于车旁，好似一队整装待发的士兵。最后下得车来的正是那赵群孩先生，只见他理理袍襟正正衣冠，径直走向李府大门楼下轻扣几下门环。早有老家人李贵发闻声前来开门，见是群孩先生，寒暄几句，速速进门通报主人去了。不多时，听得门内一阵脚步响，李甲午村长面带笑容出得门来，一把将群孩先生攥了，嘘寒问暖不迭。见礼毕，遂笑脸相邀一众人进门喝茶，命家人贵发快快去将五德兄弟请来陪客。

四月二十四日是梨园老郎神唐明皇的祭日，亦是上党梨园班社的搁班日。所有戏班，旧年合约至此终止，新年合约打此生效。赵群孩即于此日和引娣夫人详谈，恳请夫人以大局为重，辞退他和李小红出班，以警示众人。引娣夫人虽心有不舍，却也明白群孩先生心内苦衷，鸣凤班里名角众多，平日间就明争暗斗，钩心斗角，这回出了这档子事，正好杀鸡儆猴，以儆效尤，以此来扭转鸣凤班风。引娣夫人深知群孩先生的为人秉性，见他去意已决，亦不好强留。只说等平息了风波，再请赵先生回班。群孩先生谢过引娣夫人美意，殷殷相嘱，依依别过。

李府待客的花厅内笑语喧喧。李甲午村长和赵群孩先生南向正座，东西相对的两溜交椅上，顺序坐着追随群孩先生而来的一队人。正说话间，老家人贵发领着李五德进了花厅，李甲午起身，将李五德拉了介绍给列位。众人一一起身相揖见过礼，坐定喝茶。李甲午并李五德见一众人中只李小红一人面熟。群孩先生见状会意，遂将一队人挨个儿向二人一一做了介绍。闻知此番追随群孩先生而来行班唱戏的一众人，都是上党梨园行里的好把式，甲午五德欣喜无尽。

叙谈有时，李甲午李五德领着一众人到海神庙中视看。众人看后颇觉满意。李甲午村长又让李五德于海神庙左近，归置出几个院落辟作戏班人员起居之所。安置好一众人员住下，备下酒食接风洗尘，一夜款饮不提。

次日一早，李甲午村长请来海遂小阴阳掐算黄道吉日，卢文显先生写帖子，遍请村中耆老族长以及县中乡绅名士，届时前来为戏班开班见证捧场。又和赵群孩先生讲了戏班不再公办的缘由，以及五德兄弟有意共行戏班的意愿。群孩先生闻言连连点头。三人恭请卢文显先生斟酌，给戏班起个名字，卢先生略一思索道："既然是三人行戏班，干脆就叫三乐意，朗朗上口且寓意吉祥，可好？"二李并赵听了连声称赞，齐夸卢先生文思敏捷。

转眼间就到了黄道吉日。三乐意开班庆典，场面真个是热闹！戏台底下庙院正中，早摆下几张八仙桌贵宾席。席上茶盏、酒碟、瓜子、花生、糖果、点心罗列，席旁围坐着本村耆老族长并县中乡绅名士，人人面上含笑，个个衣冠鲜明。寒暄见礼热情叙旧，围坐饮茶嗑瓜子聊天；贵宾席周围的一排排板凳上，早已坐满了前来看戏的村民。细看却是清一色的男人，不见一个女子。其时的海神庙里人声鼎沸笑语喧哗，一派热闹欢腾景象。

热闹欢腾而又有条不紊！李五德早早地就召集来众位把兄弟，做了一番周密细致的安排：专人负责迎来送往，专人负责提壶续水，专人负责维持秩序，专人负责疏导分流。把兄弟里排行老大的冯国书心思缜密且待人和气，此番由他来负疏散分流之职：凡来海神庙里看戏的女子，进门就被安置到二层看楼上看戏。男女授受不亲，看戏分席而坐的老传统，早就被那秧歌戏打乱了，秧歌台下男女混杂本就多有不便，加之秧歌戏里多庸俗淫艳之词，演到热闹处，一些心怀叵测的浮浪子弟以慌作乱借机揩油，推搡挤靠抠摸拿捏，妇女们苦不堪言却又羞于出言。故而，今日里男女分席而坐的新举措，立刻就得了妇女们的交口称赞。

海神庙戏台早已被装扮一新，台口边大幕高悬，台内挂起了两层的帐幔，显得祥和肃穆，雅致大气。三乐意的开班庆典，以折子戏贯穿连缀，赵群孩掌班带领班众轮番出场献艺：《甘泉宫》《东门会》《寄女杀家》《送印杀差》《酒楼洞房》《徐公案》，戏台上高潮迭出，精彩纷呈。演者如泣如诉，观者如醉如痴。剧目精彩，行头光鲜，王帽、凤冠、金貂、三环头、帅盔、吕布盔、中军盔、太监盔、鹅叶盔、谷芦盔、金瓜、钺斧、朝天蹬，各色人等轮番出场亮相，虽都是些本地产的行头，却全系金黄，满台亮色，鲜明耀眼，夺人眼目。

甲午、五德二位东家，本欲遣人南下苏杭，为三乐意戏班购置全套的苏货行头，却被群孩掌班拦下了。群孩掌班说：“戏班草始之初，花钱的地方太多，切不可图一时的排场而跟风靡费！况且我上党之地梨园兴盛，制作戏装道具的本地作坊，水平也都不低！那西南呈的乐器、苏店的网子、米山的刺绣、牛匠的头盔，都算得上是‘地道货’。我看三乐意戏班的全套行头，在本地采买就够使，无须舍近而求远！再者说，戏唱得好赖，也不全在这行头上说话不是！”甲午、五德二位东家及众人听了赵群孩掌班一席话，皆心生感叹：“群孩先生艺高德劭且务实不虚，三乐意由他来掌班，真是选对了人。幸甚至哉！幸甚至哉！”

毕竟后事如何？且听下回分解。

第四回

赵群孩情迷上党戏　梆子腔机缘下太行

九叔讲古：

太行山高，与天为党。
易守难攻，历来屏障。
兵家必争，战事频仍。
狼烟四起，剑影刀光。
岳家军勇，杨家将雄。
民间流传，戏里演唱。
上党乡人，耳熟能详。

上回书说到，三乐意开班之日，海神庙中名流云集，衣冠鲜明。燃香鸣炮齐贺戏班开张，击鼓奏乐共祝氍毹辉煌。海神庙倒座戏台上大幕开启，帐幔低垂，戏台口横拉一条长幅，上书“高邑东宅三乐意戏班”一行金字，耀眼夺目。赵群孩粉墨登场，引领班众演戏精彩纷呈。众人皆赞群孩先生艺高德劭且务实不虚，三乐意由他掌班，真是选对了人。幸甚至哉！幸甚至哉！

赵群孩，陵川县平城镇杨寨村人。杨寨村古名三教，村落所在地势平缓、土肥水美，相传宋时杨家将曾于此扎过营寨。金元时代的陵川，历任县令如田居敬、魏致隆、元格等人，都十分注重地方教化。杨寨村也因兴学重教而文风鼎盛，科举繁茂。赵群孩他们老赵家，祖上曾出过两位状元郎：赵安荣，金天眷三年（一一四〇）庚申科状元；赵安时，金正隆五年（一一六〇）庚辰科状元。赵氏兄弟能够双双登第状元，得益于其父赵振的孜孜教诲。赵振老先生以忠孝传家，为父守孝三年不离墓庐半步，有大孝子的美誉；他纯朴宽厚，分家析产时，把最优厚的家产让给兄长；他乐善好施，常年接济村中贫困人家，施医送药，治病救人。一生积德行善的赵振，被乡人们尊为乡贤。有术士预言："赵公忠厚仁义，其后辈必定光大其门。"果然应验：两个儿子蟾宫折桂，双双中了状元。兄弟二人跻身仕途后，先做文官，后任永定军节度使，统管一道或数州的军、政、民大权。杨寨村古时有"赵状元台"，相传就是为纪念赵安时任南京路都总管所建。赵氏二位状元告老还乡后，经常受邀赴陵川另一大名鼎鼎的状元武明甫家的乐天园饮酒赋诗。陵川地方志里，收录不少赵氏兄弟吟诵家乡的诗文佳作，在此录其一二。

《寒食次陶公韵》 赵安时

莫怪山城后放花，神灵秘惜晚生芽。
他乡早发还先谢，春色都留聚我家。

《赵洛道中》 赵安荣

柔青初散陇头桑，树落人家布谷忙。
一段蓝青浑着角，叶间犹有几花黄。

风流总被雨打风吹去，任是那帝皇贵胄、王谢巨族也概莫能外。赵群孩生于清光绪七年（一八八一），其时，曾经风光无限的赵家，已沦为普通一介农家。赵群孩又名赵勤孩，名字如此，想来定当是个心勤手勤脑勤的好孩子！小群孩自幼常随爷爷赵恩敬看戏，耳濡目染间，就对这戏曲喜爱有加。他常与小伙伴们在自家晒棚顶上，以高粱秸秆编帽冠，以玉茭缨缨当胡须做戏玩耍。七岁那年，父亲逝去，年幼的他随母亲改嫁到陵川县城北关的杨家。杨家宅子南去不足半里，就是陵川县里的城隍庙。这城隍庙是逢年过节县衙门唱官戏以及民间唱民俗戏的主要场所，隔三岔五就有好戏上演。小群孩近水楼台先得月，每逢城隍庙里演戏，定要跑去观看。光是看还不过瘾，看罢回家还要学样搬演一番。杨家宅子一进两院，二进院正中的堂屋，三间正房高踞于数级台阶之上。隔扇木门窗，檐前四根石柱，与演戏的戏台相类。小群孩常于这形似戏台的廊檐之下，模仿戏中人物说唱念白，手之舞之足之蹈之，倒也中规中矩像模像样。小群孩的做戏玩耍，给寂静的杨家宅院增添了几分生气，深得寂居于院中女眷们的喜爱。只是继父不喜，若是碰见其做戏玩耍时，总不免要呵斥几句。

隔年上了私塾，天资颖悟的小群孩，诗词文章过目成诵，毛笔字也写得齐整。在县衙门里跑差的继父见了心喜，切切叮嘱他要安心念书习字，承许日后为其在县衙里谋一份誊写公函呈文的美差。可入了私塾的小群孩依旧醉心于演戏，得空就要来上两段。先生以扰乱学堂为由，几番使戒尺把小群孩双手打得肿如酵面一般，就这也仍不能改其心志。于是责罚其回家，叫家长前来学堂里问话。继父闻知心下气恼，将其痛骂一顿，临了慨然吟出一首打油诗来讥讽这小群孩：

戏子本是败家子，身在高台名在沟。
描眉画眼争风流，风流却属下九流。

终归是对那唱戏情有独钟，不忍割舍。十三岁那年，小群孩背着家人，偷偷跑到离县城十余里的南召村祥盛班里学戏。祥盛班的班主名叫王启祥，这王启祥班主有个怪癖，平日里不喜盘辫子，就爱长发披肩，故而当地人笑称这祥盛班为长发班。名为长发，却既无所长亦不发达。就这，小群孩也在那长发戏班里学得津津有味，乐不思归。两年下来，天分极高又勤奋好学的赵群孩戏就演得有模有样了。母亲却一直心忧他出门在外，年幼受苦，也生怕他后老子因失了脸面气恼，不再管他这个养子，因而整日惴惴不安。一次，得知长发班赶戏路途经陵川县城时，硬把他拖回家禁闭了起来。为绝后患，匆匆给他娶了媳妇，送回老家杨寨村安生过日子，想以此断了他唱戏的那份心思。

回到杨寨村的赵群孩，终日闷闷不乐，郁郁寡欢。纵然是新婚燕尔，虽然也情意缠绵，可缠绵过后更多的却是惆怅与失落。新婚妻子见夫君少言寡语，食不甘味，担心长此下去会拖垮了他的身子。想解劝一番又怕惹他生气，就私下里请祖父老人家出面开导他。打小看着他长大的祖父赵恩敬，虽也酷爱戏曲，但对于孙子要投身戏班的做法，却持决然反对的态度。什么“王八戏子吹鼓手，统统都是下九流”、什么“一朝戏子名在身，死后不得入祖坟”……诸如此类的话，祖父老人家在群孩耳边说过不知多少遍，见仍不奏效，就又将那首《乐户歌》，苦口婆心地说唱与孙子听：“头戴七折八扣，身穿有领无袖，脚踏五福捧寿，手拿一尺不够。走在大街，排成两绺，锅圪拉火，棚匠伺候，走在人前，吃在人后，连毛芽菜，点心不馏……”可他那一心想投身梨园行的宝贝孙子赵群孩，似乎对这段苦情无限的《乐户歌》充耳不闻，丝毫不为所动，依然是我行我素地坚持唱戏练声。家里不让唱，他就躲到村外的老西沟边吊嗓子，听“应山吼”回声校音正调。如此将近一年，日日雷打不动，天天风雨无阻，坚持练功不辍。几年的私塾教化，使得有了些文字功底的赵群孩对本就情有独钟的戏曲又有了更深一层的领悟，那一段段文雅锦绣的戏词，那一句句风趣诙谐的道白，那一声声情意绵绵的婉转，那一腔腔荡气回肠的豪情，如梦如幻、如诉如泣地萦绕在少年赵群孩的心头。

到底还是妻子和祖父做了让步。是啊！若深爱着一个人，又如何舍得他难过呢？少年赵群孩是幸福的，他有个通情达理的妻子；少年赵群孩是幸运的，他有个深明大义的祖父。得了祖父和妻子默许的赵群孩，如同出离了樊笼的飞鸟，如同回归了大海的游鱼。他打听到现时节的长发班，正在潞城镇天池村庙会上演戏助兴，就辞别了祖父和妻子，急如星火地奔了过去。颠簸一路，风尘未洗就粉墨登场，演《点炮杀宫》里的苏全忠。或许是重返戏台无比兴奋，或许是心存感慨而全情投入，当然也仰仗他离班期间的练功不辍，这场戏赵群孩演得是酣畅淋漓，精彩绝伦。观众们都看得如痴如醉，台下的叫好声不绝于耳。正是这出《点炮杀宫》，把少年赵群孩给一炮点红了，也正是这出《点炮杀宫》，使得少年赵群孩就像一匹杀出重围的黑马一般，一夜间成了百姓们街谈巷议的戏台明星。

长发班也因此名声大振，百姓们甚至一度改口，叫起了长发班的大号——祥盛班。王启祥班主一朝得意便趾高气扬起来，拉起了架子要当名班主，抬高了戏价要挣大银钱。新换了戏班横幅，一头长发也甩得似乎比以往更加频繁了。百姓们看了都调笑这启祥班主："而今的长发班身有长物，日后的祥盛班不发都难！"调笑归调笑，祥盛班的确是真的发达了起来。戏价大了不说，台口也日甚一日地多了起来，想写祥盛班得赶早，写迟了，出再大的价钱也是枉然。

倏忽一年。此时的祥盛班已然是顺风顺水，买卖兴隆了。而赵群孩却在这时萌生了去意。班员们不明就里，班主也大感意外。是啊，要说这戏班里上上下下一干人，都像众星捧月似的围着他赵群孩转，启祥班主也待他如亲儿子一般。这到底是怎么话儿说呢？众人都无不羡慕他赵群孩的风光无限，似乎没人知道他内心里的苦闷。对于唱戏，赵群孩是胸怀着极大抱负，心存着极高追求的！艺无止境，他要攀登戏山上的一座座高峰，他要探索戏海里的一道道深谷。可现如今，戏班里的所有人都仰望他、夸赞他、热捧他，就连自己不是也时常会觉得自己很出色、很了不起了嘛！可热闹过后，内心重归沉静的赵群孩却又想起了"山外有山，人外有人"的古语。故步自封，裹足不前，只会渐渐地使人变成井底之蛙；一往无前，攀登不止，方可使人更上层楼啊！

毕竟是性情温厚，到底是心地善良。赵群孩在启祥班主的一再挽留下，还是心生恻隐，应允了启祥班主的驻班请求。不过他和启祥班主也做了约定：自己再驻班一年，为祥盛班培养人才，竖起新台柱后他再离班。启祥班主心里的一块石头暂时落了地。是啊，常言道："铁打的营盘，流水的兵。"每年的搁班起班，人往人来，这戏班本就是个来去自由之所，人家赵群孩有离班的自由！可他竟然还能以大局为重，肯安心留下来替祥盛班培养台柱子，真是个宅心仁厚的好孩子啊！想到这里的启祥班主，看赵群孩的眼神里充满了浓浓的爱意。

看看又是一年。这一年里，祥盛戏班有了长足的发展。赵群孩悉心引领，言传身教，带出了好几个相当不错的新把式。赵群孩想他们尽快能挑起祥盛班的大梁，于是刻意给他们多安排上场实践的机会，主角让给他们演，自己甘愿演配角，在一旁衬戏托场。戏演得越来越出彩，赵群孩心底也就越来越踏实。毕竟祥盛班能平稳过渡，自己才能走得安然啊。搁班时，启祥班主摆下一桌丰盛酒席，是为赵群孩饯行，也是对他这一年来辛勤付出的诚挚感谢。

回乡探望祖父和妻子，叙谈一番别后离情，聊说几多新闻故事。小住几日，洒泪而别，赵群孩投奔庆云班去也。

庆云班是陵川丈河乡口头河村的一个戏班。当年赵群孩在陵川县城内上私塾时，一个名叫都岐岐的小伙伴，现时就在这庆云班里学艺。这都家曾是陵川一大望族，都家先祖都贶，乃北宋一代名臣。少年都贶博览经籍，以明经得中进士。宋哲宗时官至朝请大夫、鸿胪少卿。后因元祐党争屡遭打击，都贶看淡功名，隐居故乡陵川义门村锦屏山中结芍药会。与当时的文人谷汉臣、高子美等经常往来山中，流连于山水之间。诗酒唱和，茶禅一味，终成圆通旻禅师法嗣，专心向佛参悟正果。

时光流转，岁月蹉跎。多少家族都早已理不清了自家的来龙去脉，这都家因其姓氏的特殊，似乎还比较清晰地彰显着这份家族延续，尽管这份延续，他们自己也不一定能说得明白！上私塾时的都岐岐，家贫如洗，其时的都家，哪里还有半丝名门望族的气象？

庆云班名气大，戏班里行当齐全，班里的许多好把式都是名闻陵川县的名角儿。而好把式中最为有名的，要数那徐全虎师傅了。徐全虎是“生旦净丑”四路不挡、“昆梆罗卷簧”五音皆擅，以“好把式”中的“全把式”而蜚声于上党！赵群孩正是因仰慕徐全虎师傅的大名而来投奔这庆云班的。那都岐歧小赵群孩三岁，在城内私塾读书时，常跟着赵群孩一道做戏玩耍，为此也没少挨过先生的戒尺。也是因为笃爱唱戏之故，读了几年私塾的都岐歧也走上了学戏的道路，拜在了徐全虎门下为徒，至今已有二年光阴。赵群孩得都岐歧引荐，也拜在了徐全虎师父名下。虽然赵群孩年纪比都岐歧大三岁，但因晚投师门，他也得照着戏班里的老规矩，称都岐歧为师兄。入了庆云班的赵群孩，演小生，演须生，演花脸，戏上缺什么他就顶什么，不推不辞，不挑不拣。很快，赵群孩演甚像甚的能力就引起了戏班所有人等的关注。

师父徐全虎五旬年纪，性情淡泊，人物轩昂，演戏带徒之外唯爱看书，每日手不释卷，一管湘妃竹制的烟管叼在嘴边，袅袅散着青烟。虽话不多言，却最是个慧眼识人的主儿，他见这赵群孩面相端正，性格沉稳，就有意让他专攻须生；都岐歧体格魁梧，嗓大音隆，性格朴实耿直，打他拜师起，师父就着意让他专攻二净。师父教都岐歧演二净戏时，赵群孩在边上跟着学二净，师父教赵群孩演须生戏时，都岐歧在边上跟着学须生。早就关系亲密的俩人，在庆云班里唱戏练功时如影随形，行动坐卧也形影不离。二人随时交流心得，随地切磋技艺，互为借鉴，进步神速。一年后都岐歧满师离班，去在了陵川东关的武盛班搭班演戏。赵群孩仍留在庆云班里继续深造。赵群孩一向活泼勤谨，尊老爱幼，戏班里上上下下的人都和他投缘，师傅们也都个个喜欢他，自家的绝活都情愿毫无保留地传授于他，这就使得天分本就极高的赵群孩演戏功力日益精进，两年下来，就已达到了炉火纯青的境界。

名师出高徒，师父徐全虎是“好把式”中的“全把式”，徒弟赵群孩青出于蓝胜于蓝，也就是情理之中的事了！庆云班里又出了青年“全把式”赵群孩的消息，很快就在上党梨园传扬开来。

名气大了起来，本色却丝毫未改。赵群孩依然是一如既往地热情勤谨，乐意助人，尊敬师长。他悉心照料师父徐全虎的饮食起居，一日三餐亲奉桌前，抽烟点火，烧水沏茶，缝衣补袜，铺床叠被，三年学艺期如此，满师后留班三年演戏谢师时照常如此。师父也与这个乖巧懂事、温厚可人的徒弟有一层说不出的特殊缘法，待他比亲生儿子还亲，和他总有说不尽的话，聊不够的天。班社逸事，梨园旧闻，伶界传奇，曲苑杂谈，从师父徐全虎那里，赵群孩不光学会了如何唱好戏，如何领好班，更多是感悟到了戏如人生、人生如戏的真意义！

庆云班里演戏谢师的第三年上，早有不少戏班因慕了赵群孩的名声而来请他入伙。这里面有都岐歧所在的陵川东关的武盛班，有陵川附城的大三义班……后来，就连享有“一郡之冠”美誉，大名鼎鼎的东四义鸣凤班，也派掌班杨三圭亲自来在庆云班，力邀赵群孩满期后能到鸣凤班里驻班演戏。这杨三圭是陵川人，现时正任着鸣凤班的掌班。杨掌班在赵群孩面前历数鸣凤班的种种好处，想借此拉赵群孩入伙。不想那赵群孩最是个守信的，他因之前应下了师兄都岐歧到武盛班效力的邀约而不肯食言。杨掌班开出的优厚待遇也不能动摇其心志，倒令那杨三圭掌班唏嘘不已，连叹可惜。

三年谢师期已满，赵群孩依然是不舍离开庆云班。一则庆云班里大把式多，搭班演戏如高手过招，纵横捭阖行云流水，自是一番好享受；再则师父徐全虎年岁大了，身边更需要有人照顾。赵群孩为此和师父说了要继续留在庆云班，一直服侍在师父身边的话。不想师父听了却连连摇头，语重心长地对他说：“凭你现在的本事，混迹于任何一个大班社皆为易事！自古道：‘巧者多累，能者多劳’，徒儿啊，你且记着‘穷则独善其身，达则兼济天下’的老话，戏唱到你现在这个份儿上，就不光是你一个人唱得好就够了！为师何曾不想有你在身旁陪伴！可为师更想你远走高飞，开枝散叶，传扬我上党大戏的薪火啊！不要说天下，就是在这上党之地，又有多少作戏人需要兼济！又有多少人等着点拨指教啊！师父老了，师父希望你们能把师父的衣钵传承下去，更盼着你们能将它发扬光大，你啊你，切不可被这私情所缚，男子汉大丈夫，且要将那眼光放远些，心胸放阔些。为师盼着，你将来能有大出息，能有大作为啊。”

铭记着恩师教诲的赵群孩，洒泪拜别了师父徐全虎，进在了陵川东关武盛班，兑现了和师兄都岐歧许下的诺言。这年赵群孩二十五岁，风华正茂，玉树临风，名声大著，且平易近人。身上自带特殊魅力的他，一进武盛班就受到班众们的一致推崇，兼职掌班的武姓东家也非常器重他，很快就委他以掌班的重任。因为年轻，人们都称呼他为“小掌班”。武盛班里的年轻学徒和一些已经开始上场演戏的中青年艺员，也都纷纷表示想拜在赵群孩名下学艺，并希望武东家能出面为他们主持拜师仪式。武东家找来赵群孩商谈此事，却遭到了赵群孩的极力推辞。赵群孩说自己刚出道资历浅，自己的师兄都岐歧来在武盛班已有几年，尚且还没收徒，自己一入班就收徒，未免太自高自大了些！不过赵群孩表态说，不拜师不收徒，却也不影响传艺。“只要大伙儿肯学，我就把我知道的都教给你们！”

赵群孩是这么说的，也是这么做的。戏上戏下，台前幕后，学员们练功和师傅们带徒授课时，赵群孩在边上冷眼细观，侧耳静听，一察觉到有什么不妥的地方，他就会立即上前纠正，并反复示范给学员们看、听。他的做法不光学员们交口称赞，带徒的师傅也满怀感佩之情。不久，武东家就再次提议说：“你啊你，都在指点师傅们了，何不顺势而为，开班授徒岂不两便？”师傅们也都希望能从赵群孩那里学点真本事！纷纷齐声附和。赵群孩却仍坚持说：“只教戏，不论师。”他还是那句话：“只要肯学，我愿意把自己从徐全虎师父那里学来的好东西，悉数教给大家伙儿。”

武盛班因着赵群孩的驻班而声名鹊起，时不常地就会有一些人慕名而来，向年纪轻轻却已名声在外的赵群孩师傅求学问教。这些人多为别的戏班里的一些好把式，高矮胖瘦老少皆有，生旦净丑各行齐备。内中的大多数人，的确是因仰慕赵群孩的大名而来，却也有少数是心上不服，借口求教而故意抛出一些刁钻古怪的问题，来试探赵群孩的深浅高下。可不管来人是何打算，是真心还是假意，赵群孩都会以诚相待，热心解答他们提出的种种问题；对于那些试探深浅高下的问题，他看透了亦不点破，仍会认真诚恳地给予解答。赵群孩引经据典娓娓道来，往往就把那些别有用心者讲得连连点头称是，心悦诚服。赵群孩的名声随着人们的口碑，被越发神乎其神地传扬了开去。便有更多的好把式，甘愿来这武盛班搭班，追随在赵群孩身边，希冀能够得到他的指导和点拨。赵群孩因人而异，分配合适的角色让他们随班演出，根据演出情况，戏后再给他们许多针对性的指点，几场戏下来，人人都有收获，个个演技见长。如此这般，热情坦诚的赵群孩迎来一拨，送走一拨。谨遵师父教诲，发愿教戏度人。

武东家对此却颇有怨言："我武盛班里好不热闹！我武盛班是如意馆，是车马店。想来就来，想走就走，只怕走马灯里的画片儿也不如我武盛班里来去的人儿热闹哩！"可说这话的武东家心底却也明白，现如今武盛班的行情，比赵群孩入班前不知要好过多少倍！因此他的这番怨言也只敢聊作戏言，得了时机在赵群孩耳边调笑一过而已，从不敢刻意在场面上借题发挥。赵群孩是厚道绵善人，戏班里浸泅多年的他，岂不知这戏班的关节所在？戏班扬名立万得靠好把式，戏班生意红火还得靠好台口不是！

壶关县神郊村的真泽宫，北靠轿顶山，南面翠微峰。牌坊、山门、望河楼、钟鼓楼、戏楼、梳妆楼，一系列建筑华丽考究，错落有致。真泽宫已有千年历史，供奉着上党地区独有的冲惠、冲淑二位女真人。传说二姊妹系唐朝人，原籍山西屯留。母亲早逝，父亲续娶，后妈狠毒，二人饱受虐待，却仍然敬爱父母。孝行感动天地，上苍命黄龙于翠微山将二人度化飞仙。百姓遂于翠微山建二圣庙供奉。有宋一代，西夏进犯中原，宋军北上御敌，粮草耗尽，众将士饥饿难支。二仙显灵劳军，一锅黄澄澄的小米饭，三军将士取之不尽用之不竭，宋军以此大败西夏。徽宗闻二仙圣迹大悦，敕封二真人"冲惠""冲淑"名号，扩建二圣庙，并赐"真泽宫"庙额，由朝廷直接祭祀。真泽宫香火旺盛，每年四月十三至十五的真泽宫庙会，方圆百里前来拜谒二仙者，善男信女络绎不绝，香客居士万头攒动。

真泽宫庙产富足，财力雄厚，每年庙会都要写好几班大戏前来助兴，且还得赫赫有名的大戏班才有被写的资格。这年的真泽宫庙会，赵群孩所在的武盛班有幸被写来庙会上献演，照例是和另外几班戏打对台。赵群孩排兵布阵，亲自领衔，这对台戏演得是精彩迭出，夺人眼目，占尽了真泽宫庙会风头。太行山下河南林州合涧村的郝任远社首，好几日在台下看武盛班演戏看得尽兴，兴奋之余，找赵群孩掌班及武东家商谈，请武盛班来唱合涧村当年的秋报戏。这河南林州合涧村每年的秋后大集，规模浩大，万商云集，号称林州六大集之首。能到合涧村大集上助兴演戏的，也多为知名戏班。武东家听了自然欣喜无尽，他心想能来为二仙演戏，已是无上荣光的事儿了，想不到还会被邀赴外省演出，内心是既兴奋又忐忑。赵群孩明白武东家的心思，嘱咐他不用担心，他自会打点好相关事宜，让东家只管听他安排就是。武东家看赵群孩成竹在胸的样子，心内大感欣慰。

忖度着中原民众的口味，赵群孩率领武盛班精心排演《岳家军》《杨家将》《三国演义》《封神榜》等十几出精彩好戏，又和武东家一道采办新行头，替换下那些已显得有些黯淡了的旧行头；大幕、帐幔也更换一新，因要出省演戏，戏班名称也做了相应调整——“晋省陵邑武盛班”，几个绣金大字闪闪发亮，耀人眼目。

秋收一过，赵群孩统领武盛班奔赴林州合涧村，沿太行白陉古道一路下山。山高谷深崎岖难行，诗仙李太白感叹：“蜀道难，难于上青天！”晋豫之间的山道也直如蜀道般难行！武盛班历尽千辛排却万难，终于抵达了林州合涧村。郝任远社首亲自张罗，安顿好武盛班吃喝住宿。又和赵群孩掌班商量此番的演出剧目，赵群孩将那《岳家军》《杨家将》《三国演义》《封神榜》等备演剧目和盘托出，郝任远社首看了大喜，叮嘱赵群孩好生歇息以养精蓄锐。

首场演出《夺秋魁》：北宋末年，丞相张邦昌觊觎皇位，唆金兀术领兵犯境。朝堂之上，张邦昌力主议和。兵部尚书李纲、大元帅宗泽力主御敌，宋王邀八贤王上朝相商：秋闱开科，选贤能之才抗金。张邦昌邀梁王柴桂参加秋闱，校场上岳飞枪挑梁王。宋王钦点岳飞为武状元带兵抗金。

岳飞（唱）：

自幼受严母训名师教养，
怀宏图立壮志誓做栋梁。
有一日展雄才驰骋疆场，
扫敌寇驱金贼治国安邦。

宋王（唱）：

见岳飞好一副英雄气概，
果称得忠义臣治国良才。
校场上挑梁王威震四海，
朕封你武状元天下为魁。

或许是外来和尚会念经的思想在作祟，或许是看惯了豫剧的温柔婉转想换换口味，武盛班的开场戏《夺秋魁》一经上演，立刻招来豫地观众们的热烈回应，台下群情激昂，叫好声不断，上党大戏的高亢激越，震撼了豫地民众的心弦。接下来的杨家戏《金沙滩》、三国戏《长坂坡》、封神戏《黄河阵》，也都反响热烈，赚足了戏迷们的喝彩声。合涧村秋集上声名大振的武盛班大受追捧，接连在豫省的鹤壁、安阳等地定下了不少台口，声名更加远播。后一路北上，经冀省的邯郸、武安、涉县，其间台口亦是不断。又西行太行，过黎城，经长治，只演至年关将近，才返回了陵川东关。此时的武盛班在赵群孩的带领下，已成为陵川境内数一数二的名戏班。

次年搁班日，赵群孩结束了与武盛班的合约，去到了陵川附城大三义班就任掌班。这大三义班，就是当年紧跟着武盛班，第二家邀请赵群孩满师后前去担任掌班的班社。赵群孩前往大三义，是兑现自己当年许给大三义班的诺言，更是谨遵恩师徐全虎“穷则独善其身，达则兼济天下”的教诲，兑现他在师父那里许下的传扬薪火、开枝散叶的诺言。

附城乃陵川四大古镇之一，自古凡泽潞商旅南下中原必经此地，附城因地处通衢要道而终日车马辐辏、商贾不绝。附城镇上的店铺鳞次栉比，街巷里的货摊子首尾相连，家家生意兴隆，户户财源广进。一直以来，附城就以太行腹地里的商埠重镇闻名遐迩。附城的大三义班，又被当地百姓称为“皮妞戏”，一直以来表现平平，在赵群孩出任掌班后，不久便崭露头角，一路过关斩将，很快就在陵川梨园行里显露出了名声。

陵川的马圪当、武家湾一带，山明水秀，林壑优美，素有“太行山上小江南”之称。来往于晋豫两地之间的商旅多要在此歇脚息肩，打理货物。这年，赵群孩掌班的大三义受邀在马圪当、武家湾一带驻班演戏，因演出精彩而大获赞誉。河南沁阳、济源等不少豫地的商贾看了演出后，纷纷邀约大三义班前往自己的村庄演戏，并当即写下台口合约。

赶罢马圪当、武家湾的台口，赵群孩就领着班众们赴豫地演出。太行古道山高路险崎岖难行，群孩掌班让班众们化整为零，将戏装行头、家伙乐器仔细打好软包，随身携带了下山。好在他已有了之前带领武盛班下山的经验，这回再走山间蜿蜒崎岖的羊肠小道，总算有惊无险。其间辛苦，自不必细述。

大三义班高亢激越、荡气回肠的上党大戏在豫地再次响起，也像当年的武盛班那样，一场场引发悸动，一次次点燃激情，受到了豫地民众的热爱和追捧。大三义班一路高歌猛进，好评如潮，将沁阳、济源等地的村庄几乎唱了个遍，才沿太行古道北上，经宛子城，过天井关，取道晋城返回了陵川，此间历时仨月有余。大三义班由此也像武盛班那样名声大振！怪不得戏迷们都说：不管是哪个戏班，无论它水平如何，只要有赵群孩担任掌班，那戏班就一定能唱红！

毕竟后事如何？且听下回分解。

第五回

偿诺赴杨三圭之约　解围救都岐歧之困

九叔讲古：

东四义村，鸣凤班久。

传百余载，五班之首。

行当齐全，名角无数。

东家引娣，母仪风度。

上回书说到，赵群孩先后引领陵川东关武盛班、附城大三义班走上党，下太行，受邀约驻会，赶台口演戏，将两个名不见经传的戏班都带成了陵川境内数得着的一流班社。戏迷们都说："不管是哪个戏班，无论它水平如何，只要请赵群孩来任掌班，那个戏班就一准会红！"

又是一年搁班日，赵群孩辞别了大三义班，加入了晋城东四义鸣凤班。杨三圭掌班亲治酒食，为赵群孩接风洗尘。席间杨三圭频频谦让，欲将鸣凤掌班之位让予赵群孩。赵群孩再三推辞说："鸣凤班里名角如云，大把式林立，我年纪轻阅历浅，若出任掌班恐不能服众。这回来投奔鸣凤班，本来就是抱着学艺目的而来的啊。"

鸣凤班，又被民众们称为“四义戏”。鸣凤班的东家姓史，相传史家先祖史宗经在清乾隆年间相继出任过户部江南司员外郎、河南司员外郎。史宗经娶阳城鸣凤村白姓之女为妻时，白家陪送了女儿一班戏，是为“鸣凤班”。

鸣凤班传至史溥一代声名大著。史溥是清嘉庆十八年（一八一三）拔贡，后由拔贡生官工部郎中，以精于算法知名：“凡其主理的土木兴作，所使经费，较他人常省大半。”史溥担任福建福宁知府多年，告老还乡后，为重振鸣凤班威仪，遍请名角、豪治行头、新装戏台，延请名士编写剧本，常常庭园举觞，时时坐客常满。其时的鸣凤班名满凤台，史家有着“所蓄梨园，为一郡冠”的美誉。

史溥之后，鸣凤班由史斗承头打理。这史斗不喜读书为文，就喜随戏班四方奔走。行戏对他来说是赏心乐事，家境富足衣食无忧，不在乎靠戏班盈利的他，活得也真叫个快意潇洒。史斗逝去时，因膝下无子又产业丰厚，引得两房侄儿都争着要过继给他为儿。几番协商，由堂弟的儿子史和亭顶了史斗的门户，鸣凤班归堂兄史寅恭所有。史斗偌大的家业最终还是落了个异爨析产、一分为二的下场。

史寅恭聘请陵川人杨三圭出任鸣凤班掌班。为使杨掌班安心班务，史寅恭将杨的老婆孩子也一道迁来东四义太和寨里落了户。对于这得来颇为不易的鸣凤班，史寅恭本人可谓分外上心，他也和他那死去的堂弟史斗一样，喜好跟随戏班四处赶台口。戏台上一旦出了纰漏，他刹戏后就要追责究过，对当事者严惩不贷。

鸣凤班作为晋城“上五班”之首的名班社，内功扎实，看家戏丰富且有名。上党梨园行里戏班众多，为不致相互间起冲突，各个戏班往往会专攻某一路戏，譬如同为上五班的其他四个班社：尹寨公顺班专攻《天波楼》《英雄会》《忠臣庙》；大阳三义班专攻《行乐图》《三世缘》《回龙传》；南沟复盛班专攻《飞虎剑》《九仙图》《鸳鸯配》《下西洋》；周村三乐班专攻“三国戏”。只有这鸣凤班，演出剧目大为丰富：梆子戏有《雁门关》《夺帅印》

《金玉佩》《夺秋魁》；昆曲有《长生殿》《赤壁游湖》《祭旗大战》；簧戏有《清河桥》《苦肉计》《挂龙灯》；罗戏有《打面缸》《打铁》；卷戏有《窦老争亲》《卖荷包》等，五种声腔俱全，且多为上党大戏里的传统名剧。

鸣凤班一贯就有重传统亦重革新的良好班风。史溥东家在世的时候，就经常在史家花园的“方三丈”里起堂会，邀请府县官员、文人学士前来观演，给自家戏班新排演剧目的台词、动作、表情等提意见。座中客常满，杯中酒不空，笙歌管弦妙曲清音，何等的风雅蕴藉！岸村的恩进士王家骥孤高自傲，不喜与人交往，却与鸣凤班的东家史溥过从甚密。乡人们一见恩进士老爷的四人抬小轿出入于史家花园，就知道鸣凤班又在排演新戏了。满腹经纶的恩进士对戏曲可谓情有独钟，他亲自操刀为鸣凤班写剧本，由传奇小说《铁花仙史》改编而来的连三本《龙凤盏》《金玉佩》《绣像猊》，据说就出自恩进士王家骥之手。鸣凤班的东家史溥，由此对这恩进士王家骥青目有加，将其奉为鸣凤班的上宾。鸣凤班诸多经恩进士之手打造的剧目，文采风流，气度不凡，在史家堂会上一经首演，往往就获得满堂彩，这时的恩进士和史东家就乐得合不拢嘴，满面春光。

鸣凤班的剧本概不外传。外班艺员想学鸣凤班的剧本？门儿都没有！就算是入了鸣凤班，也得学徒三年后，才有机会接触到剧本。郝二在鸣凤班任掌班时，不慎将一出鸣凤老本外传，被东家史斗斥责为“败家子”，最终落了个驱逐出班的下场。

不过梨园行里艺员们换班频繁，秘而不宣的鸣凤班剧本，也就随着班员的流动渐渐无秘可言了。可尽管如此，别的戏班原原本本搬演过来的剧目，到底还是不如鸣凤班演来赏心悦目。来在鸣凤班不久的赵群孩就弄清了其间的奥秘：鸣凤班演戏讲究细节，别的班社上下楼，并无固定步数，唯独鸣凤班，上下楼均以十三阶为准，多一阶少一阶都不行；表现饮酒的动作，咽喉处必须弹动，否则会被视为偷懒；鸣凤班班规甚严，台前台后，不管是谁，只要戏服一上身，任何人都不许随便坐卧；无论角儿大小、把式如何，都不得随意进社房要油、要面、要小烟之类的东西；梨园行有条不成文的规矩，台口终了的那场夜戏后，通常会加演一折送人戏，别的班社的送人戏，一般都由徒弟们来加演，唯独鸣凤班，送人戏也不含糊，依然会有名角好把式出场，有“送人戏不哄人、不对凑”的美誉。

鸣凤班戏价大，历来有三五之说，意即同等的戏价，写鸣凤班唱三天，够写普通班社唱五天的。可即便如此，鸣凤班也生意红火，一年到头台口接连不断。鸣凤班里艺人们的薪酬待遇，也与别的班社不同。鸣凤班实行分红制，历来就有老十八股之说：东家箱份占五股，全体班员占十三股，依着把式大小、戏份轻重开账，高至二分半，低至五厘，年终总评，视情增减，按劳定酬，制度活泛，鸣凤班上下所有人等因此劲头十足，一派争先奋进之景象。

将近而立之年的赵群孩活力四射，性情绵善、敦厚文雅，古道热肠、乐于助人，又不失幽默风趣。到在鸣凤班里没多久，戏班所有人等个个和他亲近，人人与他惯熟。“生旦净末”四路不挡，“昆梆罗卷簧”五音皆擅，戏功本就娴熟高超的赵群孩，作戏认真，表演卖力，演啥像啥，赢得了班众们交口称赞。掌班杨三圭将赵群孩的表演称为“最标准范本”，戏班里的学徒也都争抢着要拜在赵群孩门下学艺，推辞不过的赵群孩先后收了二徒弟梅四喜、三徒弟李小保、四徒弟狗尿苔。鸣凤班里出现了“全班争学群孩腔”的局面。

“争学群孩腔”让戏班里的一些人感到了不爽，他们在众人对赵群孩的交口称赞中情绪失落，感觉自身完全被淹没在了赵群孩的光芒里，因而心生嫉妒。嘴上不好言说，就在戏台上消极怠工，演戏时再没了积极性。时年十九岁，在鸣凤班里已小有名气的红生段发荣，这方面表现得尤为明显。

段发荣是晋城李寨坚水村人。这段家几代行商，家境还算殷实。一般来说，贫寒人家的子弟才会投身于戏班，而段发荣的家境并不贫寒，行商的父亲原本打算让他跟着下河南一道学生意，不肯就范的他被责打得急了，才说出了要学戏的想法。十五岁那年，他跟着姑父李印印去到了长治，李印印的父亲唱生角，在长治的一个戏班里任掌班，在他的引荐下，段发荣拜在晋城杨庄村人、唱大净的杨通顺门下学艺。段发荣少年聪慧，敏而好学。三年后出师，很快就唱响了。返回晋城后，他加入了大名鼎鼎的鸣凤班。少年扬名，年轻气盛，一朝被冷落，当然会心怀不甘。心思细腻敏感的赵群孩对此岂能无察？他自己也刚打血气方刚的年纪过来，对年轻人自尊心重，争强好胜的心理深有体会。况且走过多个戏班的他，对这种嫉妒心理早就习以为常，见怪不怪了。他不动声色，一有机会就与段发荣聊天拉家常，闲谈讲趣闻；主动拉近彼此间的感情，真心和他交流演戏心得；段发荣看赵群孩诚心实意，渐渐地也就淡化了对他的嫉妒心理。其实，对戏曲表演颇有感悟的段发荣，内心深处是很佩服赵群孩的，他觉得赵群孩戏功深厚，对唱词道白的独到理解，对人物性格的表现能力，确实比自己高出许多。他觉得赵群孩主动接近自己这个小年轻儿，丝毫不摆架子，从赵群孩完全平视的眼光里，段发荣倍觉亲切与感动，其间又掺杂着几丝愧疚。打那以后，段发荣一改往日的失落与沮丧，变得自信开朗起来，得空就去找赵群孩聊戏。段发荣常饰演《雁门关》里的杨八郎一角，赵群孩和他分析人物性格，琢磨心理细节，把自己演杨八郎时的体会与感悟细说给他，不时地还要亲身示范架势和身段。段发荣由此深受启发，杨八郎这一角色就演得更加出神入化，精彩好看了。《刺宗》一场戏中，梨花公主掌灯寻找杨八郎那一桥段，段发荣演得尤为精彩，只见他：下蹲潜行，随灯影绕公主身边以左脚尖旋转一个小圈，长身踮脚瞭望公主远去，然后，小箭步进帐。表演准确洗练，一气呵成；还有八郎刺杀萧银宗后，抖包袱、包首级、深夜出逃那场戏，段发荣也把八郎心惊胆战，又极力要沉稳的心境刻画得细腻生动，惟妙惟肖。加之台上又有赵群孩在一旁帮衬配戏，段发荣的表演常常获得满堂彩。赵群孩替他高兴，在公开场合夸赞说："段发荣的杨八郎，我就是再卖力，也压不过他啊！"段发荣听了，高兴之余心生感叹，感叹赵群孩不计前嫌、艺高德劭。鸣凤班众人见此景况，对赵群孩的钦佩之情也都愈加浓烈了几分。

鸣凤班的东家史寅恭和掌班杨三圭也都对赵群孩尊崇有加，欲委之以重任。赵群孩就向史东家和三圭掌班提议：由他领一班人马前往潞府演戏。这鸣凤班，在州底一带已享有盛誉，足迹几乎踏遍了境内的每个村庄。可在对上党大戏同样趋之若鹜的潞府地区，鸣凤班却少有涉足，名气大不如在州底响亮。赵群孩曾领着陵川的武盛班、大三义班，几次下太行演出，途经潞府返回时，在诸多村落里演出过，对此地的风土民情多有了解。鸣凤班早就想进军潞府，却奈何没有合适的领军人物，今日赵群孩的提议一出口，立刻就得到了东家和掌班的一致赞同。精挑细选好一哨人马，由赵群孩领了开拔潞府。

赵群孩交游广泛，和不少写戏的经纪人都关系熟络，他认识个叫马武的写戏经纪，常年在潞府一带的村庄间活动，赵群孩托他帮忙，为鸣凤班写下了不少潞府村庄的庙会戏台口。这几日，赵群孩正领着鸣凤戏班在荫城镇上演戏。荫城镇乃上党名镇，以铁货贸易闻名，有“万里荫城，日进斗金”的美誉。上党之地富产煤铁，长治、高平、壶关、陵川、晋城、阳城等地的几百村庄、上万铁户，打制出来的诸类铁器——锅壶笼鏊、刀剪斧锯、钉锤铃勺、锨镢犁锄，先聚集荫城而后转运上府（太原、大同），西府（陕、甘、宁），口外（内蒙古、新疆），关东（东北三省），中原（河南、安徽、湖北），西南（云贵川）各地，行销华夏乃至域外，这荫城镇得地利之便，自古就有“高平铁，晋城炭，离了荫城不能干”的说法。荫城镇以铁货贸易谋利，生意兴隆，富庶繁华，每年都要演好多场戏。赵群孩引领的鸣凤班这几日在荫城镇上的演出，大获戏迷们的赞赏。赵群孩掌班看在眼里，喜在心头。

这日的下午场刚刹戏，写戏经纪马武就跑到后台找赵群孩，附耳低言几句，听得赵群孩面起惧色。原来，赵群孩的师兄都岐歧，在高平石末侯庄村赌博时欠下了不少赌债，被赌场主人包隆私关了禁闭，是侯庄街上过会摆摊儿的肉丸摊主托马武捎信来，让赵群孩前去搭救都岐歧！赵群孩听了不敢怠慢，匆匆卸了戏妆，也顾不上吃饭，安排好晚场的演出，就收拾了些银钱，向着石末侯庄方向急急而去。

对于都岐歧这个比自己小三岁的师兄，赵群孩有着复杂的感情。他与都岐歧是发小，打小上私塾的时候就在一块玩耍，后来都学了戏，又一同拜在庆云班名师徐全虎门下为徒。那时的都岐歧学艺勤奋，练功刻苦，出师时已唱成了好把式，赵群孩对他这个师兄打心底里佩服。出师后的都岐歧去到了武盛班，谨遵师父教诲，认认真真演戏，唱念做打精益求精，获得了观众的交口称赞，好多戏班都争相邀请他前往搭班演戏，朴实耿介的都岐歧不为所动，坚持在武盛班里效力。赵群孩深为他这个师兄的仗义侠气感到由衷的高兴。

朴实耿介、仗义侠气之外，都岐歧的性格中还有桀骜不驯、自由散漫的一面。赵群孩在武盛班里任掌班的时候，就发觉师兄都岐歧经常不辞而别，不知去向。后来才知道他是赶场子去参演对台戏。那时节，大一些的村社里逢庙会时，常会同时请两班戏来打对台，以此烘托气氛，造势助兴。打对台胜出的戏班，会得到一袋白面的额外奖励。不少戏班，为保全自家名声，会高价聘请外班的好把式做外援，参与打擂以求赢戏。事先约定好，若唱赢了对台戏，除过报酬外，那袋白面也一道赠予外援。都岐歧在做了一次外援后，尝到了一袋面的甜头。从此以后，只要听说哪里要演对台戏，他就会跑去参演。

原来都岐歧家境贫寒，在都岐歧唱戏唱得有了名气之后，才稍稍有了些改观。都岐歧是个孝顺人，每月在戏班里所得的报酬，除过自己的花销用度外，他都要尽数捎回家里贴补家用。可家里人口多，他这点有限的补贴，对家里来说也不能从根本上解决问题。在打对台赢下白面之后，都岐歧似乎找到了贴补家用的好办法。毕竟一袋白面的进项，对心心念念着一家人吃饭的都岐歧来说，是那么的实惠诱人！故而，都岐歧对这打对台演戏的事很上心，一听说哪里演对台戏，他总要抽身前去参加，有时甚至会因此而影响到武盛班的演出。

都岐歧的自由散漫，自然引起了许多人的不满。武盛班的东家更是气得几次扬言要除他的名，撵他出班。亏得有赵群孩在边上圆过，说都岐歧离班的时候，都是和他这个掌班打过招呼的，要不自己怎么会顶角替他演出呢？况且他这个师兄也是为家计所迫，替旁的戏班打对台，实在是不得已而为之，还求东家不要计怪，他会好好劝劝师兄，让他改掉那自由散漫的坏毛病。

可实际上，赵群孩一次也没有指责过师兄都岐歧。百善孝为先，他内心里觉得师兄这么做，完全是为了顾家，完全是在行孝。他甚至以顶角替演的实际行动，鼓励师兄都岐歧只管安心去打对台。赵群孩对师兄都岐歧的偏袒庇护，更加激起了武东家的不满，他见约束不得都岐歧，就将怨气撒在了赵群孩掌班身上，经常当着班众们的面说些指桑骂槐的难听话。这些难听话传到都岐歧耳朵里，都岐歧不想师弟赵群孩夹在当间儿为难，索性离了武盛班，单打独斗，干脆以打对台做了主业，一心一意地做外援挣白面去了。

可对台戏毕竟不是天天都有。没有戏唱的时候，无所事事的都岐歧为消磨时光，渐渐地迷上了赌博。时赢时输，时输时赢。仗义侠气的都岐歧，输了认赌服输从不赖账，赢了慷慨散财见者有份。沉迷其中的都岐歧有时甚至会天真地想，这赌博也不失为一条挣钱的好门路啊！老话里讲："赌博三十年，各花各的钱。"想靠赌博发家，岂不是天方夜谭？可对于已深陷赌博泥淖的都岐歧而言，这样的话又怎么能够听得进去呢？

高平东南上的石末侯庄，有一处规模宏大的宅院，当地人称其为赵家老南院。赵家先祖原籍山西闻喜，元末从洪洞大槐树下迁到了高平石末侯庄。赵家先祖以打铁为生，肩挑箩担，游走四方，打制农具，积攒下一些钱财后行商变坐贾，商号起名叫"赵永升"。古人云：万般皆下品，唯有读书高。小有资财后的赵家，也想让子孙们读书考取功名，为官做宰光耀门楣。迷信风水的赵家请来阴阳先生择地建宅后，果然门风大变，科甲大开，仕途顺畅。家势日益显赫的赵家大兴土木，在侯庄建起了数处宅邸。其时的赵家兴旺鼎盛，真如烈火烹油一般。

转眼到了清末。此时的赵家，也如那大清国一般，渐渐地显露出一派末日的败落景象来。家中多变故，孤儿寡母已疲于应付。时局多变，生意亏空，商号店铺倒闭甚多，入不敷出，此时的赵家全靠变卖房产度日。

河南彰德府的陈道台，当年领兵驻扎在侯庄村。因与赵家交厚，赵家便将几院宅子并三百余亩土地，赠予陈道台屯田种粮，以资军用。陈道台老归故里时，欲将土地房产归还赵家。乱世杂税多如牛毛，此时赵家孤儿寡母将土地房产视为累赘，已无意再收回了。租种陈道台田地的佃户孔老五得知消息，买通了陈道台的师爷于天喜，以极低的价钱便将三百余亩良田连同数处宅院买了下来，还是分期付款。孔老五摇身一变，成了货真价实的大地主。

孔老五本名孔宪同，原籍河南汲县，戊戌年，与其兄携妻挑子一路乞讨来到晋城珏山青莲寺。手头有了些积蓄后，孔老五哥儿俩离了珏山，在巴公渠头村帮人打短工过活，听说高平侯庄老南院地多生意大，为赵家做事待遇优厚，孔老五就去侯庄碰运气，机缘巧合地得了三百余亩良田和数处宅院。

孔老五将家眷都迁来侯庄，住进了深宅大院。三百余亩良田，除过自家耕种，其余的都租佃了出去，几年后还清了赵家的欠款，剩余的积蓄，孔老五又都买成了他认为最为保险的土地。日渐发达的孔老五在陵川附城开办了三义和杂货店、丝行和骡马店；在南马还开有槽房和骡马店，喂骡喂马搞驮运；在陵川庆河买下了两座山，三十里牧坡草场，养了两千余只羊，春秋时卧地肥地，冬季时圈养积肥，孔老五家的土地，丰腴肥沃、耕作细致，收成自然比别家好得多。其时的孔家，用人役人长工短工多达几十人；名下佃户更多达上百，孔老五成了名闻晋高陵三县的大财主。

这一年侯庄的秋报戏，轮到了孔老五家做东操持。侯庄村的百姓想那孔老五如今家大业大，定会借着操持这庙会戏风光一把，再不济也会请上两班戏来打对台助兴。于是翘首期盼，坐等看好戏。可未承想孔老五节衣缩食惯了，庙会戏也一如既往地抠抠唆唆，只写了一班戏，还是名不见经传的小班社。侯庄的村民们因此怨声四起，背后对这孔老五的小气抠门多有指摘，就连慕名前来参演对台戏的都岐岐也大失所望，他还想着这家大业大的孔老五，对台戏的奖品或许会比其他村社的丰厚些，想不到就连那一袋面的企望也泡了汤，不免心内郁闷，叹息连声。

赶了半日路的都岐岐早已是饥肠辘辘。他望见戏台底下一家卖肉丸的小摊边围坐着不少人在吃喝，就迈步近前，招呼摊主舀一碗肉丸喝。肉丸摊主是陵川南马人，回民，姓马名宝儿。平素间专门循着庙会在十里八乡间出摊游走。老马家祖传的牛肉丸，汤鲜味美，最得庙会上食客们青睐。陵川南马与高平石末侯庄相毗邻，可谓是近水楼台先得月，马宝儿捷足先登，早早占下了戏台底下最好的位置。闻声抬头的摊主马宝儿，一眼就认出了都岐岐，他满脸堆笑，高声提醒板凳上的食客："都岐岐老板大驾光临，大家伙儿快给挤个位子！"板凳上的食客听了，挤出了个位子让都岐岐坐。都岐岐道过谢，撩起袍襟坐了下来。摊主舀汤烫碗，满当当盛了肉丸递给都岐岐，指着摊上的陈醋、芫荽末儿、辣椒酱一堆调味，让都岐岐随意自取。都岐岐夹一筷子芫荽末儿，淋两圈陈醋入碗，美美地先呷口汤，热汤入喉，滚热鲜香，味道着实地道！

肉丸喝罢，都岐岐付钱，摊主马宝儿却说什么也不肯收。都岐岐谢过，向摊主打问："这附近还有哪个村子过庙会？可有对台戏要演？"他还想再去碰碰运气。未等摊主开言，前面一个喝过肉丸刚要走的人接他话道："都师傅着急赶场，我那里倒有个场子，不知都师傅有无兴趣赶一赶？"都岐岐闻声看，见是一个宽脸大耳的汉子正朝自己说话，满脸笑意里带着一丝狡黠的神色。都岐岐起身打千，烦他带路前往。急得肉丸摊主马宝儿连声咳嗽，乱抛眼色相阻。只可惜着急赶场的都岐岐头也没回，跟了宽脸汉子匆匆离去，摊主的好意提醒，他压根儿就没察觉。

沿戏台后一条细窄悠长的胡同，都岐岐跟着宽脸大耳汉子进到了一处小院。入得院门，就听得稀里哗啦一阵钱响。纳罕间，宽脸大耳汉子俯向都岐岐耳边低语道："都老板，你赶场不就是想挣钱吗，我带你来这里，给你个挣钱的机会，如何？"原来宽脸大耳汉子名叫包隆，侯庄本地人。

三十上下年纪，体格魁梧，虎背熊腰。虽粗莽有力，却最厌出力劳作，每日间就喜耍牌赌钱。先是与村中无赖子弟开局，孔老五买下赵家的田地租佃后，侯庄村里，外来的租田佃户日渐多了起来。见此情状的包隆就打起了这些外来户的主意，借贷本钱引诱他们参赌。包隆自己坐庄赌博，轻松获利。这包隆，铁塔般一条蛮汉，心思倒颇诡秘，蒲扇般一双大手，却最是关节灵活，跌冒时瞒天过海无迹，打骰时偷梁换柱有道。与他赌钱，鲜有不输之人。

都岐歧听了包隆耳语，心里先兀自打了一通小鼓。几天前，他刚在赌场上栽了跟头，将打对台赢的两袋白面输了个尽打光！当时的都岐歧心内懊恼不已，扇着自己的耳光切齿痛骂："都岐歧呀都岐歧，你个不要脸的东西，就管不住自己的两只贱手！你见过赌博发财的吗？怎么一见赌博就走不动路了呢？"可今日里听了包隆耳语的都岐歧，心下却又犯了嘀咕："那天赢我白面的人，说我是'戏场得意赌场失意'，戏唱得那么热闹，《彩仙桥》里的程咬金风光占尽，你都岐歧戏场上得意了，可不赌场上就要失意，就要输钱才对嘛！那照这么说，我这好几日都没戏唱了，算是戏场失意了吧，那是不是就该赌场得意了呢？"想到此，都岐歧心旌摇荡，可接着他就思忖道："我倒是想赌两把试试手气，可身上就剩这几个铜板，刚才那肉丸钱还亏是人家马摊主没收呢，若不然，真就一无所有了！囊中羞涩，拿甚去赌？"

包隆这边厢看都岐歧身上穿着的那件长袍，潞绸质地透着讲究；肩上背着的包袱鼓鼓囊囊，走路时叮当作响，猜想内中定有不少宝货。心内暗喜道："今日招徕的这位都老板是条大鱼，可得抓稳了，切不可让他脱钩跑了去！"他见都岐歧犹豫，就又说道："要不您先试上两把，看看手气？我倒看您今日神清气爽，手气定然不会差！说不定能赢大钱！"包隆几句话说得都岐歧蠢蠢欲动，禁不住就跟着包隆进了屋。

只见得屋内烟雾腾腾，一股浓烈的旱烟味夹杂着汗腥味、脚臭味瞬间直扑鼻孔。揎拳捋袖的一众人围在两张方桌前正赌得欢，一桌人在跌冒，一桌人在打骰，口中念念有词，眼里烁烁放光。边上围着不少的人看热闹，脖子时伸时缩，仿佛有条无形的线在暗中牵扯着一般。

包隆问都岐歧是跌冒还是打骰？都岐歧选了打骰。包隆推说外间人多，领着都岐歧进了里间。里间进门右手一铺凹形炕，炕上摆着二尺见方一张炕桌。包隆脱鞋上炕，打炕桌底下摸出两只碗，碗内各有三颗骰子。都岐歧也上炕盘腿坐了，卸下肩上包袱，抓起骰子丢几把试点，骰子在碗中旋旋打转，滴溜溜作响。

包隆坐庄。庄家定规矩："死赶骰，比大小，出碗算输，三把一清。"头把包隆三骰，都岐歧四骰，都岐歧赢；二把包隆两骰，都岐歧五骰，包隆输；三把包隆又是二骰，都岐歧三骰。都岐歧连赢三把，精神为之一振，心想今日手气果然不错。他甚至有点后悔，自己刚才头三把的赌注有点下得少了！一把五钱，三把十五，包隆将十五钱推到了都岐歧面前，问再一局下注多少时，都岐歧毫不犹豫地说道："每把十钱。"哗啦啦一阵响，都岐歧又是三把连赢。包隆笑说都岐歧今日手气壮，数好三十钱，又推到了都岐歧面前，笑着等都岐歧下注。果然，连赢两局的都岐歧信心大增，又将赌注加到了每把二十钱。可接下来的这一局，情况发生了逆转，头把都岐歧打出二骰，包隆打出了六骰，都岐歧输；二把都岐歧打出四骰，包隆打出了五骰，包隆赢；三把都岐歧打出了六骰，正得意间，包隆竟然打出了豹子，都岐歧又输了。接下来的几局，好手气似乎都转到了包隆那里，都岐歧将所赢的钱完璧归赵不说，自家兜里的银钱也统统输给了包隆。

都岐歧本欲起身离去，可到底有些不甘心，故而当包隆问他接下来的一局赌注下多少时，都岐歧支吾良久迟迟不语。包隆看看都岐歧身边鼓囊囊的那个包袱，坏笑道："该不是都老板包袱内宝货过大，怕一时找不开？要不您先赊着，咱最后一道算账？"正心下不甘的都岐歧听了包隆这话心内不觉一动，他索性就着包隆的话说道："如此也好，那就先记着，最后一道算账。"听了这话，包隆更加笃定都岐歧包袱内有得是钱，只是碍于场上人多眼杂，不想露财罢了！"记账就记账，反正你都岐歧包袱里的银子，今天是插翅也难飞出这屋子喽！”想到这里，包隆心内大喜，眉开眼笑。

原来这包隆早已将一副灌了水银的骰子调包在了自家手上。包隆多年苦练赌技，早已手法灵动作弊无痕，再配上这副做了手脚的骰子，他是想掷几点就掷几点，想打几骰就打几骰，呼风唤雨，随心所欲！你都岐歧纵使手气再好，岂能赢他？！几局下来，都岐歧账上就欠下了二百八十钱！他还想着加大赌注转运，不想那包隆却按下他手中的骰子碗说话了：“都老板账上已记了小三百钱了，是不是该清清账再赌？我想都老板包袱里的宝货，这回总该能破得开了吧！”听了包隆这话，都岐歧满脸窘迫，口里嗫嚅道：“哪里有什么宝货？不过是些破家什罢了。不过包老板尽可放心，我都岐歧是不会赖账的。这几把手气差，咱俩再来上几把，等我赢了，一并清账就是，请包老板打骰开赌吧。”

谁知这包隆再不肯开赌了。他觊觎着都岐歧包袱里的宝货，一定要都岐歧打开包袱亮亮宝，才肯继续打骰开赌。“赌场有规矩，赌资不付，骰不算数，都老板放着包袱里的宝货不用，一直记账，岂不要坏了赌场里的规矩！”包隆如此说道。都岐歧一脸无奈，不得已解开了包袱让包隆视看——几件衣服，几个盒子，一副碗筷。哪里有什么宝货？！包隆这下算是明白了，原来自己想象中包袱内叮当作响的宝货，不过是几只化妆用的油彩盒和一副吃饭的碗筷而已！包隆不觉大失所望，好气又好笑，他讥讽都岐歧道：“好呀你个都老板，来我这儿空手套白狼来了！”都岐歧羞红了脸，顾不得别的，只管催促着包隆开局再赌，包隆恨恨地道：“还赌什么赌？！你这一无本钱，又垒下了这许多欠账，到这份儿上，这骰子再打下去还有什么意思？我看你还是先清了欠账再说，要不然，我这赌场，只怕是进来容易出去难！”此时早有不少人，打外屋进到了里间看热闹，听了包隆的话也纷纷附和道：“是啊，是啊，赌资不付，骰不作数。赌场的老规矩，坏不得的啊！”包隆的冷脸相对和厉声威胁，都岐歧倒并不害怕，可听了围观众人的议论，都岐歧却感到有些羞愧，他怪自己一时鬼迷心窍，忘了十赌九输的老话，可事已至此，哪有后悔药可买？当着众人的面，丢财事小，丢了面子可是大事！想到这些的都岐歧，起身下炕，掏手解开一绺扣门，脱下了身上的那件潞绸长衫摆在了炕桌上，朝着包隆一揖道：“我且将这长衫押给你如何？这回总该能开赌了吧？”包隆抖开长衫，仔细检视一番，叠好放在了自己身边说：“都老板这件长衫，我看也就值一百钱，要顶欠账还差得远。都老板真要是还想再赌，我看还是先清完欠账再说吧！”都岐歧听包隆说赖话，明明值三百余的潞绸长袍，在他这里却仅被作了三成的价，不由得也生了气，抓起炕上的长袍边穿边说：“你要这么说，那我还是出去想办法还钱吧！”说完腾身欲走，不想几个黑壮汉子叉着胳膊早已挡在了门前。包隆见状也变了脸色，说道：“不是我不放你走，实在是手下的兄弟们也要张嘴吃饭，你看看，只怕就是我答应你走，他们也不会答应啊。”都岐歧这才看出来，围着看热闹的人群中，几个揎拳捋袖的青皮后生，原来都是包隆场子里的打手，想欠钱走出这赌场，门儿都没有！

赌场里依然是热火朝天，可此时的都岐歧，却觉得仿佛跌入冰窖一般。两个看场子的黑大汉，凶神恶煞般地跟在自己身旁，如影随形，生怕一不留神让他溜了出去。都岐歧深感受辱，既恼恨自己不争气，经不住诱惑，也怨恨那包隆不仗义，认钱不认人。可懊恼一阵再想，觉得这赌场里欠账不还，到底也说不过去。他坐回炕沿和包隆说道：“我都岐歧行不更名坐不改姓，不会干那欠账不还的丑事，你要信得过我，且放我出去筹了钱，自会回来还你，如何？”那包隆听了不为所动，说道：“既然如此说，都老板且先押下身上长衫再走，等你归来还了账，我再将长衫奉上，如何？”都岐歧听了，知道包隆信不过自己，想如今外面天凉，没了长衫遮身如何使得？只得回包隆说：“既然包老板信不过，罢了，我且将自身押你这里，随都老板如何处置吧！”说完黯然神伤，默坐再不言语。包隆见状嘴里骂道：“幸亏只是个唱戏的，还如此难缠！”他到底心疼着那笔欠账，使眼色让两条黑大汉看紧了都岐歧，自己出门到肉丸摊上，找摊主马宝儿说了都岐歧欠账不还的事，意欲让他传话。这才有了上头说到的，肉丸摊主托戏班经纪马武捎信给赵群孩，带钱前来解救都岐歧的那一幕。

紧走慢赶，赵群孩心急如火。胯下的小黑驴子被主人吆喝得紧急，四蹄儿嘚嘚奔走如飞，稍有松懈，肚腹就要遭双膝紧夹，略微慢蹄，屁股就要挨烟袋磕打，每逢此时，倔强的小黑驴子，就要示威似的朝天咴咴嘶鸣几声。夜幕降临时分，赵群孩终于赶到了侯庄，循着戏声径直来在了戏台下。

按着马武经纪的描述，赵群孩很快就在戏台下找到了那家肉丸摊。摊主见赵群孩掌班到来很兴奋，震耳欲聋的家伙声里，连比带画，贴在赵群孩耳边将赌场位置详细说给了他。赵群孩辞别摊主离去。两盏冒着黑烟的大麻油灯吊在台口，光亮里，高亢激越的梆子戏唱得正欢！

赌场里的一干人还在挑灯夜战。遭了管制的都岐歧，不许外出吃饭，就连上茅房也有人紧紧跟随。腹中饥饿，烟布袋里的烟丝也抽了个精光，饿困交加的他无精打采，窝在炕角里昏昏欲睡。恍惚间听得有人打问他的名字，循声望去，看见了师弟赵群孩，脸上几分惊喜，几分羞愧。

包隆收了赵群孩交来的二百八十钱犹嫌不足，还要算赊账的利钱。气得直性子的都岐歧腾身而起，捏着拳头要和他动粗。赵群孩按下都岐歧，朝着包隆正色说道："包老板开赌场的事，想必是和侯庄的村长社首们打过招呼喽，要不怎敢如此的明火执仗，理直气壮？"赵群孩的轻言细语，包隆却听出了分量，他心底发虚却佯装大度，挥挥手，让手下放二人且去。

赵群孩和都岐歧兄弟二人出得赌场，来在戏台下的肉丸摊前坐定。摊主见他二位，忙不迭舀好两碗肉丸，又打相邻的油条摊上拾过来两盘油条，招呼二人就着汤快吃。二人也真是饿了，转眼间几碗肉丸、两盘油条就下了肚。吃饱喝足，兄弟俩就着炉火抽烟说话，赵群孩让师兄跟他一道回荫城镇上驻会的鸣凤班，劝他安心唱戏，再不要去那赌场里碰运气。都岐歧懊恼一阵，想想自己也别无去处，点头应下了。赵群孩看师兄烟袋子空瘪，就打自己烟荷包里捏了一大撮烟丝给他。算还饭钱时，马摊主还是只管推脱不肯收，赵群孩硬塞给了他。听说他二人还要赶夜路，摊主就将一根火把给了二人，好路上照亮，两厢里互道珍重，作揖而别。

夜路到底难行。子夜时分，兄弟二人才赶回了荫城镇。戏班已刹了戏，赵群孩让师兄都岐歧和自己同住一屋，二人抵足而眠，又说了好一阵话，才酣然而睡。此后，都岐歧跟着鸣凤班安心唱戏，踏实了俩月。终究是放荡不羁的性格，又跑野了腿脚，俩月后又不辞而别，寻台口唱对台戏去了。赵群孩领着鸣凤班继续赶台口，不久又唱响了潞安府。

一年赵群孩领鸣凤班在高平康营赶庙会戏台口时，遭人暗算吃了官司，不得已离了鸣凤班，才有了开篇所说的东宅村里和李甲午李五德三人共行三乐意戏班之举。

毕竟后事如何？且听下回分解。

第六回

袭古续布棚会善德　开新移双成坊旧俗

九叔讲古：

海神庙内，有碑一通。
布棚会事，记载分明。
施钱置地，供养神灵。
元宵灯节，棚会应承。
布棚覆街，棚下挂灯。
阖村来观，笑语盈盈。

三乐意选在了海神庙中驻班。打开班之日起，海神庙内就锣鼓铿锵、管弦悠扬、清音丽声、激越高昂。无论台口间的空当，还是歇班后的余闲，追随赵群孩掌班前来的一众年轻班员，都会在海神庙的倒座戏台上排演练功。

李小保十四五岁时，就拜在了赵群孩先生门下为徒。小保乖巧勤谨有眼力，常在师父跟前伺候着端茶倒水，打火点烟。师父也似乎和这个颇像自己小时候的孩子有种特殊的缘法。他见小保生得模样清秀又嗓音尖细，就让他主攻了旦角。苦出身的小保学艺用功，悟性也好，又得了师父的上心点拨，不二年，他饰演的旦角丫鬟，就成为舞台上一道亮丽的风景，颇受观众称道，由此得了个“梅香褂李小保”的雅号。《玉楼春》里的丫鬟翠楼、《三阴阵》里的丫鬟雪艳、《酒楼洞房》里的丫鬟瑞芝，他都演得风流俏皮、娇憨可人，插科打诨，令人捧腹。内行看门道，外行看热闹，内行人说他演得清丽脱俗，不同凡响；外行人捧腹大笑间连声说演得真妙，明明是男儿身，化了装在台上倒比那大闺女还显得美丽动人，妩媚妖娆！

同为赵群孩掌班徒弟的张元合十八岁，原籍高平马村，移居晋城巴公柳坡掌。张元合攻丑角，以演《五花棒》中的丑丫鬟、《广泉寺》中的施仕伦、《换妻》中的马葫芦、《鸟英下书》中的小丑成名。

二十一岁的车春保是下村乡上村人，其父车槐林唱二花脸，十四岁他就随父住了阳城小侯戏，学唱大花脸。上党大戏里的大花脸，素有“黑脸”和“白脸”之分，车春保童子功扎实，擅长演“黑脸”。“三铡”戏——《龙头案》包公铡陈世美、《徐公案》徐廷昭铡子、《对亭楼》包公铡判官，车春保演的“黑脸”，发声洪亮，字正腔圆，一口浓浓的童子韵。现时的他已是州底戏里的当红大净了。

鲁村人郎小孩十九岁，自小随司鼓的叔父郎双林住陵川王教戏，始学音乐，后拜赵群孩为师，改唱生角，擅演官衣戏。《三开膛》《仙云盏》《投亲相验》里的县官，《讵舟》中的颜世敏，都是他的拿手好戏。

唱小生的嵇小国乱二十五岁，大东沟镇贾泉人。从小随演旦角的父亲嵇群学戏，以演《翠屏山》中的石秀、《借衣》中的狄青、《甘泉宫》中的秦始皇有名。与宋荀明、关谷都，有“长河小生独霸三县”之名。

正是青春洋溢的大好年华，戏班里的一干小青年，个个丰神俊秀，人人玉树临风。三乐意戏班每逢排演，总要引得东宅的村人们争相前来观看。最先来的，一准是家住海神庙左近的孩子们。只要一听见戏班的锣鼓家伙响起来，这帮孩子无论正玩着什么，都会立马撇开了蹿进庙，争先恐后地爬上戏台，蜷坐在台口边上，歪着一颗颗小脑袋看热闹，稚气未脱的眼睛里满是羡慕的神色。大人们随后也陆续赶了来——端着大烟袋的老汉们，摇着小脚的老太们自不消说，脸带羞涩之情的大闺女小媳妇们，也都想借着扶老携幼的借口，自家也跟着过过眼瘾。一些家长，看见盘踞在戏台口的孩子，生怕跌下来摔了，便呵斥他们快快下台来看。哪能有效？一时便生了气，要上台去拽去薅。未及上得台去，小家伙们早已挪换了地方，老鼠躲猫似的满台转悠，实在被追得不耐烦，就鱼贯着下了戏台，在庙院的空地里你追我赶，照着戏台上的样子拿腔作势，手舞足蹈地嬉戏打闹。这时的海神庙，满院里就都是热闹快活的空气了。

三乐意的掌班赵群孩先生，坐在台侧的音乐伴奏席旁，看着追随自己而来的一帮年轻人，一丝不苟地走台排练，心底里颇感欣慰。走出了大山深处的陵川，赵群孩才悟出了高踞太行之巅的上党，民风淳朴、古韵厚重，话里多文言词汇，似乎还完好地保留着上古遗音。上党梆子戏班一贯有重唱腔、轻念白的传统，戏词尚可做到依韵行腔，可道白时就比较随意，满口的土语。这样一来，就明显地唱念不协调。发现了问题所在，赵群孩对症下药，指出了规范道白的重要性并加以改良。他得空便到别的戏班传经授艺，告诫演员们："戏曲道白不同于口语，有着特殊的音乐性和节奏感。只有练好了规范道白，演戏时，唱词与道白衔接自然，转换流畅，戏才会唱得婉转自如，饶有趣味。"赵群孩先生的这一观点，得到了上党梨园诸多戏班的认可与推广，上党梆子的表演程式因赵群孩先生的改良而得以长足进步。现如今已成大师级别的赵群孩仍然事必躬亲，一丝不苟地指点戏班学员们吐字发声的节奏和韵律，家伙席也随着他的指点，时停时打时打时停。三乐意的家伙席里也是人才济济，掌鼓板的张发元，刚刚二十出头，晋城北义城沟东村人，出身于鼓板世家。他八岁就随爷爷打鼓，练就了扎实的童子功。父亲张金钟对他寄予厚望，将他领入戏班，耳提面命，言传身教。张发元年纪轻轻就成了州底戏里掌鼓板数一数二的好把式。虽已是好把式却从不摆大架子，张发元心底牢记着父祖的教诲——"咱这捉家伙的，千万不能跟演家们抢风头。演家卖力演戏时，要给他们加把劲，演家若在台上出了岔，咱家伙席还得替他们搂搂坡。不过吵台的时候就另当别论了！吵台吵台，越吵越好，那可是咱家伙席露脸显身手的时候，再怎么出风头都不为过！”张发元谨遵父祖教诲，恪守梨园戏规，伴奏时托戏顾全大局，吵台时衬戏烘托气氛，一切以戏班大局为重。三乐意戏班上上下下的人，都顶佩服这鼓板张发元。

吵台通常会在台口中天的晚场开演前进行。届时，被腾退一空的舞台上，鼓板居中，双锣、双钹、双镲、小锣，雁翅排列于两边，家伙席上的一班人率先登台，揎拳捋袖，猛击猛打，振聋发聩，火爆非常。演至高潮时节，一众人都要离席站起，手舞足蹈，摇头甩脑，手里的家伙事儿更是满天飞，抛起接住，接住又抛起，做出各种夸张惊险的动作，演杂技般地令人眼花缭乱，往往使观者心潮起伏，热血沸腾，真是比看场好戏还觉得过瘾。热闹刺激的场面，使得不少上了年纪的东宅村人，依稀又看到了往昔东宅村八音会的热闹场面。

想当年东宅村的八音会很有名，表演时的火爆场面，和现如今三乐意戏班的吵台不相上下。当时周边方八临近的人家凡遇婚丧嫁娶、红白喜事，都要来请东宅八音会前往助兴。事上要搭棚，红事搭红布喜棚，白事搭白布丧棚。大户人家图排场，多会自家花钱买布搭，小户人家图省钱，通常事上租棚使；租喜棚找媒婆，租丧棚找阴阳，却往往又因租下的布棚脏残破旧而多起口角。不过这都是早前的老黄历了，东宅八音会创办了布棚会后，过事的人家在约请八音会的锣鼓家伙时，就顺便连布棚也一道定好，再用不着去找阴阳、媒婆了。东宅布棚会搭的喜棚丧棚端正排场、收费低廉且随叫随到。口口相传间，十里八乡办红白喜事的人家，就连那大户人家也都来租棚使了。几十年间，东宅布棚会过事无数，便民多多，乡民间口碑甚佳。布棚会每年也因此颇有些进项，小有资财的布棚会在东宅村做了不少善事。

东宅村海神庙正殿的东墙上，镶嵌着一块四周有线刻连枝卷草纹样的青石碑。碑文中记载：清道光十一年（一八三一），东宅村民黄思忠、赵永顺、冯儒、何堂等人，见海神庙“住持无以养、神圣无以供，遂同心合德，起布棚会一座，以置地供养神灵僧人”，先置“西岭中地捌亩半，再置荆则山中地肆亩整，积蓄有年，又置桥沟冯姓中地叁亩叁分。积钱陆拾千有零，亦施于庙”。得布棚会供养的海神庙，彼时出现了“住持不虑其无养，而神圣亦可以久供不息”的大好局面！碑记里的布棚会成员黄思忠、赵永顺、冯儒、何堂等人，同时也是东宅八音会的成员，就是他们合力捐资创办了东宅布棚会。

东宅村有正月十五搭灯棚的古俗。每逢其时，东宅村贯通南北的一条老街里，就会被黑白相间的布幅覆顶，布棚下悬挂起各色花灯，入夜时通明闪烁，五彩缤纷。村民们在灯棚下观灯猜谜，徜徉流连，不失为元宵节期间的一件赏心乐事也！自前朝道光年间起，这搭灯棚的旧俗，在东宅村每年的元宵节就从未间断过。供神养僧，不为取利，热心公益，与民同乐的布棚会，深得东宅阖村人的拥戴与褒扬。

时光荏苒，岁月蹉跎。一茬茬的人生人死，一代代的业兴业衰。东宅村的布棚会和八音会，也随着那尘世的浮沉，时而重兴，时而败落，却再也没有恢复到往昔的风光场面。

赵群孩掌班发现，每次看吵台排练的人堆里，有个人是逢场必到。这个人从头至尾看得都很专注投入，始终随着台上锣鼓点的节奏，双手不停在自家肚腹、大腿间拍打相和，摇头晃脑之际，嘴里还不停气“嘞嘞铛铛”哼着调子，满脸陶醉的表情。这人虽身材瘦削，个子不高，却动作麻利，节奏明快，举手投足间带有一股勃勃英气。每每看到激动处，他还要扯开嗓子大声叫好，往往引得周围的人侧目而视，偏偏他又是一口浓重的外乡口音，一出声便引人发笑。群孩掌班看了也心底纳罕：“怎的一个外乡人，也对这梆子戏里的锣鼓家伙感兴趣？”

时间久了，得知此人是东宅村八音会上背鼓的，名字叫作黄大富。这黄大富现年三十上下年纪，祖籍本就是东宅。光绪奇荒时，他爷爷逃荒到了晋南，靠替人扛工过活，算是保全了一条性命。后来在晋南地界安了家，娶妻生子繁衍生息。可终归是外来户，没少受当地人压榨欺凌。黄大富生性倔强，不甘再像祖辈那般遭人白眼看待，加之情牵故土怀念家乡，遂带着妻子儿女返回了故乡东宅村。

数十年时光流转，半世纪物换人非。家乡早已没了旧日景象。黄家的故宅老屋，早在当年的饥荒岁月里就典卖给了村里的别姓人家，归乡后的黄大富一家无处安居，就在村边的几孔破窑洞里暂时落脚栖身。农忙时帮人家打打短工，农闲时，黄大富就在村中八音会里打杂帮忙。

八音会办红白喜事时，需有人背大鼓沿街游行。背鼓，这个本村人视作下贱、没人肯干的营生，黄大富却浑不在意，包揽在自己身上干得欢实。八音会沿街游行时，负鼓前行的黄大富支棱起耳朵听锣鼓点，默记音律节奏于心。没过多久，他上手打鼓敲锣，竟然也打得有模有样，风生水起。村里一些老人见状倒也不觉得奇怪，都说黄大富是门里出身，自会三分。原来黄大富的高祖，就是海神庙碑文中所记载的当年东宅布棚会和八音会里的黄思忠。

现时的东宅八音会已不复当年盛况，俨然就是个草台班子，由喜好音乐的村人拼凑而成，平日里务农，逢年过节村里跑故事、闹红火时才临时集结一处操练；村里人家过红白喜事，游街、告庙时，倒也多请八音会到场支应，只是现时的八音会员老的老，小的小，参差不齐的一众人，亏着还有乐户崔老璜引领，勉强还能过事。没有干练之人操持，东宅现在的八音会照村民们的话来说就是：“老和尚帽，平扑沓。”打外乡归来的黄大富加入八音会之后，一众人里，还数着他能拿点事。众人慢慢也就倚重于他，人人听他主意，事事随他调遣。这黄大富倒成了现时东宅八音会里的领军人物。

东宅村兴了三乐意戏班后，包括李甲午村长在内的不少村人，见戏班上的家伙席技艺精湛，就萌生了让东宅八音会向戏班取经学艺的想法。黄大富心里的这种想法似乎尤为强烈。所以对诸般乐器都有着浓厚兴趣的他，只要听见海神庙里的家伙声一响起来，无论正忙着什么事情，一准儿撇下了赶来观看。一天，黄大富来找李甲午村长，想请他出面和群孩掌班说说，看能不能让他黄大富带着八音会班员们跟着戏班家伙席学上一阵子，也好提高提高八音会的演奏水平。李甲午听了正中下怀，他看黄大富心思缜密，脑子活泛，对八音会的事也很上心，加入八音会没多久便逐渐领起了会里事务，正想找他坐坐，把复兴八音会的想法和他说说，没想到这黄大富竟然主动找上门来。欣喜之余，李甲午村长领着黄大富去见赵群孩掌班。赵群孩掌班一眼就认出了这个看吵台看得最为专注的汉子，又听李甲午村长讲了黄大富高祖黄思忠当年引领八音会和布棚会的盛况与事迹，心内大为感佩，当场便应下了戏班家伙席给八音会传艺的请求。

第二日，黄大富就迫不及待地领着八音会的所有人员，带着家伙事儿来海神庙，向三乐意戏班家伙席的师傅们拜师学艺来了。群孩掌班虽笑这黄大富性子急，却也立马聚齐了戏班家伙席人员，将八音会欲来取经学艺之事讲给了大家伙儿听。戏班家伙席一众人起初不以为意，但见八音会众人一脸严肃，也都认真起来，摆开阵仗，将那梆子戏里的【大十番】【小十番】【十样锦】【长皮】【节节高】【戏牡丹】【得胜令】等诸多曲牌依次演奏了一遍。直把那八音会里一众人听得目瞪口呆，大呼过瘾。想不到用的一样的锣鼓家伙，人家戏班上的师傅竟能打得如此出神入化，把人听得这般如痴如醉。于是八音会众人依着自己所使的乐器家伙——鼓、锣、钹、镲、笙、笛、唢呐，分别拜了自己的师父。从此以后，八音会班员每日来海神庙里取经学艺，戏班师傅们也都手把手地示范指导。不久都练熟了多套曲牌。黄大富用功尤勤，除过大鼓，还拜师学了唢呐，将【迎仙客】【朝天子】【一枝花】【山坡羊】【大开门】【万年花】等唢呐牌子曲，吹得余音绕梁，韵味十足。得了名师真传的东宅八音会，真可谓鸟枪换炮，焕然一新了。锣鼓铿锵高亢激越，细吹细奏笙笛悠扬，东宅八音会再次复兴到了“十里八乡过事，都要来请”的繁盛局面。现如今的八音会俨然成了村人眼中的香饽饽，不少村人都让自家子弟去八音会上学艺。东宅八音会的声势规模越来越壮大起来。崔老璜家的儿子崔富贵原来是八音会上的骨干，这时节的他却离了八音会，投身去了三乐意戏班。这一阵海神庙里，三乐意戏班开始排演起了秋报戏，转眼已到了秋收时节。

天高气爽，秋收正忙。黄的玉米，红的高粱，豆子圆滚滚脱出了豆秧。东宅村边的打谷场上，洋溢着一派五谷丰登、喜气洋洋的丰收景象。

东宅村人地里打下的粮食，除留够自家的口粮后，无外乎会流向这么几个地方——粮行、酒坊、粉坊、豆腐坊，另外还有个别地儿没有的去处——醋坊。太行山区土碱水硬，此地乡民因水土之故喜好食醋。上党古来就有“有醋可食糠，无醋肉不香”的谚语。凡小康之家皆自酿食醋的传统在这里颇为常见。可在这东宅村里，小康之家酿醋的情景却很少见，因为村里有酿造上等陈醋的双成醋坊。

双成醋坊是周边十里八乡最有名气的酿醋作坊，字号名里的“双成”，既是坊主的名字，也是指“冬捞冰，夏伏晒”的酿醋工艺。双成醋坊里延续多年的蒸、酵、熏、淋、陈五步酿造法，是和驰名三晋的清徐老陈醋一模一样的工艺。蒸：是将碾碎的高粱蒸熟；酵：是往蒸熟后浇水冷却了的碎高粱里加入酵粉发酵；熏：发酵十天后，将缸中的醋醅子轮番倒缸，取半数于锅中翻炒，熏出醋醅子里的油脂，以增醋香；淋：熏制五六天后，用热水浇淋醋醅，淋出醋液，这时的醋就可食用了。不过这双成醋仍要经历最关键的一道工艺——陈：醋在缸里搁置最少一年，其间“冬捞冰，夏伏晒，借天工地将取五味精华，去味之尖酸”，过后虽一斤仅剩六两，但此时的陈醋香气馥郁，酸爽可口，就有了独具一格的好风味！

欲做好醋，必选好粮。双成醋坊里选用的可都是上好的大豆、麦子和高粱。粒粒饱满，颗颗油亮，这双成醋坊，历来收粮执行着严格的筛检和衡量。就这，东宅村的村民也都愿意把自家收获的粮食粜给双成醋坊，不光是因为双成醋坊开出的收粮价高，更为着这双成醋坊里酿出的老陈醋吃起来酸鲜馥郁，齿颊留香。以双成醋佐餐下饭，早已经成了东宅村多年不变的老传统。

往年，北大寺里的秋报戏一唱完，村民们就忙活起了晒粮粜粮。东宅村里的粮行、酒坊、醋坊、豆腐坊，这时也都会开门迎客收购新粮。可今年，眼见着粮行、酒坊、豆腐坊都早已收购了大半，可这双成醋坊却还没有收粮的迹象，双成掌柜也迟迟没见亮相登场。东宅今年的庙会戏，仍由本村的三乐意戏班支应演出，精彩纷呈的几天戏，演得真叫个酣畅淋漓。东宅的村民们算是过足了戏瘾，莫非看梆子戏的双成掌柜还沉浸在戏里忘了收粮？可随即听人私下里悄悄议论："说是双成掌柜家的闺女跟着相好的私奔了，把她爹气得病倒在了床上。小闺女家家的，真看不出还有这么大的胆量！"

双成掌柜的独生女名唤爱莲，年方二八的她，模样儿已出落得秀丽端庄。双成掌柜早就发愁没个儿子来继承家业，一直盘算着要给女儿招个上门女婿。怎知这爱莲早有了心上人，他就是家门口崔老璜家的小儿子崔富贵。崔富贵生得模样周正，大高个，举手投足间尤显得玉树临风。他爹爹崔老璜是东宅八音会上的打鼓把式，家里的日月儿还算过得勉强。儿子崔富贵耳濡目染，子承父业打得一手好鼓。这崔富贵打小就和爱莲青梅竹马。爱看戏的爱莲爱屋及乌，常以那戏文里的崔莺莺卓文君而孤芳自赏，崔富贵俨然就是他眼中的张君瑞和司马相如。几回回做梦浮想联翩，若不能和这如意郎君厮守终生，情愿和他私奔卖酒当垆。

爱莲也曾多次求告爹爹，能不能把自己的心上人崔富贵招为上门女婿，可爹爹却嫌弃这崔家是乐户，门第低微，就是不肯答应这门婚事。消息传到了崔家人耳朵里，崔老璜本就舍不得儿子入赘，受了轻视的他不由得也发起了圪撩脾气："你双成家不就是有几个铜钱？俺乐户家咋，俺乐户家还闻不惯你家铜钱上的那股子醋酸气！"两家大人因此上置起了气，两家的小儿女受连累强遭了隔离。孤注一掷的俩小儿铤而走险，上演了一幕离家出走的戏中戏。双成掌柜觉得丢尽了脸面，气得一病不起，卧倒在床上。开门迎客收购新粮，这事哪还能提沓得起！

眼见这两家争斗得两败俱伤，东宅的村民们也不由得心生彷徨。双成醋坊今年要是因耽搁了收粮而停业，这一日三餐的茶饭，缺了双成醋吃起来也会不香！城门失火，殃及池鱼，醋坊停业了可要殃及乡党！

可没过几天，爱莲、富贵却双双返回家来。原来是群孩掌班得知了此事，苦口婆心地开导他俩：“是姻缘还得要从长计议，这般的耍小孩脾气可真是有害无利！”他规劝爱莲和富贵要放长眼量，回家去和父母高堂好言相商。这爱莲和富贵本就是一双孝顺儿女，听人劝吃饱饭回转了心意。他二人一进家门就双双跪在堂前，和两家的父母双亲都亮明了心迹：这辈子是非他不嫁，非她不娶，求两家大人能开恩成全了婚姻。若还要再生枝节横加阻挠，宁肯拼个鱼死网破也绝不罢休！

两家的父母虽嘴上逞强，心底里也早有了后悔之意。巴不得事情能出现转机，也乐得找个借口就坡下驴。双成掌柜的提条件说：“这崔富贵必得入赘上门。”崔老璜也强调说：“过了门不能让俺家富贵看白眼受气！”

两家人请来村正、乡地做见证人，还请来卢文显先生写下了文书过继。好事多磨，一对有情人终成眷属，眉宇间终于露出了洋洋喜气。

东宅的村民们善良纯朴，早就祈盼着这有情人能喜结连理。奔走相告间不免喜形于色，把晒干拣净的秋粮迫不及待送进了双成家的醋坊。兴奋着这双成醋坊有了接班人，不用担心来年少了双成醋佐餐消食。

兴奋之余的东宅村民们，感激群孩掌班的仁厚心肠。而此时的群孩掌班，早已紧锣密鼓地筹备起了秋报戏的演出。三乐意班的秋报戏台口，早就排了个满满当当，演完本村的秋报戏，群孩掌班就要带着三乐意戏班出村演戏了。

毕竟后事如何？且听下回分解。

第七回

大村小村一视同仁　戏里戏外两情相知

九叔讲古：

三乐意班，大有名声。
戏班经纪，鱼贯登门。
春祈秋报，谢仙酬神。
写戏台口，一色大村。
小村资薄，少敢吭声。
群孩掌班，大小不论。
大村小村，一视同仁。

上回书说到，东宅本村的秋报戏一演罢，群孩掌班就要带着三乐意出村演戏了。现如今的东宅三乐意戏班，在群孩掌班引领之下，已成了上党地区（州底和潞府）诸多大村庙会戏的首选戏班，整年的台口都排得满满当当。这一日，长治县官府派来接戏箱的骡轿车队，早早就开进了东宅村，六辆披红挂彩的大骡轿厢阔辕长，木车轮簪钉包铁，高脚骡头簪缨脖悬铃，蹄声嘚嘚，铃声叮当，一字排开真个威武，引得东宅村人纷纷前来围观。三乐意班里的许多新班员，头次见着这大阵仗，早都兴奋不已，他们心里明白，这气派豪华的骡马大轿车，可是冲着群孩掌班的鼎鼎大名而被派来接箱的，班员们兴奋之余，看着骡队里的骡子匹匹毛色干净，蹄腿修长，似乎模样都比别地的骡子出众，浓眉大眼的好看呢！群孩掌班一番安排，班员们张罗着装好了戏箱。三挂车拉戏箱，三挂车载人，浩浩荡荡地出了东宅去往长治。一路上，仰头望天高云淡，长空雁阵；俯身看秋野美景，草绿花黄。越界牌岭、丹朱岭，涉许河、丹河、漳河，不觉间就到了长治县城。

三乐意此番献演的台口，是号称“上党第一会”的长治县七月初一“二十四神朝玉皇”庙会。相传朱元璋第二十一子沈王朱模镇守上党，每逢天阴欲雨之时，沈王府后门上的腰栓木就会显出水气漉漉的景象，沈王于是命人将腰栓木雕刻成玉皇神像，送于壶关县沙窟村玉皇庙内虔诚供奉。从此以后，长治一带每遇天旱，民众就会将沙窟村的玉皇神像接回长治求雨，据说有求必应，没有一回不灵验的。

朝玉皇仪式由官方主持，按标票、接神、取水、起驾、回銮五个步骤隆重举行，民众皆可参与。其时长治城周边二十四村民众，按五行八卦组队游行。玉皇神辇前有大禹开路，后有沼泽王殿后，关帝与二郎神左右护驾；沿途所经民户、商铺，门前皆摆设香火神位，水缸里插柳枝，跪迎玉皇神辇过境；官府要员在马头坊村前跪接神驾，宣读祷文，仪仗队伍浩浩荡荡，进长治城南门，由十字街折向西大街，最后将玉皇神驾护送到西关二郎庙；僧道诵经，官府大员进香，祈祷水回雨至，滋润万物。显灵后于庙内唱贺雨戏，酬谢玉皇神功圣德；秋后更换龙袍、装新神辇，恭送神驾返回沙窟村玉皇庙。

这一年年景好，长治县境内风调雨顺，五谷丰登，家家户户秋粮盈囤。因无旱灾，故而玉皇尊神未受叨扰回銮坐镇行雨，但长治百姓感戴玉皇慈悯恩泽万民，还是特意向官府提请要恭请玉皇尊神回銮受飨。官府顺从民意，安排虔诚迎驾，早早就写了名戏班——东宅三乐意来唱这秋报戏酬谢玉皇尊神。

三乐意戏班开进长治县南城门时，正赶上迎玉皇仪式，一切驮骡马帮都被勒令回避，伫立在瓮城圈里，给迎驾的队伍让路。唯独接三乐意戏箱的骡轿车队，因要备演迎驾后的酬神戏，得赶出时间来装台扮脸，故而得以特例放行。

三乐意班员们虽说见惯了大场面，但还是忍不住要头脑探出轿篷打望，但见长治县城民众沿街观瞻，道边首尾相接摆满了香财萧鼓、牲肥美酒。旌旗耀目，铙响歌吹。迎驾队伍绵亘里许长，浩浩荡荡穿街而过：走在最前面的是一队香锣社鼓；紧跟着的是仪仗方阵——“肃静”“回避”金字招牌打头清道，飞虎大旗、大凹扇、金瓜、斧钺、朝天蹬，簇簇耀目，大显威仪；其后是演武方阵，队员们个个身着黄服，头包红巾，脚蹬黑色武鞋，且行且演，黑虎掏心拳、白鹤亮翅拳、螳螂探路拳、夜叉巡海拳，轮番打将来；随后是诸神神位，由轿子抬了游行；再后是八音会引着的四抬软杠，杠身以绸缎被褥包叠成三尺大小的六方形，上缀大小不一、或方或圆的各类镜子，阳光下熠熠生辉，耀眼夺目；紧随着的四抬硬杠，宝塔状金山银山上满饰珠宝，勾描彩绘，鲜艳夺目；硬杠尾端是扛桩，一色七八位强壮汉子，每人托举着一个小孩，身着戏服，凌空舞摆水袖，天外飞仙般好看；扛桩之后是抬桩，七八个壮汉抬着的桌面上，两三个演员或唱或舞表演其上；再后是跑故事方阵，踩高跷、跑旱船、九莲灯、二鬼扳跌；故事方阵后是乐队，细吹细打鼓乐喧天，引着一队金鼓旗和将领兵，两面大穿锣不时鸣响，一名头戴金盔、身着绿蟒袍的将军，护卫着由社首、香老、水官、提炉、把盏等赛社服役人员围绕的八抬主神大轿缓缓而行。

迎驾队伍最终集结于二郎庙山门之外，执事命人将玉皇小驾先请入正殿主位，再请大禹、唐王、沼泽、五龙、护国灵贶王小驾依次入位。主礼生入庙恭致祭文，神色虔诚，颂神祇功德，祈仙尊保佑；社首、香老、水官、提炉、把盏一众人等，焚香、献酒、讲酒；贡献茶、果、香、花、灯五般供养之物，行三跪九叩大礼后，依次退至庙外，肃立于廊檐之下。

此时正殿前的献台中央，早已铺设下了一块猩红毡毯，一猿猴模样活物，仰躺其上，另有一人手持面罗，内盛麸面，在猿猴身上及周围均匀筛过，筛罢，猿猴一跃而起，毡毯上遂留下一具猴形印迹，执事生急急上前将毡毯提起，挂于殿中，此仪式名曰“猿猴脱壳”，寓意脱去厄运之意；忽从庙内神像后跑出一黄痨鬼，赤膊、短裤，面目狰狞，手内抓着条麻袋，锣鼓声中窜出庙门，向着大街狂奔而去，后面紧跟俩人，一为方相，一为方弼，二人是奉命前来捉拿黄痨鬼的。黄痨鬼在街上横冲直撞，随意抓取商贩摊上或店中物品，放入麻袋之中，各商贩不怒反喜，盖因被黄痨鬼抓取物品有带走痨病之寓意。终于黄痨鬼被方相、方弼赶回庙中，绑在山门倒座戏台台柱之上，人群争相上前，以桃木鞭将黄痨鬼鞭打致死，是为“鞭打黄痨鬼”，寓意借神祇之力将黄痨鬼祛除；又忽见一旱魃女鬼，猱形披发，目在顶上，一足跃行。还是方相、方弼二位大仙赶上，将旱魃头打碎，是为“斩旱魃”，寓意来年不闹旱灾，雨水充沛。

山门倒座戏台之上，早已装台齐备，台口前“高邑东宅三乐意戏班”横幅高悬，那边厢驱鬼逐疠的傩戏刚落停，这边厢的戏台里就锣鼓家伙声大作，酬神队戏《斩华雄》将要开场。

《斩华雄》是《虎牢关》里的一折，讲汉时董卓独霸朝纲，曹操招兵买马，联合十八路诸侯，推举袁绍为盟主，刘备、关羽、张飞追随公孙瓒讨伐董卓的故事。

三乐意掌班赵群孩亲饰董卓，车春保饰关羽，嵇小国乱饰张飞，李小红饰曹操，李小保饰吕布，郎小孩饰华雄，张元合饰孙坚，一场《斩华雄》队戏，名角迭出，阵容豪华。大幕开启，赵群孩饰演的董卓率先登场：

董卓（云）：

统西凉雄兵百万，

收吕布诛杀丁原。

废少帝扶立新主，

居王位独霸朝班。

吕布（云）：

赤兔马猛虎下山，
方天戟蛟龙出潭。
执戟将紧护相国，
勇吕布表字奉先。

华雄（云）：

生成了豹头猿臂，
长就了虎体狼腰。
勇华雄武艺出众，
保凉王独霸朝纲。

董卓手下大将华雄，打败十八路兵马先锋孙坚，志得意满。关羽要去应战遭袁绍呵斥，关羽立下军令状，杀不了华雄，提头来见！

关羽（云）：

祖居河东住解州，
姓关名羽字云长。
打抱不平诛恶棍，
桃园结义连刘张。
跟随兄长讨董卓，
汜水关前排战场。
可恨华雄贼逆党，
助纣为虐太猖狂。
英雄要把阵来上，

袁绍不识虎与羊。
多亏曹公把情讲，
酾酒一杯壮行装。
不饮酒，出大帐，
杀却华雄饮琼浆。

华雄（云）：

连杀三将败一将，
华雄威名四海扬。
勒马摆刀把阵上，
见一员大将气昂昂。
身高九尺面如枣，
蚕眉凤眼胡须长。
快快通报名和姓，
华爷送你上望乡。

关羽（云）：

尔先爷祖居解梁，
名关羽表字云长。
今日里爷把阵上，
定叫你命见阎王。

二人开战，华雄败。

华雄 杀尔不过，老爷去了！（跳下台去）
关羽 天涯海角，休想逃脱！（下台追去）

华雄逃至大殿，关羽追至。

关羽　　贼将休走，吃吾一刀！

华雄逃至社房，抢拿物品。关羽追至。

关羽　　贼将不得搅民，看吾擒你！

华雄逃至剧场，观众纷纷躲避，又逃至台上，关羽追上。

关羽　　贼将哪里逃！（手起刀落，斩了华雄）杀了贼将，回营交令。

关羽提了华雄血淋淋一颗人头，返营交令，饮酒，酒尚温！

大幕闭合，《斩华雄》队戏在锣鼓声中收场。

队戏又称杂剧，是上党地区专为迎神赛社而演的一种古老剧种。虽只有吟诵和科白，却是台上台下交互表演的一种特殊戏剧形式，多与驱傩仪式相结合，做流水式展演。队戏通常由专门的乐户世代传承，其剧本秘而不宣，普通的戏剧班社一般演不了。但乐户所演的队戏，傩戏成分重，粗放有余而观瞻性不足。赵群孩早年间看过了乐户演出的队戏后，就对这一特殊的祭祀戏种兴趣浓厚。他诚恳求教，虚心向乐户们学习，将队戏引入戏班并适当加以改进，增强了它的观瞻性。三乐意起班之初，赵群孩掌班就很注重队戏的教习与排演。此番在长治二十四神朝玉皇庙会上，三乐意班《斩华雄》队戏的演出，使得往年看惯了乐户演出队戏的长治民众们耳目一新，大呼过瘾。

接下来的几日，三乐意班又连演了《过五关》《未央宫》《汜水关》几场队戏和《千里驹》《乾坤袋》《东门会》几部梆子大戏，每场戏都是观者如堵、好评如潮。三乐意戏班的班员被奉为上宾，伙食好不用说，住处安排得也好，二郎神庙的厢房明敞干净，迎驾筹备组还专门给三乐意班换了新炕褥，班员们吃得香睡得好，人人感到舒服，戏演得也就特别的卖力。

唱戏这一行当，华服着身、粉墨登场，表面看起来似乎风光无限，可内中辛苦却未必人人知晓。投师学艺时的吃苦受累自不必说，即使练就了把式，唱成了名角儿，赶台口披星戴月、风雨无阻，走江湖风餐露宿、绳床瓦灶；炎炎夏日间身着蟒袍大汗淋漓，寒冬腊月里袒肩露背瑟瑟发抖，也真是不在一行不知一行的苦楚。若赶上诸如长治县朝玉皇这样的好台口时，戏班上下人等都还稍感欣慰，可若要赶上诸如沁水贾寨这类小村子的台口时，班员们不免都要心生嫌隙，心说凭我三乐意现如今的大名声，放着好多大村大社的台口不应，怎么偏偏要接这样的小台口？伙食不好，住处也不尽如人意，群孩掌班如此行事又所为何来呢？

沁水贾寨又称下梁南里，与高平毗邻，是老马岭下的一个小山村。据说贾寨之名，源于长平之战时，秦军为惑赵军而建的一个假兵寨。贾寨村子虽小却有笃歌好戏的老传统，一直以来，村民们就盼着能有机会唱台好戏。可怎奈地处偏僻，村弱民穷，唱台好戏的念头一而再地落空，每逢庙会写戏，不是家生戏就是草台班，村民们似乎已习惯了如此景况："唉！多财善贾长袖善舞，谁让咱村没钱呢！"

这一年，贾寨村修缮了村里的诸神宫，金装神像、彩绘朱阁，工成之后集资还略有盈余，村民们觉得这回可得好好写班大戏来贺庙安神了。村里社首虽担心村小财薄，没有大戏班愿意来村演戏，但拗不过村民们的热切期盼之情，不得已硬着头皮，托了几层人，才找到了东宅三乐意掌班赵群孩先生，没想到赵掌班竟爽快应承了下来。村人们闻知都欣喜异常，奔走相告，翘首企盼好日子快快来临。

明朝嘉靖乙酉年，贾寨出过个举人名叫陈策，庚戌科又高中进士。陈策入仕后历任工部主事、员外郎、真定府知府、山东按察司副使、霸州兵备道。《明史》载陈策"质直清介，所在有望，卒以忤时，致仕不竟其用"。陈策先生退归故里贾寨后，著书立说、怀教桑梓，造福乡民之事甚多。群孩先生平日里除潜心钻研戏曲剧本之外，对地理方志、人物传记之类的书籍也多有涉猎，他读贾寨陈策先生事迹，心内就多有感佩！这大概也就是他一听说贾寨村托人来请三乐意班演戏时，立马就爽快应承下来的原因吧！

贾寨诸神宫贺庙敬神的台口定在了八月月杪。三乐意戏班到在贾寨村后，倒也受到了隆重的欢迎。可怎奈实在是村弱财薄，虽也是满接满待，可毕竟住宿寒陋，伙食蹇薄，三乐意的班员们心内好大不悦，但见掌班且还丝毫无怨，场场亲自出演，自然也就不敢多言。三天九场戏，队戏、梆子、卷戏、簧戏都一丝不苟地演来，真可谓异彩纷呈，贾寨村民们大饱眼福，连呼过瘾。三乐意戏班离村时，贾寨村民们夹道相送，苹果、红薯、梨、柿饼、核桃、枣，纯朴的村民们争相往接箱车里塞。三乐意的班员们见到此情此景，再想群孩掌班平日里常常挂在嘴边的话——“不怕挣得少，就怕没人要”，“说甚也不能伤村上，要让民众年年想”，不由得心生颇多感慨！

台口连着台口，会戏接着会戏，数月间，三乐意班四乡奔走，戏中人戏中作乐。不觉时节就到了十一月中，台口渐渐演完，歇班的日子到了，三乐意的班员们陆陆续续都离了戏班回家。赵群孩先生暂时还归家不得，身为上党梨园翘楚，还有许多事等着他去应酬，首先就是五聚堂的义演筹款。

晋城的周元巷里有一座梨园会馆，因是晋、高、阳、陵、沁五县梨园戏班集会之所，故起名叫作“五聚堂”。这五聚堂平日的职责，除为府县衙门接洽官戏、为艺人搭班牵线、为戏班代写台口之外，还有一项重要的事务，那就是逢每年冬季搁班之时，召集五县梨园名流义演筹款，以供歇班期间无家可归而来五聚堂中过冬的梨园子弟们的吃喝用度。义演通常会安排在吕祖庙或二郎庙里进行，因都是大腕名流亲临串场的缘故，义演往往是一票难求！一些财力雄厚的商号，把义演的戏票视作馈赠老主顾的妙物佳品，纷纷给五聚堂捐款，以此求得较多数量的戏票，此举也就渐渐成了定规。商号的捐款逐年增多，五聚堂的义演也就一年比一年红火。

周元巷里有一奇人被称作周员外，周员外势大财厚还文雅好戏，五聚堂每年的义演，光他家就要沽去大半数的戏票，因为他家布施的银钱数最多。要说这周员外，虽说出身商贾之家，却自幼饱读诗书、腹藏锦绣。年轻时的他也曾为科举功名下过一番功夫，数次名落孙山之后，懈了精气神，遂淡泊功名之念，打理商务之余，潜心钻研起了戏曲。现如今的他，悠闲自在得直如个化外真人一般，藐视戒律，不守俗规。家里养了戏班，亲手编写剧本，亲身粉墨登场。“昆梆罗卷簧”尤喜昆腔，“生旦净末丑”更爱末行。周员外为人豁达，行事宽厚，喜结交的他与梨园行里的诸多大牌名角都交情深厚，与赵群孩先生是忘年交，彼此间觉得脾性相投而过从甚密。群孩先生每次来晋城，周员外都要设家宴款待，席间总要让自家的家班出演助兴，也是想乘着机会让群孩先生多加指点。得了赵先生指点的周府家班戏艺精进神速，也就是情理之中的事了。

周员外的小女儿周萦铃，在家排行老四，人称四姑娘。这四姑娘打小就容颜姣好，且聪慧灵秀。生来似乎就对戏曲情有独钟的她，每逢家班演戏，总是目不转睛地在台下凝神观看。她和姐姐们在院中玩耍时，偶然间学作戏中人，哼唱几句、比画几下，奶声奶气中自带着聪秀灵透的韵味，举手投足间尽显惟妙惟肖的神态。其父见了不禁错愕，欣欣然命其登台，居然是演也演得唱也唱得，唱念做打得都颇有模似样。四姑娘因此更得其父宠爱。周员外着人特意给四姑娘定做了全套的小蟒小靠、小盔小裙，一有机会就让爱女登台，和他的众多名伶好友们同台演对手戏。打八九岁起，年少能演的四姑娘就成了人们口中的传奇人物。

现如今的四姑娘已出脱得如画中美人一般，气质美如兰，才华馥比仙！虽已年过二十，却仍待字闺中，登门求亲者多如过江之鲫，却没有一个能入得了四姑娘的法眼。人都说四姑娘眼高拾不进人，只有其父周员外心里知道，四姑娘就如活在戏中的人物一般，她的心思全在戏上，她的意中人似乎也只在戏中出现。可四姑娘终究是不可能入戏班演戏的！演戏，那可是男人们的事情，况且也只有家境贫寒的男子才多会投身于戏班，周员外怎么舍得自己的宝贝女儿委身于戏班里受罪呢！就算舍得也做不得，尽管他周员外藐视戒律，不守俗规，那也不成，戏子属下九流，四姑娘就算唱戏再有灵性，也只能在家中玩玩票而已。

虽说四姑娘和父亲众多的名家好友都搭过戏，每场戏都演得很出彩，不过在四姑娘心目中，觉得还是和赵哥哥搭戏时更有默契。四姑娘称呼别的搭戏名家为先生，称呼赵群孩却是哥哥，她打心底喜欢这个模样俊秀、和蔼可亲的赵哥哥。赵哥哥知道哪里该快，哪里该慢，哪里要收，哪里要放。唱念做打：唱得收放自如、念得抑扬顿挫、做得节奏明快、打得干净利落。四姑娘觉得舞台上的自己只需随着赵哥哥的气韵节奏，行云流水，水到渠成，轻轻松松就能把戏演得无比精彩！直到如今，四姑娘的脑海中还时不时会闪过：自己八九岁时，一次和赵哥哥同台演出得了满堂彩后，赵哥哥把自己高高抱起，一同谢幕的场景。那场景，真是美得不敢看。也就是打那时起，她就暗暗发誓，长大嫁人就嫁给赵哥哥。后来自己长大了，长高了，长得和赵哥哥一般儿高了。长大后的她倒也时常有机会和赵哥哥搭戏玩票，尽管这时的戏演得更加精彩了，尽管她还梦想着能再被赵哥哥抱着一同谢幕。唉，哪还能够呢？赵哥哥早已娶妻，自己要嫁给他的美梦已成了泡影。

当晚家宴的堂会戏，四姑娘又和赵哥哥演了《杀四门》。赵哥哥的赵匡胤，四姑娘的刘金定：

刘金定（唱【四六】）

一阵昏来一阵迷，
昏昏迷迷不知情。
蓦然睁开一双眼，
又只见龙舅在面前。
走上前来双膝跪，
问过龙舅可安宁。

赵匡胤唔呀！（唱）

孤王抬头用目照，
王面前跪下位女英豪。

家在哪州并哪县？

张王李赵说分晓。

刘金定（唱）

双锁山前领人马，

刘金定就是我的名。

赵匡胤（唱）

听说来了刘金定，

不由孤王喜在心。

别的官员不封你，

封你顺国一夫人。

异彩纷呈的演出，自然又获了满堂彩。戏中的赵匡胤对刘金定眉目传情，无限的温柔缱绻，戏下的赵哥哥却对四姑娘敬而远之，无比的生分疏离。戏后的家宴，四姑娘坐在赵哥哥身旁作陪，赵哥哥却对近在咫尺的她，连看都不敢多看一眼。他大概也听到了人们的风言风语，说她四姑娘是“不爱财东不爱官，就爱群孩小掌班”！那么他是在避嫌呢，还是他早就变了，变得不再喜欢自己了？可自己就是喜欢他啊，一想到他，就有种说不清道不明的奇妙感觉在内心蒸腾。

四姑娘可真不愧是周员外的嫡亲女儿，就连藐视戒律，不守俗规的脾性都大类其父。母亲看她一天天长大，心内着急，一有机会，就追其早做婚嫁的打算，被追急了的四姑娘，竟如戏中人一般念白道：“小女子我还真就不爱财东不爱官，就爱群孩小掌班了，爱谁谁！”母亲听了嗔怒，责骂她说的什么混账话时，父亲竟在一旁呵呵地笑出声来！笑归笑，逗归逗，可男大当婚女大当嫁，到哪里再去找赵哥哥那么好的人儿啊！每每想到这些的四姑娘，终归会有丝丝缕缕的哀愁缠绕脑海，别有一番滋味在心头！

第八回

推新人氍毹席受屈　息纷争祭祖途救场

九叔讲古：

群孩掌班，带徒有方。

言传身教，师徒同场。

徒演主角，师甘配唱。

弟子受益，观者不让。

喧哗起哄，挑事闹场。

掌班淡定，戏演如常。

高平县城东南十里有米山镇。相传长平之战时，赵将廉颇以持久战疲秦，将此地遍野的黄沙掩作粮囤，堆积如山之形状，行以沙代粮之计惑敌，此地因得米山之名。唐武德元年置盖州，辖高平、丹川、陵川、盖城四县。米山因而人烟繁盛、城郭连属、寺观林立、大院众多，一直以来，米山都是高平域内之重镇。米山地灵人杰，明嘉靖淮安知府刘崇文、隆庆翰林侍读学士经筵日讲官刘虞夔，万历刑部主事牛从龙，孟津知县程嗣明，清顺治户部主事崔子明，都是米山这片灵地上的人杰，保留至今的众多大院，数进的大宅子，门套门院连院，仍在彰显着大户人家当年的森严气象。有清一代，米山镇最著声名者要算祁寯了。祁寯字竹轩，乾隆四十二年（一七七七）生于米山孝义。十九岁中进士跻身仕途，直做到两广总督、刑部尚书的高位。鸦片战争英军进犯广州，祁寯前去督战，挽广州城于危亡之下。道光二十四年（一八四四）五月，祁寯因咯血症病逝于广州，次年灵柩返乡，葬于米山镇孝义村。清廷按尚书赐恤，谥号“恭恪”，极尽哀荣。

江山代有才人出，各领风骚数百年！现而今，这米山镇最风光的，要数那梁家和柴家了。

梁家几代行商，营务丝绸纸张生意。河南安阳、湖北汉口，都有梁家开设的店铺。生财有道的梁家，由此挣下了好大一份家业，田地纵横，牛马成群，家里日常所使仆夫也有好几十口！那梁家为富多仁，乐善好施。逢镇上有修桥铺路，赈灾济贫的事体，头一份出资的必定是他梁家。故而在这米山镇上，梁家就颇有几分号召力。四时八节的庆典，迎神赛社的祭祀，都少不了梁家牵头应承，所需花费自然也由梁家一并包圆儿了。尤其是春祈秋报的两场大戏，梁家从不含糊，写的都是上党地区有名的班社，米山镇的百姓们年年都能过足戏瘾，观演之余大呼自家眼福不浅，齐颂梁家慷慨有德！

再来说说那柴家。柴家本是外来户，清道光年间才来在这米山镇上落脚。柴家有尚武的家风，最初来在米山镇上的柴家，靠给镇里营商的人家做镖师，押送驮队货物为业。赚的虽是卖命钱，却也所得颇丰，渐渐积攒下了一份殷实家业。到在民国，柴家一位名叫柴满仓的子弟从了军。柴满仓打仗勇猛，冲锋陷阵屡立战功，由士兵一步步升到了团长。一时间，柴团长成了米山镇上的新贵，柴家因此家声大振，也跻身于米山镇大户人家的行列。

俗语说得好：“一人得道，鸡犬升天！”柴家的下人们，也因此就觉得有了仗凭，自己脸上也有了和主子一般的荣光，言谈行止凭空都升了格，不觉间就要显露出几分盛气凌人的气度来。尽管有主子的时时告诫，可终究还是约束不住。也难怪，主显奴贵！世间凡夫，又有几人不是如此德行？

柴府的管家吕苟升，本就是个趋炎附势之人，来柴府管事之前曾在梁家当差，欺上瞒下的勾当没少干，终于落了个丢差除名的下场。因此对那梁家耿耿于怀，总想逮着机会报复报复才好！

机会还真就让他吕苟升逮到了！

米山镇今年的秋报戏，照例还是由梁家操持。梁府写了由赵群孩掌班引领的大名鼎鼎的东宅三乐意班。头天开台演《雁门关》这出戏，《坐宫》《探母》《刺宗》三个场次，群孩掌班安排了三位不同的演员，分场饰演杨八郎：

《坐宫》

杨八郎（唱）：

适才番王对我讲，
母妻领兵到阵前。
结发夫妻不能见，
同胞手足不团圆。

《探母》

杨八郎（唱）：

提起来儿的罪不浅，
该下油锅上刀山。
真乃是山高路又远，
河水关口隔万千，
儿今舍生把娘探，
母亲啊……

两场戏已过，仍不见那赵群孩掌班出场。坐在台下看戏的吕苟升眉头一皱，计上心来！那吕苟升熟通音律，能打鼓会敲锣，粉墨登场亦不在话下。平心而论，在他吕苟升心底，他觉得今天这《雁门关》演得真是漂亮。《坐宫》《探母》，两场戏两个角儿，个个唱得精彩，演得出色！可咱家不是要寻茬嘛，不是要挑事嘛。这可就不能怪咱家不客气了不是！第三场《刺宗》唱未过半，吕苟升站起身来，朝着戏台上吼了一嗓子："群孩掌班拿架子，看不起咱米山人！"这一嗓子，立马炸了锅，看得津津有味的人群中渐渐起了议论声："是啊，东宅三乐意班的戏，怎么就没见赵群孩掌班出场呐？""这不明摆着是要奸打滑糊弄咱米山人吗？""这是笑话咱米山人不懂戏呀！"人群中的议论声越来越大，七嘴八舌闹闹哄哄像开了锅，吓得台上正在演戏的那位慌神唱跑了调，伴奏席上的师傅们见状也都纷纷停下了锣鼓家伙，一场好戏就这样硬生生被搁在了台上！和吕苟升同坐一条板凳的柴家几位下人，见吕管家带头发难，也都纷纷站立起身，咋咋呼呼地闹腾开来。其中一个平日间最喜欢撺掇闹事，名叫郝老三的伙计，以慌作乱，从地上摸起块半头砖，一甩胳膊抡到了戏台上，惊得戏台中央的演员倒退几步，急欲退回到帷幕中去。

坐在左近的一位老者，见那郝老三又摸起地上一块砖头要往台上扔，遂拧身站立起来，朝着郝老三厉声喝道："不可造次！砸着了人，可不是要的！"众人闻声望去，见那老者高大身材，凛然肃目，颌下一部银须尤其引人注目，显得格外气度不凡。众人都认得那老者是韩春和。韩老人虽是冲着郝老三呵斥，却把众人也都镇得闭了口舌。见四下里静了场，韩春和老人就向众人说道："人家群孩掌班明明是在调教徒弟，你们怎么能说人家是拿架子，是要奸打滑糊弄人呢？"那韩春和打得一手好鼓，在许多知名的戏班都掌过鼓板，在上党梨园界也是名号响当当的人物。现如今归乡颐养的他，也算是米山镇上说话有分量的耆老，颇受人敬重。韩春和当年在陵川东关武盛班里掌鼓板的时候，就见识过赵群孩带徒的方法，言传身教而外，最要紧的做法就是多给他们上场露脸的机会。群孩掌班就是用这种方法给他走过的所有戏班带出了诸多好把式！见众人不再鼓噪，韩老人就边示意大家坐下边说："大伙儿都凭良心想想，人家三乐意三场戏三个八郎，哪个角儿唱得差了？哪个不是得了群孩掌班的真传？这样的精彩好戏，只怕打着灯笼也难找呢！快快坐下，好好看戏吧！”

赵群孩掌班就站在幕侧，台下发生的一切，他都看在眼里，可他始终没有显出丝毫的慌乱，一直在镇定自若地做手势，给台上受了惊吓的那位演员鼓劲打气，示意伴奏席众人重打锣鼓另开张，把戏继续演下去。

台下渐渐平息了下来，台上的伴奏席也再次响起了锣鼓家伙声。愣在台中央的那位演员重新起霸，续演《刺宗》：

杨八郎（唱）：

听他言吓得我一身冷汗，
梦中语真叫人胆战心寒。
贤公主在一旁巧言遮瞒，
我只得假意儿去把药煎。
……
钢刀一举头落地，
萧银宗杀死在眼前。

字正腔圆的唱腔，响遏行云的调板，三乐意戏班演的整本《雁门关》，可谓是异彩纷呈，余音绕梁！或许是追星捧角儿的心思在作祟，台底下米山的观众到底是觉得没过透瘾，还是念想着群孩掌班能粉墨登台才好。韩老人明白大家伙儿的心思，站起来向众人喊话：“列位不要着急，群孩掌班是不会让大家伙儿失望的，你们就等着看他接下来亲自出演的折子戏吧！”原来，群孩掌班素有班规，每个台口的演出，整本戏演完后，无论时辰多晚，他本人是一定要亲自出演几个折子戏送人的。果然，没等韩老人落座，戏台上的家伙席就再次响了起来，《挂龙灯》《杀狗劝妻》，群孩掌班一连演了两出折子戏，把米山的观众们看得如醉如痴，连呼过瘾！赵群孩掌班的传奇故事由此在米山传扬开来，一同传开的还有句顺口溜：“徒弟台前亮本事，掌班幕后受委屈。”

时光逝如流水，展眼间又到了中元节。上党地区自古以来就有中元节烧纸祭祖的旧俗，赵群孩他们老赵家，祖父、父亲、他，至今已是三代单传。赵群孩幼年丧父，祖父也于几年前逝去了。清明节、中元节的两次祭祖烧纸，自然就责无旁贷地落到了他的身上。

这一年的七月十三日，三乐意戏班演完高平陈堰庙会戏，赵群孩打算回一趟老家杨寨烧中元节纸。七月十四日一大早，他就骑了他的小毛驴，向着陵川方向嘚嘚而去。

“处暑天还暑，好似秋老虎”，老辈流传下来的古谚还真是不假！处暑前后的天气，尽管早晚已显清凉，午时仍是酷热难耐。秋老虎也吃人呢！晨间赶路还算惬意，怎奈越走越热，临近午时炎日当头，着实燥热难当。赵群孩骑驴行至在一处地界，只见不远处高高的坡岭之上，有一座巍峨庙宇。群孩掌班认得，那是高平建宁府底村的玉皇庙。去年的这个时节，他正领着三乐意班在这玉皇庙中唱庙会戏。想想今日又是七月十四，这庙中也正该是在搭台演戏了。赶了这好半日路程，现而今的他已感觉腹中饥饿，嗓子冒烟。胯下驴子也走得四蹄疲累，渐渐少了精神。看见了玉皇古庙，群孩掌班有了打算，他吆喝着驴儿快走，想借着庙前树下的荫凉地儿歇息歇息，好再行赶路。

不多时到得庙前。但见高耸耸一座山门，琉璃脊瓦，琉璃鸱吻，上下两层，檐牙高啄。门阔三间，正中开门。青石砌筑的基台上，四根方形抹棱砂石柱一通到顶。柱下青石基台上，张贴着一张大红戏报，上写着：

陵川县岭西村民乐会

贺喜府底玉皇庙会

七月十四日

午场:《四郎探母》

晚场:《雁门关》

看过戏报，群孩掌班奇怪：堂堂的玉皇庙酬神戏，为何写了民乐会来敷演？心底不免几分纳罕。

玉皇庙山门下不时有人进出，门前空场上已有了不少摆摊设点的小贩：卖肉丸的、卖凉粉的、卖拉面的、卖油条油糕的。原来府底村七月十五正庙会，七月十四下午就有戏，府底村的百姓们早都扛着板凳，在庙内戏台下占好了位置。村里社首前几日就着人将庙里庙外打扫干净，盘起了炉灶，只等着戏班一来就装台挂幕鸣锣开戏。大人们忙活，孩子们尤其兴奋，庙里庙外跑出跑进，快活得如同过年一般。

群孩掌班将毛驴在山门前一棵柏树下拴了，料草袋兜嘴挂在驴脖下让驴吃料，他自己则在拉面摊前的板凳上坐下，叫了碗拉面吃了，正喝着面汤，原汤化原食呢，忽听到一片嘈杂声，回转身看时，见是拉戏箱的骡队到了山门前，人喊骡叫闹闹哄哄，引得庙里看板凳的小孩儿们都跑了出来，围在骡队周围看热闹。

岭西民乐会的刘三金会长下得车来，叮嘱会员们轻拿轻放小心卸箱，他自己则径直进了庙，找写戏的张小土经纪去了。可不大会儿工夫，玉皇庙院内却传出了争吵声。

玉皇庙戏台下，刘三金会长一找到正在张罗着的张小土经纪，就和他说，唱须生的演员今天不巧拉肚子，来不了了！要求改演当天的《四郎探母》和《雁门关》两出戏。张小土经纪一听就急了，连说不行不行："戏报都贴出去了，怎好随便更改？再说当初要不是你刘会长大包大揽地说能演这两出戏，我怎么可能写你岭西民乐会来演这玉皇庙里的酬神大戏？"

原来，府底村七月十五的玉皇庙会，本来写的是潞安府一个相当有名的买卖戏班，没承想在临近庙会的前几天，却接到买卖戏班被抓了官戏，不能前来赴会的消息。这消息使得府底村的社首们大光其火，连连呵斥张小土经纪办事不力，差点儿将他捆起来吊打一顿！可毕竟庙会在即，社首们只得责成张小土经纪将功赎罪，速速再补写一班戏前来救场。可数得着名号的戏班早都定下了台口，哪里那么好找？张小土经纪苦苦寻访，终于打探得陵川岭西村的民乐会，正好七月十五日的台口空当。这岭西民乐会虽是班家生戏，但在周边的家生戏里还算是个不错的班社，况且会长说他们还能演《四郎探母》《雁门关》之类的大戏。时间紧迫，府底村的社首们也就只得同意，由张小土经纪写了岭西民乐会的家生戏驻会演戏。

可偏偏事到临头又横生出了枝节，这怎能不令张小土经纪着急？社首们恼羞成怒的一张张面孔又浮现在了他的眼前，本来就怨恨他办事不力，再去说临时改戏，不吊起来挨打才怪！想到这里的张小土起了急，连连催促着刘三金会长快快想别的办法，要不他刘会长自己去找社首们商量，反正他张小土是再不敢出头露面了。

玉皇庙内打杂帮忙的那些府底村村民，听了这二位的对话，也都纷纷议论起来：有的说岭西民乐会根本就演不来这两场戏，故意拿演员拉肚子糊弄人；有的说张小土要滑头，找不来正经戏班就拉草台班子应付差事；还有的说岭西民乐会是想借机抬戏价，故意拿腔作调要挟人。七嘴八舌众说纷纭，玉皇庙内顿时乱成了一锅粥。

戏箱已卸完，满满当当摆在了玉皇庙山门倒座戏台之上。时已正午，依惯例该是戏班开饭的时间了。饭后装台挂幕、勾画脸谱，还有好多演出前的准备工作要做。可今日府底玉皇庙里的情况却并非如此，尽管戏台底下西厢房边上八印大锅内的大米饭已焖好了，热气蒸腾；旁边的菜锅也炒好了一锅大烩菜，香气扑鼻；尽管端着饭碗，等着打饭的岭西民乐会的会员们已排起了长队，可锅边的大师傅们却袖手旁观，丝毫没有开饭的意思。民乐会的一众人，或许是自知理亏不敢吭声？或许是出门在外息事宁人？反正虽说心里有气，却到底没敢发作，一个个夹着饭碗，垂头丧气地又返回到了戏台上。看见了刘三金会长，便纷纷使厉害，说难听话："这戏不唱了，不唱了！""人家不管饭，咱还是回家吃饭吧！""唱不唱戏的不打紧，可不要饿死在这府底村的戏台上！"

此时的刘三金会长，就像跑进风箱里的老鼠一般两头受气！一边是吃不上饭的会员们嚷嚷着要罢演，一边是张小土经纪威逼着死活不让改戏；

进退维谷的刘会长急得团团转，他低声下气地向张小土经纪请求说："好歹让他们先吃饭，演不了这两出戏，你们扒戏价也行呀！"没等张小土开口，背后却传来了回话声："扒戏价也不准改戏！"众人闻声望去，见说话的是刚进得庙门的一位老者，身着丝袍，净鞋素袜，手摇一把折扇，气宇轩昂，神色平静却一脸凛然，此人正是府底村的社首赵德武老人。

原来庙内打杂的一位帮工，见刘会长和张经纪争执不下，就赶忙跑去叫来了赵社首。虽说这赵德武社首最是个通情达理的忠厚长者，可这时的他，到底也为这庙会戏一再出纰漏而着实犯难。他虽然进得门来就首先安排灶上的师傅们快快开饭，不可在吃喝上难为民乐会员，可对于改戏的事，他却丝毫不肯让步。听见刘会长说"扒戏价也行"的他，掷地有声地回了那句"扒戏价也不准改戏"的话。他也是让刘会长赶快想想别的办法，就是到外班请人，也务必得把这已经张贴出去的两出戏给演了，要不他这个总社首也无法和府底村的村民们交代！

张小土经纪看看赵社首满脸凛然的神情，心底不免陡生几分畏惧。他朝着刘会长嘟囔道："请什么外班人，昨日我去你们会里写戏的时候，那位唱须生的不还好好的吗，怎么今日就拉起了肚子，分明是骗人的鬼话，依我看，就是拉肚子也得让他来把戏演全乎。"刘三金会长听了张小土经纪的话，吃了一惊，随即正色说道："你倒说得轻巧，拉肚子怎好演戏？皇帝还不使唤病人呢！"张小土听了反驳道："皇帝使不使唤病人咱管不了，可这是给玉皇爷献演神戏呢，这我可早就和你交代清楚了！没有金刚钻，就不要揽瓷器活儿呀！现在下软蛋，你怨怅谁呢？"张小土一番话把刘会长问得无言以对，满脸懊恼神色。

原来岭西民乐会里能演须生的那位，还真就不是拉肚子！一贯矫情多事的他，这回见刘三金会长接下了府底玉皇庙酬神戏的台口，就趁机拿搪，要挟刘会长给他涨薪资报酬，刘会长平日里就看不惯他那啃街猴的臭毛病，对他早多有嫌弃。今朝看他又故技重演，就决心晾晾他，撂给他一句"你爱演不演"的狠话，想不到那位须生还就较起了真，抛出了拉肚子的理由来消极怠演，这本已把刘会长气得够呛，现如今府底村的社首又无论如何不让改戏，更把那刘会长搞得焦头烂额，英雄气短。刘会长原本还想趁此机会一来给那位须生点颜色瞧瞧，二来杀鸡儆猴给别的会员看。现在起了争执，这要回去给那位爷求情说软话，丢了面子不说，以后再要有人玩这套消极怠演的把戏，可怎生是好？想到这里的刘会长左右为难，戳在台下呆若木鸡一般。

忽听人堆里一声喊："快快吃饭，吃完装台挂幕，这戏，我来演好了！"这声喊振聋发聩，将玉皇庙内所有人的目光都吸引了过去。只见此人精干身材，白净面皮，不知何时已站在了台下。此刻的他，正脸冲着台上吃饭的民乐会会员们喊话，磁性的嗓音，浑厚里透着中气十足的韵味。

台上岭西民乐会里早有人认出了他，兴奋地喊道："赵群孩掌班，真是赵群孩掌班，大家快看，那个人真是赵群孩掌班！"这一声喊，使得玉皇庙里顿时像炸了锅，人们纷纷围过来争着要看赵群孩掌班。赵德武社首穿过人群来在群孩掌班面前，满脸堆笑拱手致意。他二位，自打去年的府底村玉皇庙会相识之际就相谈甚欢，早已相互视作了知己，今日再见显得格外亲切！群孩掌班将回乡烧纸祭祖，途经府底村巧遇争执之事诉说一遍；德武老人亦将府底村今年玉皇庙会所选戏班被抓了官戏，不得已临时改写了岭西民乐会，不巧又节外生枝之遭遇，也细说一遍。群孩掌班听了，方解了刚才山门外看戏报时心底的疑惑，不免又深痛乌吏皂胥抓官戏，虐政殃民之罪。边上的刘三金会长恍觉在梦里一般，掐指试过了疼，才相信眼前是真事，慌得就要跪地拜谢，被群孩掌班一把拉住了。刘三金会长再三打千作揖，口里连谢赵掌班救场之恩不绝。

玉皇庙里打杂帮忙的府底村民们也都大喜过望，将赵群孩掌班途经本村，代演酬神戏的喜讯奔走相告，阖村人闻之无不额手称庆，大呼有眼福好造化，去年玉皇庙里喜看群孩戏的景况又浮现于眼前。原本以为今年的庙会戏泡了汤，没想到偏偏就等来了大把式赵群孩，不是玉皇尊神显灵又是什么？！府底村人不禁感慨起玉皇老爷真个神通广大法力无边，更慨叹

"塞翁失马，焉知非福"所言非虚也。

饭后装台挂幕，铺毡垫毯，摆桌设椅。岭西民乐会的会员们，因群孩掌班来救场演戏而群情振奋。将要登台演出的几位演员，更为能和赵群孩掌班同台而备感荣幸。戏台西侧耳房化妆间里的赵群孩掌班自己勾画脸谱停当，又将旁边演员们勾画的脸谱都一一作了点评。群孩掌班此举，瞬间消除了岭西民乐会员们的生疏与畏惧，他们原以为大名鼎鼎的赵群孩掌班必然架子大，想不到他竟然是如此的古道热肠，平易近人。刘三金会长随侍群孩掌班左右，看了掌班的一举一动，敬佩之情打心底油然而生。

群孩掌班登台之前修书一封，嘱咐刘三金会长骑了他的小毛驴，去五里之外的礼义村跑一趟，找他的挂名徒弟李小太来演晚场戏，自己好连夜赶回杨寨老家，不误明日祭祖烧纸。临行还不放心，又叮嘱刘会长，若找不到李小太，就去十里之外的平川找牛二狗，这牛二狗也是赵群孩的挂名徒弟，他二人，晚场的须生戏都演得了。

下午场的《四郎探母》，毫无意外得了满堂彩！府底的村民们看得津津有味，如痴如醉。刹戏的时候，刘三金会长回来了，不巧群孩掌班的两位挂名徒弟都出外赶场去了，一个也没找来。三金会长一脸愧色，连催群孩掌班快快赶路，不敢误了明日祭祖烧纸。夜场戏他自己再想办法应付，大不了回岭西给罢演的那位爷服个软，说好话请他归班演戏。群孩掌班行戏多年，见惯了此类发难事情，最最痛恨那些借机要挟之徒，哪肯助长恶人的嚣张气焰！他拍着刘会长的肩膀劝他莫急，晚场戏还由他赵群孩来演，刹了戏，他再赶夜路回去不迟。

晚场戏《雁门关》，群孩掌班一人分饰两角——前六场演须生杨八郎，中音醇厚，高亢清越；后三场演花脸包拯，虎音浑厚，宽阔洪亮。群孩掌班借戏中包拯怒骂庞元、韩天华等奸佞的戏词，暗讽那罢演的须生之流：

包拯（唱）：

可恨奸佞暗谋算，
你我午门辱骂奸。
……
任儿飞上云霄头，
……
早已把儿狗命算，
算儿该入枉死城。
铜铡一下分两段，
霎时送儿鬼门关。

那一夜的府底玉皇庙内，台上酣畅淋漓，台下群情激昂。观者演者齐声高唱，台上台下尽数癫狂。演罢了整本，群孩掌班还要照惯例加演送人戏，府底村民们知道群孩掌班戏后还要赶夜路回乡，不忍再拖延时辰。群孩掌班不依，直演完两段送人戏后才登程上路。朴实的百姓们表达谢意，送予群孩掌班的鲜瓜豆角嫩玉米堆了半戏台。刘三金会长挑几位精壮后生，背了瓜豆菜蔬，打着灯笼火把，直把群孩掌班护送回了杨寨村。

打那时起，府底和岭西就传开了几句顺口溜：

群孩回乡烧纸去，七月十四过府底。
连演两场杨家戏，掌班登台救岭西。

多年之后，这些顺口溜仍在村民之间口口相传着。

第九回

怜童稚解囊买皮虎　恤小军罢赏洗龙池

九叔讲古：

陵川西北，有村原庄。
一村三社，合祀龙王。
龙王大庙，雄踞高岗。
庙内神祇，仪表堂堂。
列阶之下，有泉两汪。
吃水灌溉，百姓安享。
若遇旱馑，祷祝龙王。
泉池即成，祈雨之塘。

陵川县西北三十里处的长松山下，有村名原庄，乃南头、西头、北坡三个山村之总称，自古以来就有一村三社合祀龙王之俗。

长松山，山势逶迤蜿蜒，态若游龙一般。山脚下的南头村里，龙王庙前的数十级台阶之下有两眼泉池，池水终年清澈见底，四时不涸不溢。社民们修筑水渠，引泉水绕村子活活流过，一直引至村外园地。一村三社之民，吃水煮饭、灌溉庄稼，全仰仗这两池泉水照应。若逢上干旱少雨的年份，社首领村民们于泉池旁跪拜祈雨，鲜有不灵验的！故而村人就将这两眼泉池视作了圣物。一村三社不少社民言之凿凿，都说曾于梦里得过神谕，说这两眼泉池，就是长松山这条苍龙的两只眼睛。切切叮嘱他们务必妥善爱惜才是。若不然，可是要遭报应的。阖社村民奉神谕如圭臬而深信不疑，将两眼圣泉与龙王庙内的神祇一并虔诚供奉，顶礼膜拜。

不过倒也有那不以为然之人，偏偏不把这神谕当回事，可终究难逃遭天谴的下场——相传元末，原庄村一位大不敬的农妇，不听乡人们劝诫，屡次在泉池边洗衣服，任凭那脏水回流池中亦毫不为意。终于在一次洗衣时遭了雷击，身子被一劈为四。胳膊留在了泉池边，头、身、腿却分别被击飞到了壶关的河西、高平的郭庄、长治的西火等处。社民们大骇，一致认为是龙王爷显灵抓了这亵渎神泉之徒。为息神怒，阖社人等于泉池边烧香祭拜，并唱戏三日安神，以平息龙王爷之怒。后遂相沿成俗，将每年的四月十九日至二十一日，定为原庄一村三社的盛大庙会。

一九二八年，陵川境内大旱。原庄村直熬至八九月间，才艰难落了场雨。粮食收成减半，社民们一时间心底大骇，纷纷疑惑道："是不是上年庙会时，龙王爷驾前献演的神戏不够排场？戏班写得不够规格啊？"

神前献演的大戏，上五班戏当然是最好的。这上五班，指的是进文庙演出过的名班社。东四义鸣凤班、尹寨公顺班、大阳三义班、周村三乐班、南沟复盛班就都属上五班之列。可上五班的戏岂是想写就能写到的？上五班的戏价大，一天的戏价，足够普通班社唱个四五天的；再说上五班戏的台口，一年到头都被定得个满满当当，更有甚者，几年的台口早都排满了。既然上五班的台口如此难写，总得想想别的办法吧。在陵川，能想的办法就是写"群孩戏"。

"群孩戏"，指的是由赵群孩引领的戏剧班社。赵群孩先后在陵川的武盛班、长发戏、大三义当过掌班，因自身戏演得出色，"生旦净末"四路不挡，"昆梆罗卷簧"五音皆擅而深得戏迷们喜爱，因而群孩所引领的戏班就一律被称作了“群孩戏”。如此一来，戏班的真名倒没人叫了。其时，陵川境内大大小小的村庄，无不以能写到群孩戏为荣、以能看上群孩戏为福。原庄村是唱群孩戏较多的村社，村人们都觉得自己眼福不浅呢！

遭了旱灾的原庄社首和社民们，归咎为上年庙会龙王驾前献演的大戏不够排场。思谋着今年的酬神戏，无论如何得写个好班社来唱，他们自然就又想到了群孩戏。其时的赵群孩，已在高平东宅村的三乐意戏班掌班多年。尽管东宅三乐意戏班仍旧被人们习惯称为群孩戏，可意欲请群孩戏来驻会演酬神戏的原庄社首和社民们，这回心里到底犯了嘀咕，毕竟如今的群孩戏属了高平，能不能如愿写来，实在是不好说！没想派去联络的戏班经纪回来说，群孩掌班答应来今年的原庄庙会上演酬神戏！消息迅疾在一村三社传扬开来，阖社人等闻说皆喜之不尽。

四月十八日下午，群孩掌班早领着三乐意戏班来在了原庄村。浩浩荡荡的六七驾骡驮，于龙王庙前的平场上一字排开，场面蔚为大观。原庄一村三社的社首们闻知消息，都纷纷来龙王庙前探视，寒暄问礼，接风致意。庙会上打杂帮忙的一干人等帮着戏班卸驮搬箱，好一阵忙乱。亏得原庄村提前将龙王庙旁的马棚做了扩修，才算勉强安顿下了拉戏箱的驮骡。三乐意班的豪华阵容，不免引得一村三社的原庄社民们好一阵慨叹：“群孩戏、群孩戏，尽管仍叫群孩戏，可现如今的群孩戏可真叫个气派啊！”

三乐意的班员们，被安排在龙王庙正殿两侧的东西厢房内住宿。紧挨正殿东墙边的那间耳房清幽静谧，以往群孩戏来原庄村演戏时，这间耳房通常会被派作赵群孩掌班下榻的房间。和社首们寒暄致礼后的赵群孩掌班，才说要让人把自己的铺盖卷送入耳房安顿，却见打耳房里正好走出来一人，精瘦身材，胳膊下夹着一卷铺盖，身后一个妇人并俩小儿，手里也都捧着锅碗瓢盆案板面杖等诸多家什，急慌慌紧着要腾退出门。群孩掌班见状纳罕，忙出言止住了他们。身后南头村社首，今年轮值三社总社首的原贤亮迈步上前，向群孩掌班道明了原委。原来是打河南林州逃荒上来的一家人，在原庄一村三社里沿街乞讨，破衲弊履衣不覆体，看着委实焦苦。原贤亮社首可怜他们一家老小露宿街头无处栖身，就让他们暂时在龙王庙正殿东墙那间耳房内住下，接济些米粮助其一家老小度日，让他家照看打扫龙王庙庭院内外。今日三乐意戏班来得早，他们一家还没来得及腾退出群孩掌班下榻的那间耳房。原社首连连致歉说："烦劳赵掌班稍等片刻，容他们一家速速搬出，好着人给掌班洒扫干净。这几日庙会上的事把我忙得晕头转向，就把腾退耳房这茬事给忘了。还望掌班多多海涵才是。"

群孩掌班听了摇摇头，上前接下孩子手中捧着的锅碗面杖，引了孩子返回屋中。转身招呼孩子父母道："快快不要麻烦了，你们一家老小依旧踏踏实实住在这里。也就三两天的光景，我随便找个地方，搭架床铺就好，哪里就非得要住这间呢！快，快，都快放下家什，咱们坐着说说话。"精瘦男子听了群孩掌班言语，不知如何是好，眼巴巴望着原社首讨示下。原贤亮社首见了说道："既然群孩掌班说了，那就这么定吧，你们一家依旧还住在这里，我着人另替掌班收拾一间清净屋子，可算你家好运，遇上群孩掌班这么个和气人。"精瘦男子并夫人得了社首言语，局促返身退回屋中，将家什放了，连连向群孩掌班致谢不迭。

闲聊间，群孩掌班听原社首说这家人姓钱。这时有人来报："已为群孩掌班收拾好了紧挨着耳房的那间东厢房下榻。"群孩掌班听了说好，打趣道："我姓赵，你姓钱，赵钱孙李，百家姓里咱两家就挨着，今日在这龙王庙内也得和你作紧邻，看来咱俩是真有缘分啊！"一席话把原社首说了个愣怔，可转念他就想明白了，连忙纠正群孩掌班说："不是姓钱，是姓秦，秦师傅。"原来陵川话里，秦钱发音相同，屋子里的人弄清了原委，都哈哈大笑起来。一场快意的笑顿时拉近了彼此间的距离，使人不禁心生感慨："如今早已大名鼎鼎的群孩掌班，竟然还是如此平易近人。"秦家人听了群孩掌班言语，也不再感觉拘束，和群孩掌班热热火火地拉起了家常。

逃荒前的秦师傅是林州当地的乡厨，做得一手好水席，十里八乡间颇有名声。那林州本就多山少土，历来靠天吃饭。遭逢大旱，庄稼几近绝收，粮食都不够吃，哪还有人家敢随随便便做水席？于是厨子们一时间都没了营生，不少厨子投奔大户财东家做起了杂役，勉强挣口饭吃。秦师傅生性倔强，不愿卑躬屈膝看人脸色，加之口舌木讷，也不会别的手艺，干脆拉着一家老小逃荒上了山西。秦师傅说者无心，群孩掌班听者有意，眼睛一亮的他说道："搁着现成的大厨不用，那岂不是罪过，我看这几日你干脆就到我们戏班大灶上来掌勺，让大家伙儿也都尝尝你这水席大厨的手艺，饱饱口福如何？你家也就不必再起灶了，一并到大灶上来吃就是！"秦师傅听了心下欢喜，当下就过到戏班，帮着大灶上的田小青师傅忙活起来。那天晚饭，戏班上下人等并秦师傅全家都吃得美滋滋，在此不表。

次日一早，龙王庙大殿正对着的山门倒座戏台之上，三乐意戏班上下人等早都有条不紊地忙碌起来，大徒弟老石头和干儿李文才在台上统筹调度，领着众人在走台排演，大幔帷幕都已装台妥当，郎文富老师傅守在戏台耳房的头盔箱、大衣箱边分发行头，严格执行着"宁可穿破，不可穿错"的戏班老规程；原庄社首照戏班要求，打村中民户家借来的那些八仙桌、官帽椅，也都被蒙好桌衣椅披，摆放在了戏台中央作道具；卷作了长条状的红氍毹业已铺满了戏台。这几年，干儿李文才和大徒弟老石头顶了大用，装台挂幕、走台排演等诸多事务，已无须群孩掌班费心操劳，他也就乐得图个清闲，在村内热闹的会场上逛街闲走。

群孩掌班常年领戏班驻会演戏，诸多村庄里的众多戏迷，都是他的拥趸，这在原庄村里也概莫能外。看见群孩掌班在会上悠然溜达，不少原庄戏迷就都争着和他打招呼。他认不得人家，人家却都认得他，群孩掌班，群孩掌班，声声叫得热乎，脸上也尽是热情的神色，这就使得群孩掌班有种宾至如归的感觉，打心眼里愉悦："唱戏真好啊！"

龙王庙前的土场上早已是喧哗熙攘，热闹非凡。肉丸摊子、凉粉摊子、油条油饼摊子、饸饹扯面摊子，算卦摊子、镶牙摊子；卖镰刀的、卖锄把的，柳编的笸箩、芭编的箩头，黍毛笤帚、鸡毛掸子……琳琅满目的乡村庙会，看得人眼花缭乱。思谋着能在庙会期间招徕到好生意的摊主们，都于会前几天就早早地占下了绝佳的位子。却也有那么一位摊主，从来就没计较过货摊位置的好赖，这位摊主，就是原庄村里卖皮老虎玩具的原老六。这原老六有一手做皮老虎的绝技，他制作的小孩玩具皮老虎，大大的脑袋，小巧的身子，粗壮的尾巴，细长的胡子，憨态可掬里全然没有一丝兽中之王的凶猛，尽显出一派乖巧憨萌的神态来。原老六不计较摊位的好赖，自有他不计较的理由，那就是：无论他的皮老虎摊子支在哪儿，摊旁从来就不缺争相前来探看的主儿。

日上三竿时分，原庄村街里更是货物琳琅，人聚辐辏了！老人妇女小孩，各色人等都来这庙会上凑热闹。庙会之于老年人，可说是为了看戏图过瘾；之于青壮年来说，大概多为窜家喝酒吹牛皮；之于女人们呢，可谓是采买购物的绝佳场所；之于小孩子们，却似乎就为吃喝玩，庙会上最快活的人群，肯定非他们莫属！群孩掌班的故乡杨寨，和这原庄村相隔不太远，孩提时代的小群孩就没少跟着祖父来这原庄村里赶庙会，每次赶庙会之际，吃过了肉丸凉粉的小群孩，和别的小孩子一样，总是期盼着能买上一只原老六摊上的皮老虎，好带回家中向村里的小伙伴们显摆着玩。祖父虽然也心疼银钱，但架不住宝贝孙子的一再纠缠，最终一定是会解囊购买的。别家的小孩子，却多数没有小群孩这样的福分，想让大人们给自己买皮老虎而不可得，哭闹得满地打滚，眼泪鼻涕长流却终不顶用。皮老虎之于他们来说，是可望而不可即的奢侈玩意儿，可在年幼的小群孩心目中，却是温暖至今的美好回忆。

今日的原庄村庙会上，群孩掌班又看到了原老六的皮虎摊子。尽管现而今的原老六已经老得鹤发鸡皮，可他面前摊上摆着的皮老虎却依然如旧时那般的憨萌可爱；摊子周围也依然如旧时那般，一团团围着许多的大人孩子，和多年前的情景并无二致。又见不时有买得皮老虎的小孩儿冲出人堆，自然是高兴得手舞足蹈，眉开眼笑。引得人堆里两个小孩儿尾随在他们身后，巴结讨好一番，却终也换不来上手玩玩皮虎的机会，只得又悻悻返回皮虎摊前干过眼瘾。群孩掌班看这俩小孩儿面熟，仔细再瞧时，认出是秦师傅家的一双孩子。那秦家穷得连饭都吃不饱，哪有闲钱买皮虎玩？

也亏得秦家俩孩子乖巧懂事，压根就不敢有买的奢望，只盼着能借谁的皮老虎玩玩过把瘾也就是了。不过就连这小小的愿望也得不到满足，小兄弟俩眼巴巴瞅着摊上的一溜皮老虎，望眼欲穿的样子，使群孩掌班心里顿生怜惜之情。他不由得分开人堆，在货摊上拣两只皮老虎要递给小兄弟俩，惊得俩小人儿一时愣怔，手背在身后不敢接，只待群孩掌班硬是将俩皮虎塞入二人手中，才急忙握了，满脸还尽是恍惚的神色。边上的小孩子们看了羡慕，嘴里嗫喏道："我也要，我也要……"纷纷朝着群孩掌班伸长了胳膊。群孩掌班见伸胳膊的有五六个，一样的衣衫褴褛，想来都是贫寒人家的儿郎，心下顿生恻隐。他打袖袋里将随身所带的银钱悉数摸将出来，放在原老六的皮虎摊上，抬头笑着向原老六说道："您老仔细点点，看这些钱能买几个皮虎？够不够他们人手一个？"说着指指身后伸着胳膊的几个穷孩子。此时的原老六已认出了群孩掌班，忙站立起来欠身还礼道："不用点，不用点，您群孩掌班惜弱怜贫，我哪里还能斤斤计较，够了，够了，就是不够也不打紧，您就不要再费琢磨了！"说着将五六个衣衫褴褛的小儿招至近前，每人手里递过去一只皮老虎。群孩掌班见原老六如此行事，心内大为感动，他躬身一揖以示谢忱。众孩儿得了皮虎，一阵欢呼雀跃，引得一街的赶会人都注目观看，待得知是群孩掌班发善解囊，为贫家儿郎买皮虎玩具，原老六不计钱数慷慨相送，不由得都连声赞叹，冲着群孩掌班和原老六大声叫好，这阵阵叫好声竟比戏台上的碰头彩还要高昂许多。群孩掌班和原老六听了喝彩，忙冲人群处连连拱手致意。此时的群孩掌班和原老六心底快意，不由得都怀想起了当年祖孙二人光顾皮虎摊时的诸多温馨景象。

耳边厢龙王庙内三乐意戏班上的锣鼓家伙嘭嘭咚咚地响了起来。一街的赶会人听了，都脚步杂沓地向着龙王庙方向快步奔将了去。也就一眨眼的工夫，村街上变得门可罗雀，龙王庙内的山门戏台之下却已是人潮汹涌了。铿锵激越锣鼓声的暂歇间隙，起先台下还满是众人的言语声、议论声、招朋引类声、呼儿唤女声，可不一会儿观众席里就渐渐沉寂下来，人们按排就座，鸦雀无声地翘首企盼着台上就要开演的酬神大戏：

《岐山脚》

闻　仲（唱）：

黄飞虎反出五关上，

加兵追赶武成王。

中军开过麒麟兽，

峨眉山去把赵弟搬！

赵公明（诗）：

身带宝珠五十双，

八大金刚内里藏。

虽然不能成佛道，

无量寿佛极乐乡。

燃灯道人（唱）：

我只把无根水端在手内，

拜过了三教主我的师尊。

姜子牙打一仗昏迷不醒，

还要你发仙丹救他还魂。

姜子牙（唱）：

睁开我一双眼用目观定，

五色台不见了五色草人。

打开我八卦图掐指一算，

原来是小童儿盗去草人。

《岐山脚》讲商周间战事。商相闻仲兵伐西岐，被姜子牙挡住去路。闻仲峨眉山搬来赵公明，败姜子牙；燃灯道人代姜子牙掌印，与公明再战仍是不利；陆压大仙入营献计，将赵公明生辰八字填写草人腹内祭七七四十九天，赵公明散魂魄而死，姜子牙封他为“黑虎玄坛”西路财神，南天门受香。此戏取材于《封神演义》，属神仙教化戏范畴。戏中各路神仙神通广大，有移山倒海之法、呵气成云之术。一台神仙粉墨登场摆阵斗法，两军对垒妙语连珠插科打诨。戏演得真是精彩，严肃中透着风趣，紧张间时现活泼。戏中还不时穿插一些绝活，譬如表现赵公明被哮天犬咬断仙根，口内长出一对大牙时，用的就是“耍牙”的绝活，只见演员口含着的野猪獠牙，时而快速弹吐，时而刺进鼻孔，时而上下左右歙动，其间仍要唱、念、做、打不停；还有赵公明死时鼻孔内垂下两条花斑纸条；以及赵公明小剪化大剪，将燃灯坐骑梅花鹿一剪两段的表现情节，都十分精彩绝伦，引人入胜，非是阵容强大、把式超群的戏班演绎不得。一场精彩绝伦的大戏，使得戏台下的原庄村人们大饱了眼福，叫好声此起彼伏不绝于耳。直到刹了戏，台上大幕闭合，台下观众们仍久久不愿散场。

戏班大灶上，忙活了半上午的田小青师傅早已蒸好了几屉热气腾腾的暄软大馒头，秦师傅施展身手，烩就一大八印锅喷香扑鼻的氽汤。卸妆洗净油彩的一众演员，争先恐后地向锅边拥来。馒头每人俩，氽汤尽饱喝。戏班里不少饭量大的后生，吃大灶早已吃成了精，打氽汤时，头两回都只打小半碗，转着圈急急晃凉了，快快喝进肚里，第三回才满漾漾打上一碗，阴凉地里坐了，一口馒头一口氽汤，细嚼慢咽吃得从容。刚进戏班的新学徒霍启新，哪经过这阵仗？头碗氽汤就满满打了一碗，挤出人堆不易，晃晃荡荡溇了一身油汤水，把个爱干净的人儿好一阵惋惜。一大碗氽汤，一时凉不了，好容易下了肚，待要再打第二碗时，锅内已只剩了些残汤剩水，这时的他才恍然大悟，明白了那些人小半碗小半碗打饭的奥秘。油衣在身，觉得腌臜的霍启新已无心再吃，就想着脱下身上的油衣服，快快找水洗将干净才爽利。

村街庙会上的各类吃食摊，一时间也热闹起来：饸饹摊上的饸饹床子被压迫得连吐银丝；扯面摊上的面案子被摔打得啪啪作响；凉粉摊上的凉粉旋了转得停不下手；肉丸摊前的板凳上满得挤不进屁股，站着等位的，打近旁挨着的油条摊上先买根油条吃下垫垫肚子。刚才还在高声揽客的摊主们都噤声忙乎起来，村街笼罩在一派人声喧闹的市井烟火气里。

突然之间，龙王庙山门方向传来一阵清脆刺耳的锣声。起先人们都还纳闷，心说下午场的戏不会这么早就开演吧？待听得随后并无其他乐器和鸣，只有单调而密集的锣声响个不停时，这才恍然一惊，知道是龙王庙前的龙池出事了。

龙王庙里只要一响起刺耳的锣声，那就表明是庙前的两眼龙池遭人弄脏了。已多年没听过报警锣声的原庄村人，今日里听了不免大感震惊，心想是哪位吃了熊心豹子胆，竟敢在这龙王庙正会期间糟污龙池，是不是活得不耐烦了！正赶庙会的一街人，都想亲眼瞧瞧这大逆不道的是何方神圣，纷纷涌向庙来看个究竟。早有几位膀大腰圆的壮汉，将糟污龙池之徒反剪手押了，跪倒于龙池旁，只等原庄村的社首们到场后过问。

听见锣声响的群孩掌班也吃了一惊，心想不会是戏班里的什么人捅了篓子吧？匆匆出庙探视，见跪在龙池边身形瘦小的那人，果然就是三乐意戏班刚收进来的新学徒霍启新。急于找水洗衣的霍启新，看庙前两池泉水清亮，就投衣池中涮洗了几把，不想却犯了原庄村的大忌！

这霍启新是个老生子，还不足月早产。打小身体孱弱，提不得轻扛不得重。父亲又死得早，母亲虽万般呵护这个宝贝儿子，奈何家境寒微，眼瞅着自己又一天天年岁老了，终不能呵护他一辈子，还是得让他学门技艺，寻条谋生的门路。可看着儿子那副小薄身板就犯难，推车挑担的活儿干不动，打铁下窑的营生也做不得。思来想去，领了儿子去三乐意找群孩掌班，想让宝贝儿子跟着戏班学唱戏。人穷志短，也就顾不得“王八戏子吹鼓手，统统都是下九流”的说道了。群孩掌班看霍启新低矮瘦弱，打小军也不是什么合适人选，本不愿收他，可看他孤儿寡母可怜，不忍心拒绝，于是收他入班为徒，可算解了霍老太的后顾之忧。

望着跪在地上的霍启新，群孩掌班不由得又气恼又自责。气恼的是三乐意有严明的班规：每到一地演出，班员们必得遵守当地的乡风民情，入乡随俗，与百姓和睦共处。虽是一再明令禁止，竟然还有人违规行事；自责的是他这个掌班疏忽大意，对霍启新这个刚入班的班员，还没来得及尽到警示教育的义务。见原庄村的社首们从村中急急赶来，群孩掌班忙上前谢罪，道明了事情原委。总社首原贤亮见是戏班上一个毫不知情的孩子，并无恶意冒犯龙王爷之心，气自消了大半。又看群孩掌班满脸愧色诚心谢罪，竟不知该如何发落才好。群孩掌班见众社首迟疑不语，抱拳施礼道："原总社首并各位社首不必为难，龙池遭污，在原庄村里是惊天动地的大事情，是必得严厉惩罚的行为，各位只管按规程办事。戏班也算是一家子，不才忝为一家之主，就应负起一家之主的责任。还请社首快快找人清洗龙池，以安龙王爷受扰之驾。一切杂费并饭食所需，全由在下出资承担，还请原总社首并各位社首费心操持啊。"

对于龙池遭污的恶性事故，原庄村里自古以来就有着一套严格的补救措施：挑选村中十二名属龙的成年男人，先将龙池里的水全部舀干，接着按年纪大小，拿系有红布条的新笤帚顺次下到池中，蘸着泉眼里不断渗出的泉水，随渗随洗，一直要洗上十二遍，直到彻底将龙池清洗干净；然后责罚肇事者家中置办下各类时鲜果点、油炸馓供，敬献于龙池前，燃香点炮，罚肇事者长跪一天一夜谢罪，以求龙王爷宽恕；这还不算，社首还要带着十二位属龙人一起到肇事者家中代宣神谕，训示阖家以此为戒，不可再犯；肇事之家必得管饭招待众人，以谢相帮赎罪之情，所有花销概由肇事之家承担。

仪式在原总社首操持下圆满结束，龙池被淘干洗净，两眼圣泉又晴柔重现，上下天光，静水深流。群孩掌班趁势召集戏班上下人等，齐临池边跪拜。警示众人务必以此为戒。事后群孩掌班几次找原总社首缴纳仪式所需花费，都被原总社首婉言谢绝，还安慰掌班说："不知者不为过，龙王也不会怪罪无心之人。"这就使得赵群孩掌班和三乐意阖班人等无比感动，大感过意不去之余，唯有更加卖力演戏，一来恭安龙王爷被扰之神驾，二来诚谢原庄村百姓之厚谊。接下来两日，三乐意戏班又演了《皮秀英打虎》

《龙凤盏》《夺秋魁》《黄鹤楼》《东门会》《千里驹》等大戏，出出精彩纷呈，场场叫好声不断。最后一日晚场，连本戏之后，群孩掌班又亲自登台，一连演了三四个搭出，直演至三更天才刹戏。原庄村众社首木盘端了银钱，上至台中要给群孩掌班发盘缠钱时，群孩掌班朝着社首并台下原庄百姓深鞠一躬说道："三乐意叨扰神驾，违拂民意，已是大错在身。得众位宽恕不究，更加感激涕零。安敢再受此大礼！众位心意我领了，我情愿将这盘缠敬奉于龙王爷驾前作香火钱，还请众位今后能代我给龙王爷多磕头烧香才是。"说罢又深鞠一躬，任凭众社首再三劝说，终不肯收。次日戏班离村，原庄百姓依依不舍，直送至几里开外。打那以后，群孩掌班怜童稚解囊买皮虎，恤小军罢赏洗龙池的故事，就在原庄村一直流传至今。

第十回

成家班息三河之怨　公乐意调马驴之争

九叔讲古：

瓮山村里，成氏三兄。
起班乐意，行戏自唱。
三弟发河，戏班大梁。
任性花钱，难为兄长。
马驴之争，只为争姓。
黑驴势大，马驹名重。
姓何姓靳，各不相让。
翁婿反目，贤妻殒命。

列位，今日要讲的这两段古，是说手足相煎和翁婿反目的。说的虽是梨园行里的人事，但列位且听听看，大千世界、芸芸众生，这些发生在梨园行里的人事，又何尝不会发生在别的行当里呢？

瓮山村是个高踞岭坡，三面环山的小村庄。村子虽小却名声在外，瓮山香椿可是和巴公大葱、鲁村小米齐名的一道地方小食。可能是地势高，昼夜温差大的缘故吧，瓮山村长出的香椿色鲜味浓不说，更以“沾面不沾碗”闻名。所以每到春日，那长河两岸、巴原大地乃至泽州城里，走街串巷叫卖香椿的小贩络绎不绝，他们都说自己卖的才是地道的瓮山香椿。尽管人们对他们的这种说辞半信半疑，但还是会买上两把回家，细细品尝春日应节时分的这道时鲜美味。

这年谷雨刚过，长河岸边的东沟镇上就来了卖香椿的三兄弟。哥仨姓成，老大成为河十六七岁，老二成会河十三四岁，老三成发河看样子也就六七岁，哥仨都是清一色的麻杆精瘦身材。两个哥哥羞口，理着筐篮内的香椿把儿不作声，只管撺掇着年幼的三弟叫卖：“卖香椿、卖香椿、瓮山香椿……”，三弟稚嫩的叫卖声一出口，便引来不少镇人围观。“雨前香椿嫩如芽”，绿芽红边的嫩香椿霎时就勾起了人们想要尝鲜的欲望。

人群里有好事者故意要逗三弟玩，就说：“骗人的吧，口口声声瓮山香椿、瓮山香椿，那么你倒说说看，哪儿写着，你们卖的这些就是瓮山香椿？”一句话把小弟弟问了个愣怔，不知该如何应答。成大哥、成二哥顾不得羞口了，站起身小声嗫嚅道：“我们哥仨就是瓮山村人，我们卖的可是真的瓮山香椿呢。”人群中另一促狭鬼接话笑道：“我看哥仨说的倒是实在话，你们看看这哥仨的身材个码不就知道了嘛，他们卖的还真是地道的瓮山香椿呢！”围观众人闻言仔细打量一番哥仨的高挑个码，不禁都快意地哈哈大笑起来：“是真的，是真的，他哥仨卖的是地道的瓮山香椿呢！”

原来长河两岸的村庄里流传着这样的一则趣谈：说瓮山的香椿树有灵性，小孩个子长不高的话，赶个早起，搂着香椿树说上三遍：“椿树娘椿树娘，你往粗处长，我往高处长。”如此一经的孩子，来年个码必定会长高！此地人调笑那些个子蹿得快的孩子，说他们都是搂过瓮山香椿树的主儿，这说法虽为笑谈，但似乎却被长河两岸的乡人们奉为了真言，今日里围观的东沟镇人嘻哈一阵过后，纷纷解囊或多或少买了成氏哥仨的一些瓮山香椿，乡人纯朴，插科打诨只是为了开心逗乐，体贫恤弱才是长河两岸真实的乡风民俗。

日近正午，成氏哥仨筐篮里的香椿芽也卖了个七七八八。小儿实诚，卖香椿不带秤，自然也就不去计较什么斤两，看上哪把就哪把，愿给几个子给几个子。别的精明小贩还会不时地往香椿上淋些水以保新鲜，这哥仨却压根不做此种伎俩，眼见边上有老弱孤贫的人儿无钱购买却久久流连不肯离去，哥仨就将筐篮里的香椿免费相赠。得了赠予的自然连声称谢，倒弄得朴拙讷言的哥仨面上极不自然。收拾筐篮，敛聚铜板，区区所得虽只够打些油盐酱醋，可哥仨还是如过年般地高兴。穷人的孩子早当家，此等情境把边上一人看得心生恻隐。此人姓侯名堆金，乃东沟镇贾泉村人氏，是上党梨园行里一位大名鼎鼎的人物。

贾泉村古称金泉，传说泉里一只金蛤蟆，有调节水位之神力，金泉村得金蛤蟆庇护，年年风调雨顺，因此百业兴旺、商贾繁荣，村里以行商坐贾发迹的关、白、申姓等大户人家，纷纷广置田产、大兴土木，其时的金泉村内高门大院比比皆是，祠堂庙宇鳞次栉比。有顺口溜说金泉是："关白两大户，申屋顶梁柱。六庙六泊池，石镇丁字路。金泉金蛤蟆，神力使人富。"后来，金蛤蟆的神奇终于招来了南蛮子，在一个月黑风高的夜里，南蛮子偷偷潜入金泉村，盗走了金蛤蟆。灵物被盗，坏了脉气，旺盛的泉水一夜之间消失殆尽，金泉村遂被称作了贾（假）泉村。此后高门大户家的商行买卖也渐次败落下来，无处营生的贾泉村人不得已纷纷入了梨园行，其间名声最响的就属侯宅戏的侯堆金掌班了。

侯堆金祖上早年间从河南项城迁来贾泉村里落户，光绪奇荒时，侯家人饿死殆尽，只有在戏班里学徒的侯堆金侥幸活了下来。侯堆金打小学戏，主攻大花脸。不光自身唱得好，带徒传艺亦颇有手段。戏班庇护下捡了条性命的侯堆金，深知唱戏虽被世人看作贱业，可这贱业到底能使那些家境贫寒食不果腹之人，免受饥饿冻馁之苦。宅心仁厚的他于是开班收徒，广纳寒家子弟，希望他们能在戏班里学到谋生续命的本事。一时间前来投奔侯宅戏班学徒的寒家子弟众多：李小红、原寅卯、张银生、成铎铎、陈闺女、王小保、韩春阳、王春阳、陈蔓菁、老东狗……侯宅戏班名师出高徒，好把式众多，戏就演得精彩纷呈，和阳城城关富户段洪瑞起的兴瑞班形成了鲜明对比——满台下路货，戏服、铠甲、蟒袍、玉带皆锦绣夺目的兴瑞班台前冷落；行头朴素、蹇薄黯淡的侯宅戏却观者如堵，百姓间流传有“宁看贾泉赤脊梁，不看段洪瑞好衣裳”的说法。

心生恻隐的侯堆金掌班走近成氏哥仨，蹲在三弟身旁，手抚着小儿头上抓鬏问：

“今年几岁了？”

“六岁了。”

“家里几口人？”

“四口。不对，三口。”说着话的小儿眼中似乎就要泛起泪花。

成大哥看蹲在三弟身旁之人面熟，猛然记起是贾泉侯宅戏的侯堆金掌班，忙起身垂手替三弟回话：

“家里就我们哥仨，爹爹几年前就病死了，去年娘也不在了，弟弟想娘，老感觉娘还在，一说就忍不住流泪的。”

“那你哥仨靠啥度日？”

“家里原有几亩山坡地，去年打发娘，卖掉了两亩，还剩两亩打些粮食，平素捡煤拾铁，这几日树上香椿正嫩，摘些卖了换油打醋，倒也饿不着。”

侯堆金掌班听了回话心内一沉，哥仨身形瘦弱，想着就是家境贫寒，生计困顿，却没想到竟然如此家道艰难。看哥仨虽然体格瘦弱却身形匀称，嗓音圆润，可谓唱戏的好苗子，就想把哥仨收入自己的戏班学徒。学把唱戏的艺道在身，也好日后糊口谋生。如此一想便对哥仨说道：“既然现时香椿正嫩，那么我今儿就先和你哥仨订上一篮，明儿前晌，你们摘好了直接送到贾泉村，我自会让人在村边接应，可好？”

成氏哥仨听了侯掌班的话面面相觑，不敢相信这是真的，可看看侯掌班身后的两个精壮后生，一人肩上扛着一大坨肉，一人手里端着一整箱豆腐，侯掌班表情严肃，也不像是开玩笑逗乐的话，于是便点头应承了下来。

原来侯堆金掌班趁着戏班这几日台口间的空当，要给班员们改善改善伙食，今日来东沟镇上买了豆腐割了肉正欲回村，恰又遇见了成氏哥仨在卖香椿，就想明儿个中午正好给班员们吃顿香椿面应应节气，让哥仨得些收入，也好让他们亲临侯宅戏班实地看看，到时再试探他哥仨是否愿来这戏班里学唱戏。如此安排了方觉心下稍安，领着两位精壮后生徒弟回贾泉村去了。

成大哥将卖香椿所得换了些油盐酱醋，领着弟弟们回了瓮山村。一后晌在地里种瓜点豆，想起明日还有一桩好买卖做，三兄弟就止不住地兴奋，不时嘻嘻哈哈笑上一阵。干完地里活计，天已向晚，到家收拾锅灶，熬了和子饭吃过，大哥思想明日要早起摘香椿，就安顿弟弟们都早早歇下了。

次日一大早，天边刚泛起鱼肚白，听到鸡叫头遍的成氏三兄弟就翻身起了床。火上热热昨夜的和子饭吃过，便提了筐篮匆匆上山摘香椿。大哥二哥树上摘，三弟树下捡。如此换过十来棵树，才将筐篮装满。兄弟二人下得树来，又将香椿细细挑选一遍，绿芽红边的一篮嫩香椿在阳光下耀眼可爱，看了使人赏心悦目。

满篮子的嫩香椿还是颇有些分量的，大哥二哥轮换着捱篮子，轮换着引三弟。离着贾泉村老远就见有人在村边候着了。走近来看，正是昨日随侯掌班东沟镇上采买豆腐和肉的两位精壮后生。此时俩后生已快步迎了上来，夺过大哥胳膊上的香椿篮，领着哥仨进了贾泉村。

瓮山离贾泉也就三五里地，逢年过节走亲戚，赶庙会买东西，成氏哥仨已来过多次，对这贾泉村也算比较熟悉了。可南门里一座庙院样大宅，哥仨还是头次进来，一进门便把哥仨看了个目瞪口呆——迎门山墙上一道砖雕影壁墙，上有斗拱，下有底座，周边一圈回字形图案，当间儿却是磨砖对缝的光地儿，看起来恰似一幅高悬墙上的大镜屏；转角入得院来，就听见棍棒叩击之声，扭头看倒座小戏台上，几个徒弟正在排练武戏。对面正房五间，高踞三层台阶的青石平台之上，房子上下两层，门前设有廊檐，一层石柱，二层木柱，皆雕刻繁复。侯掌班正坐于廊檐下喝茶，见他几人进来，便命二位徒弟一人将香椿送往后厨，一人领三兄弟院内各处走走看看。成老大带弟弟们谢过侯掌班，随人边走边看。东西厢房同为二层五开间，压窗石上雕着的鸟兽，呼之欲出活灵活现，二层挑檐，木栏杆上雕着的花草，柔婉动人栩栩如生。说话间，已由山墙处的砂石台阶上到了厢房二层，房内挨墙一溜大通铺，铺上枕头齐整，褥子厚实，被子干净，成氏三兄弟看了羡慕，心觉戏班徒弟们好有福气。下楼来见过了侯掌班，哥仨提了空篮就欲返家。侯掌班却执意留哥仨吃过午饭再走。白生生香喷喷的香椿擀面，侯掌班让哥仨放开肚皮尽饱吃。吃罢饭，又拿一串钱递给成家大哥，成家大哥直说："太多了、太多了，一篮香椿，值不了那么多钱。"却也拗不过侯掌班，只得收了。侯掌班问成家大哥："你哥仨愿不愿来我这戏班学戏？苦是苦些，到底能学把手艺，也免日后缺衣少食，难为生计！"成家大哥听了侯掌班的话，再看两个兄弟脸上也尽是乐意的表情，忙回侯掌班说道："愿意！愿意！侯掌班愿收俺哥仨为徒，是俺哥仨的福分呢！"说着拉俩弟弟倒头便拜。

成氏三兄弟拜在侯堆金师父名下学戏，大哥成为河唱生，二哥成会河唱净，三弟成发河攻旦角。过早体会过生计艰难的三兄弟练功勤恳，学艺用心，天资又高，师父也对哥仨青目有加，倾心传艺，没几年哥仨便唱红了，成了长河岸边梨园行里数得着的好把式。三年学艺，五年谢师，出师后哥仨又在岗河二黑戏驻了几年班，凭着哥仨生旦净诸般角色皆可独当一面，二哥成会河又有编戏之能，不久哥仨就创建了自家的乐意班。乐意班以演唱岳家戏《夺秋魁》《议恩缘》《举铁龙》《复金陵》为主，以昆曲《长生殿》《打代州》、簧戏《打金枝》《苦肉计》《取长沙》为辅，更以演唱二哥成会河自编的《天仙配》《越虎城》《混玉钵》为压台戏。一时间，成氏三兄瓮山乐意班的台口不断且戏价大。哥仨中尤以三弟"发河旦"的名声最为响亮，百姓间有"看了发河旦，三天不吃饭""发河不到扒钱十吊"等赞语。名声越来越大的发河旦渐渐轻飘起来，常常流连于酒楼饭馆之间，酬朋友、喝大酒，用度靡费，三天两头向大哥成为河掌班索钱使，稍不称心便罢演离班，前往出得起大价钱的公乐意戏班里搭班演戏。全不顾念同胞兄弟恩情，自家戏班生意。

公乐意戏班，百姓们习惯称呼作“马驹戏”。掌班靳马驹演二花脸有名，大哥靳白驴是须生名角，三弟靳三驹擅演小生和三花脸。公乐意戏班有靳氏三兄弟自家挑大梁，生行净行实力雄厚，相形之下，旦角门头显得比较软弱，故而台口多戏价大的公乐意戏班，便常常高价聘请一些名旦角前来搭班演戏，成发河是来公乐意搭班最多的名旦角。提起这靳氏三兄弟开办的公乐意戏班，其间也大有说道。

靳氏三兄弟祖籍河南沁阳西向村，光绪年间随父母逃难北上泽州，寄住在凤台城关黄华街西巷里的“十八院”。这黄华街本是凤台城南门外，平民人家依城而筑的一条西南东北向的街道，亦是北府通往中原的必经驿站。黄华街之名古已有之，人谓其名得之有二：一谓豫人持棉帛竹玉于此交换晋省谷物，谷为黄色，因谓之黄市；二谓南关布匹首饰锦缎绫罗铺陈市上，锦绣华美，因谓之华市，满眼黄华之色的一条商街遂被人叫作了黄华街。黄华街北口即是凤台城南关，东连驿后驿馆，南接南寨兵站。一街两行挨挨挤挤的临街房子里，百货店、日杂店、粮油店、鞋帽店、旅店鳞次栉比；剃头铺、裁缝铺、包子铺、烧饼铺、肉丸铺门类齐全，士农工商三教九流，衣食住行五行八作，弯弯曲曲的一条黄华街白日里人声鼎沸。包子铺开笼时的炊烟、烧饼炉映射出的火光、肉丸锅缭绕起的醇香气、凉粉摊氤氲出的芥末味，勾得前来黄华街里采买置办日杂百货的四方乡人们流连忘返，比别地赶会时的情景还要热闹许多。

或许是无意掺和这闹市喧嚣，或许是有意奉送那市井繁华，黄华街上的本地居民，白天倒一般不轻易出门，直到天近傍晚时分，才会纷纷泼街洒扫摆桌设凳，围坐街边小酌几杯，谈天说地讲古道今。次第收工归来之人，和街坊四邻亲热地互相招呼着，此时的黄华街卸却浓妆回归质朴，弥漫起温馨祥和的气息。这时的黄华街，才是一天中最美的时候。

家住南寨的老小土，在戏班里演大净。搁班季归家休养的他，每天傍晚时分，最爱来黄华街西巷十八院对过的小酒馆里喝上两口小酒。老小土戏名卓著且平易近人，酒酣耳热之际，应酒客们之邀的老小土，总要妙趣横生地来上几段。这时节的小酒馆便俨然成了堂会，不只酒客们听戏过瘾，街坊四邻每到这个时辰也自会赶来一饱耳福。寄居于西巷十八院的靳氏三兄弟近水楼台先得月，每日收工归来，顾不得满身疲累，都要先到小酒馆里来看老小土唱戏，看到热闹处拍手叫好不迭，倒比半酣的酒客们显得还要兴奋。老小土见这靳氏三兄弟，简衣陋衫难掩骨骼清奇，黔首黎面亦显气宇轩昂，身姿挺拔尤宜披蟒着靠，眉清目秀最合勾脸画谱，正是绝佳的梨园戏胚子。于是问他三人愿不愿投身戏班学戏，对唱戏情有独钟的三兄弟自然欢喜无尽。如此这般，老小土将靳氏三兄弟带入了梨园行，言传身教做了他们的师父。

老小土真可谓慧眼识珠，靳氏三兄弟也算是入对了行。老大靳白驴老成持重学了须生，三弟靳三驹眉眼俊秀唱了小生，老二靳马驹阳刚气盛攻了二净。入行没几年的靳氏三兄弟就在梨园行里声名鹊起，谢师期满出班时，便被各大戏班争相邀请前去驻班的靳氏哥仨，不得已互道珍重洒泪而别。

别且按下不表，先说这二弟靳马驹。靳马驹善于吸收外府戏的长处，勾画的二净脸谱首先就与众不同，夺人眼目，观众间流传着“马驹师傅好脸谱”的说法。下过特殊功夫的靳马驹，面部肌肉运用自如，起霸时两腮颤抖，只这一招就抓住了台下观众的心。单雄信手持大刀连踏五营，与罗成、黑白二夫人、程咬金、尉迟敬德的几番厮杀，真可谓英姿勃发，气吞山河；赴刑时视死如归，大段唱腔慷慨激昂；愤责罗成忘恩负义时，腹部阵阵起伏、牙齿咬得咯咯作响，恰好似真单雄信转世，活左武侯再生。靳马驹出师后受赵群孩掌班之邀，驻了东宅三乐意戏班。此时的三乐意已是上党梨园里的名班社，掌班赵群孩先生又素有提携后生之风，靳马驹和群孩先生同台联袂，在良户村庙会上演《送印杀差》中的马强、演《万寿殿》中的王莽、演《五丈原》中的魏延、演《红桃山》中的单雄信，得群孩先生倾力衬托，戏就演得越发地精彩纷呈、大有可观！良户村是大村，是有清一代历任顺治帝日讲官、康熙帝经筵讲官、户部左侍郎、浙江巡抚（兵部左侍郎兼都察院右副都史）等要职、朝廷重臣田逢吉的故里。良户村名声大，每年的庙会万商云集，靳马驹在良户村庙会戏上的精彩表演，随着四面八方戏迷们的口碑而更声名远播！

虽然有戏子终属下九流的说法，可台上梨园名角们的风光，到底还是引人艳羡的！靳马驹身形挺拔、匀称，且相貌端正，方面高鼻，剑眉星眼，正当好华年的他不只深得戏迷们的追捧，更是众多妙龄少女们的梦中情人。马村镇上合泰酒楼的何黑驴掌柜，家中的三个女儿都人才大好，人都说："黑驴掌柜样不咋，三个女儿三朵花。"大女儿何大福性格绵软，嫁给邻村一户殷实人家为妻；二女儿何二福生性泼辣，如今帮着爹爹打理酒楼生意，既勤谨能干又待人热情，把个合泰酒楼营务得井井有条；三妹何三福乖巧伶俐，如影随形地终日跟在二姐身后。爹爹何黑驴也一直将这个能干的二女儿当作男儿看待，指着她日后替何家开门立户，所以一直以来，尽管登门求亲的不乏好人家，可何家始终也没应承其中的任何一家。何黑驴掌柜思谋着要给何二福招上门女婿，好来传续何家香火。

不急于应承求亲的态度，爹爹何黑驴和女儿何二福是一致的，可对于择婿的标准，父女二人的态度却大相径庭：爹爹何黑驴择婿的首要标准是要择个肯倒插门的女婿。当然了，家境好样貌又好的自然是上选。可家境好的人家，哪舍得自家孩子姓了别人的姓？所以何黑驴掌柜退而求其次，只要肯倒插门，家境样貌差点儿也可以将就。这点何二福却绝不苟同。何二福娇生惯养且貌美如花，她立誓要找个俊俏丈夫，家境好样貌也好的当然更好，样貌好家境差的也可以考虑。因为她已经有了心上人，这人就是目前家境尚不算好的靳马驹。

投身三乐意戏班的靳马驹其时已大有名声，经常会受人邀请前来马村镇上何家的合泰酒楼赴宴。众星捧月的靳马驹玉树临风，八面玲珑的何二福国色天香，初次相见的二人已互生爱慕之情。一来二去，脾气性格相投模样又般配的一对俏人儿就心有所许了。花前月下虽已是海誓山盟，情投意合却也知关山阻隔。何家到何黑驴这辈已是三代单传，年过半百的他如今膝下有女无儿，情况已是不妙。何黑驴掌柜立定要给女儿招上门女婿传续血脉，可如今大有名声的靳马驹却已不肯入赘改姓。如此一来，情况就变得扑朔迷离了。何二福还心存幻想与爹爹理论："不是还有三妹吗？为啥非得给我招上门女婿！"不想执意要靠她这个泼辣女儿来替何家顶门立户的爹爹，却说出狠话来："招不招上门女婿由不得你！这家仍由你爹我说了算，今日索性且再告诉你，就是要嫁人，也不能嫁给戏子做下九流！"

狠话传到了靳马驹耳朵里，血气方刚的靳马驹勃然大怒。气昏了头的他把对何黑驴掌柜的愤恨之情，一股脑地发泄在了何二福身上。再也不去登何家门不说，就连何二福的几次约见，他也是能躲就躲能避就避。悲伤的何二福又找爹爹哭诉，求爹爹不要非逼着她招女婿。倔强的爹爹听了大怒道："不招也可以，你死了就不用招了！"心上人的疏远回避，亲爹爹的冷嘲热讽，使深坠爱河的何二福感觉生无可恋。濒临绝望的她犹豫一番过后，举身跳进了村边的饮马河。冰凉、下沉、眼前一片昏黄，何二福感觉自己正向着阴曹地府滑落。

再次醒来已是次日上午。河边饮牛的黄才救下了何二福。睁开眼的何二福看到爹爹和靳马驹都急切地围在炕前，不由得又一次泪流满腮。此时的靳马驹和何黑驴都早已是懊悔无比，看到活转来的何二福既惊且喜，两个大男人摒弃前嫌，在何二福炕前言归于好，争着立誓再不敢为难她。翁婿二人请来中人立下了婚约文书：

……靳马驹情愿入赘于何家。一身顶两姓。头生儿女姓何，二生儿女姓靳……，空口无凭，特立此据！

半月后典礼，靳马驹何二福在赵群孩掌班证婚下结为了夫妇。可这看似圆满的一纸婚约文书，却为日后的马驴之争埋下了祸根。

婚后的小两口恩爱有加。何黑驴掌柜也不嫌弃女婿是下九流了，他几次提出要资助姑爷行戏当掌班，都被靳马驹婉拒了。群孩掌班知道马驹心思，找他谈心劝道："大丈夫行事当不拘小节，三乐意也不能待一辈子。何掌柜有意助你成事，如此良遇，贤弟正该放手一搏才是！"说完又传授一番作掌班的良训与忌讳。靳马驹感激群孩掌班深明大义且不吝赐教，告辞时抱拳立誓："马驹戏起班后定会远走他乡，绝不与三乐意抢台口。"群孩先生听了连连摆手："贤弟大可不必如此。行戏作艺，本就是靠个艺字吃饭，哪能说什么抢不抢呢？"

何黑驴掌柜出资为姑爷靳马驹购置了一架戏箱，小门帘上绣着："高邑马村公乐意班。"何掌柜得偿所愿，逢人便要夸说一番。自家有了戏班，靳氏三兄又聚在了一起，靳马驹掌班主演二花脸，大哥靳白驴包圆了须生，三弟靳三驹演小生和三花脸。公乐意戏班大小本头的生行净行，由靳氏三兄弟同台联袂实力雄厚，相形之下，旦角门头就显得比较软弱。为此马驹掌班常常聘请一些名旦角前来公乐意搭班配戏。靳马驹恪守诺言，公乐意戏班只在凤台演戏，有时还远下河南沁阳，轻易不接高平的台口。

隔年何二福产下个女婴，粉团也似招人喜爱。有了女儿牵挂的靳马驹，家就回得更勤了。黑驴掌柜看见孙女虽也高兴，可心里到底觉得少了点啥。他为孙女起名叫何引弟，祈盼着女儿下回能为何家生个带把的。别说，二福的肚子还真争气，二胎果然生了个男孩，起名为天柱。何三福两度伺候二姐坐月子，熬米汤、炖猪蹄、抱孩子、洗尿布，看着勤谨的妹妹忙里忙外，姐姐心疼地拉她在炕边坐下："也老大不小个人了，登门求亲的那么多，就没一个看得上眼的？"何三福回姐姐道："一个个歪瓜裂枣的甚东西，我也要像姐姐一样，嫁一个马驹哥那样的俊男人！"说完脸根一红，替孩子换下尿布院中洗去了。

阖家上下人等高兴，最高兴的显然要属何黑驴掌柜了，他遍邀亲朋，广延好友，不但执意要将这次的满月酒，由孙女引弟当时的三十席增至孙子天柱的五十席，还叮嘱合泰酒楼的后厨将席面加厚。丰盛的十大碗酒席，吃得来客们啧啧称叹："这下孙子孙女都全乎了，看来黑驴掌柜是真高兴啊，老掌柜真有福气呢！”

原定要大宴三日的酒席，第二日却见不到何黑驴和靳马驹的身影了，只有何二福包着头帕独自出来招呼客人。来客们觉得蹊跷，悄悄问过才知道翁婿二人闹起了别扭，靳马驹掌班连夜回了戏班，何黑驴掌柜生闷气，躺在家中避不见客。

原来，靳马驹看了喜宴上“何府何天柱长孙满月之喜”的横幅心生不悦，他拉了老泰山堂下理论：“当时的婚约文书上白纸黑字写得清清楚楚，头生儿女姓何，二生儿女姓靳。引弟已然姓了何，轮到天柱自然就该姓靳了！你老人家又不是不清楚这回事！而今如此行事，那婚约文书岂不成了一纸空文？”欲行瞒天过海之计的何黑驴掌柜虽也心底自知理亏，嘴上却毫不服软，望孙心切的他老人家狡辩道：“本来这招上门女婿，你靳马驹本人就该改姓何才是。你坚持要一身顶两姓，我也答应了你。何家招女婿是为传续香火的，而今既然都已在亲朋好友面前挂条幅宣示过了，我看这天柱孙儿就先姓了何，反正你和二福还年轻，今后再生了儿子，姓靳也不迟嘛！”靳马驹听老丈人说话避重就轻，不但丝毫没有歉疚之情，反倒还有几分责怪之意，心底顿生厌恶。掌班公乐意的这两年，闯荡过世面的靳马驹，身家也渐渐厚实起来。他感到自以为财大气粗的黑驴掌柜，颐指气使的口气真是可笑，就责怪何黑驴道：“按道理既有婚约文书，就该照着文书行事。您老有什么想法，也该和我事先商议才是，如今连个招呼都不打，就擅作主张将天柱姓了何，你这眼中到底还有没有我这个女婿了！商和议和的话或许还好说，蛮不讲理的话，我还就偏要较真，天柱还非得姓靳不可！”何黑驴掌柜耐着性子听靳马驹说话，听到马驹说执意要天柱姓靳时，忍不住大声叫道：“我倒觉得是你马驹大掌班现在翅膀硬了，眼里哪还拾得进我这个老丈人，你忘了当初是谁给你出资兴的那公乐意戏班了，你要天柱姓靳，我偏要让他姓何，我倒要看看，到底是胳膊硬还是大腿硬！”听到翁婿二人大声吵闹的何二福闻声赶来，劝二人别大喜之日的让人笑话，却被靳马驹反唇相讥：“你父女二人早就串通好了，只将我这个做丈夫的蒙在鼓里。”呛得何二福说不出话来。当不得爹爹的家，也做不得丈夫的主，两头受气的何二福委屈得失声痛哭，泪流满面。

一直以来，何二福就有心口疼的毛病，生过女儿引弟后，越发疼得频繁起来。请老归故里东宅村的名老中医保泰先生看过，说是胸痹之症：“心脉瘀阻、心气衰微，最忌惊厥受累、生气悲伤。”这几日儿子天柱的满月宴，何二福已是身感疲累，翁婿二人的反目更使她心力交瘁。勉强撑过了满月宴，何二福就一病不起了。

负气离开的靳马驹，再次回马村是打发突然间离世的妻子何二福。靳马驹哭得两泪涟涟，抱着妻子何二福的尸身，久久不让装殓。安葬过妻子，又望着炕上的一对小儿女泛愁。何三福明白姐夫心事，温柔地给靳马驹宽心：“姐夫尽管安心行戏，引弟和天柱有我呢。从今往后我就是她姐弟俩的亲娘。”说着腮边就泛起了两朵红霞。靳马驹感激乖巧懂事的三福妹妹，却不原谅霸道自私的黑驴掌柜。翁婿二人关系依然紧张，马驴之争硝烟愈加浓烈。

不愿触景伤情的靳马驹，此后回马村的次数更稀了。就连冬季搁班也不再回马村，情愿寄住在南村镇的十字村。时间长了，和十字村里行炉的袁三掌柜有了交情。袁三掌柜好戏，出资为马驹戏班增添了“一道边”的好行头，马驹“高邑马村公乐意戏班”的门帘也被改为了“晋邑十字公乐意戏班”。为防丈人发难，靳马驹亲自回了趟马村，连本带息还了老丈人当年出的戏箱钱。靳马驹流连儿女不忍离去的目光与何三福想姐夫归来无限期盼的神情，使平日恃财而骄的何黑驴掌柜，头次感到了钱财在亲情面前的苍白无力。他去寻赵群孩掌班，如此这般推心置腹细说一通，求赵群孩掌班务必费心斡旋。临出门又转回身来切切叮嘱一句：“马驹若肯回来，一切都好商议！”

这年冬季搁班，一同寄住在南村镇十字村的靳马驹与成发河，收到赵群孩掌班捎来的一封书信，信中邀他二人接信前来晋城周元巷的五聚堂中义演。这五聚堂乃梨园会馆，每年冬季搁班后，五县梨园名流会集于此义演数场，收入所得供无家可归者搁班寄住会馆期间的食宿之费。身为上党梨园行魁首的赵群孩先生，正是这五聚堂每年义演的召集人。其时的五县梨园名流，都以能收到赵群孩先生的义演邀请函为荣。

义演的节目单已敲定，赵群孩先生端意点了靳马驹的《将相和》，成发河的《桃园三结义》。义演大获成功，五聚堂设宴酬谢一众梨园名角。席罢赵群孩先生留靳马驹、成发河二人谈心。赵先生开门见山，语重心长开导二人："今日我替二位选的这两段折子戏，用意所在，想来二位也心知肚明。将相和，国运昌！翁婿和，家事兴！至于那桃园三结义，结拜兄弟尚且能同生共死，一奶同胞的亲兄弟，就更应肝胆相照才是！唱戏本就是高台教化的，二位演戏多年，更应该懂得此间的真意！今日招二位来，一为义演筹款，再就是有意要调和二位目前的家中纷争，还望二位能顾全大局，和睦齐家为上啊！"靳马驹与成发河二人，听了赵群孩先生一番肺腑之言大为感慨，早已心生悔意的二人皆深谢赵先生教诲。不几日都回家负荆请罪，成氏三兄和好如初，共襄成家班戏名；靳何翁婿亦尽释前嫌，何三福也如愿以偿，与靳马驹喜结连理，次年夫妇喜得贵子，袭了马驹的靳姓。此回书到此收尾，蒋书我拉拉杂杂一大篇，呕哑嘈杂难为听。不过结局还算皆大欢喜！想来亦是列位看官都想看到的。既如此，列位依次散了，老朽也该收拾筐篮回家，炸制明天要卖的麻花去了。

欲知后事如何？且听下回分解！

第十一回

老靳戏图名不求利　小河戏师出须有名

九叔讲古：

老靳行戏，不为求利。
医者仁心，借戏扬名。
小河姓连，起班天意。
师出有名，专演西岐。
梨园世家，默默无闻。
小河戏起，声名鹊立。

旧时的戏班，或为富人起班穷人唱：譬如东四义史家的鸣凤班、周村镇郭家的三乐班；或为师父自任东家，授徒演戏走四方：譬如陈发囤的窝徒班、望城头的牤牤戏。然而却也有那么一个戏班，既不属富人行戏，也不属师父窝徒，却是行医卖药的江湖郎中，因给人家治好了顽症，得了一架戏箱的酬谢而起班行戏的，这就是鲁村的老靳戏。

老靳本名靳宝，原籍河北武安，祖上三代行医卖药、悬壶济世。靳家有习武的家风，靳家拳在武安、涉县一带大有名声。二十出头的靳宝已是功夫了得。他继承祖上衣钵，负匣行医，在太行山麓间四时游走。因行事老成持重，年纪轻轻的靳宝就被人称呼为老靳，时间久了，倒没有几个人知道他的真名了。

民国初年，老靳西上太行，辗转来至在晋东南。以冶炼业闻名的晋东南，乡间密布着众多的草炉、条炉、方炉、货炉，日间烟雾腾腾，夜里火光映野。火里求财的行当，让这里人发家致富的同时，却也使得炉边营生的炉工们深受烧灼烫伤之苦。靳家祖传的清凉散药膏，由大黄、冰片、穿山甲、地榆、当归、血竭、栀子、白芷、紫草、没药、乳香等十余味道地药材秘炼而成，主治各种烧伤、烫伤，对皮肤红斑水肿、疱疹、疮口不愈、溃破糜烂、久病卧床生褥疮等症，都有消肿止痛、化腐生肌之神奇功效。若是普通烧伤，洗净创面即可直接敷药，一帖到底，无须换药，直至痊愈；治疗重度烧伤，清创后涂敷清凉散药膏，一帖消肿止痛，二帖去腐平疮，三帖过后，生肌长肉，凡经老靳调治过的病患，痊愈后的皮肤竟然比伤前还要细嫩滑润。来在晋东南的老靳，凭着一帖清凉散药膏治人无数，神医妙药的名声很快就在乡人们中间流传开来。

老靳是在二月十五庙会那天来在鲁村的。庙会时的村庄通常都要唱大戏。好戏的老靳，多年间行医的轨迹，大体上也就是循着各村间庙会日游走的路线，边行医边看戏已成了老靳的生活习惯，似乎也是老靳乐意四方游走的主要原因。可此次的鲁村之行，却把老靳的这个习惯给彻底改变了。

鲁村地处晋城、高平、陵川交界之地，素有“鸡鸣三县闻”之名。相传早在战国时，山东崔姓官人于此起了鲁崔村。后崔姓族人犯事，恐遭灭门之祸，遂改崔姓为任姓，将鲁崔村也隐去崔字，改为了鲁村。踞于高岗之上的鲁村，东依陵峰之峭壁，南带蒲水之环流，西卷茗郁之风烟，北映泫邑之秀色，历来为泽州东北之名镇，自古乃兵家必争之地。一代名相蔺相如的墓葬就在距此不远的莒山上，大将军廉颇曾于此地屯兵打仗，与鲁村一河之隔的永宁寨还留有当年廉颇的藏兵洞，在鲁村的固山上还有廉颇的衣冠冢。鲁村村南那条蒲河，据说就是当年秦赵间长平之战时，“秦军经蒲水突袭而上”的蒲水。蒲水东流汇入丹河，又浩荡奔向黄河。丹河河谷史称“丹陉”，一直以来，那丹陉就是晋豫两省间的重要商路。明清时期，鲁村商人沿着丹陉下到中原，凭着纯朴与诚信，将生意一步步做大，带回了大笔的财富，筑起了深深的庭院，建成了宏伟的庙宇。清代中晚期的鲁村，一度成为泽州北部最大的商贸集散地，终日里客商云集人聚辐辏。鲁村因繁华富庶而声名远播。

鲁村素来民风淳朴，走南闯北更赋予了鲁村人心怀善念的美德。外乡人来在鲁村，无论是锢露锅的、弹棉花的、炒玉茭的、钉马掌的、起刀磨剪的、修锁修伞的、缠箢缠簸箕的……厚道的鲁村人都会热情相待，或塞个红薯，或端碗米汤，使得独在异乡的异客们，霎时就有一种如家的温馨弥漫于心头。可初来鲁村的老靳，却看到了鲁村最丑恶的一个人。那位看官要问了，民风淳朴的鲁村也会有丑恶之人？可不是嘛，林子大了，什么鸟都有！

这年二月十五鲁村正会这天，前晌日头还时隐时现，中午时分天就阴实了，后晌间细雨纷纷，淅淅沥沥下个不停。虽然人都说春雨贵如油，可这贵如油的春雨，却给鲁村的一街赶会人，带来了不小的困扰。恼人又喜人的春雨，冲淡了鲁村庙会的热闹。赶会人稀少，一街两行的货摊已陆续收摊。只是戏台下还人头攒动。鲁村今年庙会写的尹寨公顺班的戏，铿锵激越唱得精彩，引得台下好戏的观众，情愿冒雨观看也不肯离去。绵绵细雨看似不起眼，不经意间却也半湿了东岳庙戏台下看戏人的衣裙。乍暖还寒时节本难将息，半湿在身的衣裙更加深了一层寒意，午场戏一刹，人们便纷纷找那些背风向暖的地方避雨藏身。东岳庙旁一家挑着布幌的铺子，店里廊下都站满了人，幌子上“任家肉丸烧饼铺”几个墨字，细雨中润得清亮。午场戏看罢却还心忧着夜场戏的戏迷们，都不约而同地挤进了任家肉丸烧饼店，心想就着烧饼喝碗滚滚的肉丸汤，既饱了肚子又暖了身子，省得冒雨来去，受那份冰凉之苦。

任家铺子在鲁村名声响亮，任家的肉丸风味独特，猪肉萝卜馅儿里另掺有野兔肉。野兔是店老板任北河在山林间下套子套来的。这野兔肉，说来可谓当地公认的一道山珍野味了，有山珍野味入馅的任家肉丸，自然有别具一格的好味道。何况任家嫂子当垆打制的烧饼，焦黄油亮香酥可口，配着肉丸汤，入口即化，任家铺子食客甚夥也就是情理之中的事了。

今日庙会，食客大增，又逢下雨，任家铺子比平日更加忙碌许多。任家女儿任福娥特意早早来在店中照应。任福娥年方十八，出落得人才大好：白皙脸儿柳叶眉，齿若珠贝发如云；眼常含笑人缘好，口多吉言惹人喜。模样好性子也好的任福娥，对来在店中的食客满接满待，对只求避雨者亦毫不嫌弃，还不时舀碗热汤，招呼他们端了喝下暖暖身子。来任家铺子里避雨喝汤的靳宝，进门看到任福娥就心下一惊，怎会如此眼熟，这不正是自己心仪女子的模样吗？靳宝要了肉丸烧饼，看那女子麻利舀汤，手指纤纤，白腕悬悬，心里爱慕至极，女子舀好递碗，二人四目相对，不觉都脸红半边。靳宝找地儿坐了喝汤吃饼，不时抬头瞄那女子，却发现女子也在瞄自己，一时心内欢喜无尽。

却说这鲁村有个泼皮名唤汪丹，膀大腰圆却好吃懒做。偷鸡摸狗打牙祭，溜门撬锁盗钱财。一味吃酒赌钱，吃醉了骂街打人，调戏女子。鲁村人都躲瘟神似的避着他，当面叫他汪丹，背后都叫他王八蛋。庙会日的汪丹走街串户，已喝下了半肚子的酒，摇摇晃晃在街上寻事，看任家铺子门前热闹，就脚步踉跄撞了进来。

任北河夫妇看见撞进店里的汪丹，立马黑封了脸，汤锅边的任福娥望见汪丹，和颜悦色随之转为既骇且厌。原来这汪丹已倒了名声，二十大几的人了却还未娶亲。可这泼皮还自视甚高，以为自己是个了不得的人物。他看上的媳妇人选，尽是那些长相出众的女子。登门求亲，自然是竹篮打水一场空，求一家败一家。谁家肯把女儿往火坑里推，嫁给他这样的一个瘟神！？

就在年前，泼皮汪丹又看上了俊俏的任家女儿任福娥。几次登门求亲不成，不免心中生出几分怨气。一天在村街上碰见了任福娥，死皮赖脸挡着不让走，定要问问："是汪丹我模样不好还是身体不壮？你任家怎就死活不肯应下这门亲事？"赶来解围的任北河与汪丹理论，被那汪丹扭了胳膊打翻在地。毕竟上了年纪，哪里是膀大腰圆泼皮的对手，任家父女也只得忍了这口恶气。不想那泼皮酒后无德，时不时就来任家铺子里寻事，这已成了任家人近来的一桩心烦事。

浑身酒气的泼皮汪丹，进门抓起炉上的烧饼就吃。吃又不好好吃，咬一口扔掉，咬一口扔掉，一连扔了四五个。把个任北河气得火冒三丈却也不敢发作。任家嫂子质问汪丹："吃你就好好吃，咬一口扔掉，咬一口扔掉，你这是糟蹋谁呢？"那汪丹斜睨一对醉眼吼道："糟蹋甚？又没说不给你钱！"又厉声撵起板凳上的食客自己坐了，转而嬉皮笑脸向锅边的任家女儿说道："给哥哥舀碗肉丸，哥哥要吃硬的，软的一个不要！"任福娥厌恶地看眼汪丹，没奈何舀碗肉丸递给了他。那泼皮吃过一碗又要一碗，这一碗却不好好吃了，吃一个吐一个，吃一个吐一个，浑不顾热汤飞溅伤人，一个一个都吐回了肉丸锅里。口里还骂骂咧咧："老子说要吃硬的，怎么尽拣软的给老子舀？"任福娥气得和他争执："你这是寒碜人呢，你这吃到嘴里又吐回锅里，你还让不让别人吃了？"那泼皮闻言露了凶相，站立起身喝道："就是不让别人吃了，你又能咋样？"店中许多食客看了泼皮凶相害怕，纷纷逃离而去，不想那泼皮见了越发得意忘形，竟把手上端着的碗，撂到了热气蒸腾的肉丸锅中。锅边坐着的任福娥"哎呀"一声捂了脸，砸起的热汤把任家女儿的一张俏脸给烫了。

说时迟，那时快，只见一人闪电也似跃在汪丹面前，"啪啪啪啪"一阵猛拳狠狠打在泼皮胸前肋下肚腹间，最后两拳打在脸上，边打还边说："想吃硬的，就给你顿硬拳吃吃！"铺子里的食客们，还没看清来人是谁，就见泼皮汪丹已应声倒地了。原来一旁坐着喝汤的靳宝，看那泼皮成心寻事，早就恨得牙根痒痒，只是不知事情原委，也就忍着性子观望，没想那泼皮竟然如此歹毒，摔碗砸锅烫了自己心仪的女子，顿时义愤填膺的他腾身而起，几拳就将那恶徒打翻在地。

靳宝收拳回身，分开任北河夫妇，仔细查看女子面上伤情。烫伤的双颊本已起了水疱，女子本能的护脸，又把水疱给创破了，钻心的灼痛，疼得任家女儿此时早已是声泪俱下了。靳宝拎过医匣，打开，取一团药水浸过的棉花，替任家女儿仔细擦过溃疱。正欲取药疗伤，突然间铺里又起一阵慌乱，原来是被击倒在地的泼皮汪丹挣扎了起来，抄起烧饼案上那口刀，向正在疗伤的靳宝恶狠狠扑来，引得食客们一片惊呼。不想那靳宝，跃起身劈手夺下了白刃，砰砰又是两拳，把膀大腰圆的泼皮汪丹又一次撂倒在地。泼皮汪丹两次倒地，鼻青脸肿，浑似猪头，肋下肚腹皆疼痛不已。早已领教到对手厉害的他，心中虽十分畏惧，却还要嘴上逞强，爬起身来骂道："哪来的小屌，敢在我鲁村撒野？你且等着，老子去叫人，一会再回来收拾你！"又指着任家夫妇威胁："你们也等着，到时一并拆了你家铺子！"靳宝抬手招他，要他尽管放马过来，那汪丹却以为又要出拳打他。好个泼皮，真个无赖，腾身出门一溜烟儿跑将也去，逗得铺子里刚才还紧张无状的一干食客们哄堂大笑。

靳宝接着替任家女儿疗伤，任家夫妇围在边上关切注视。男人忧心忡忡，女人哭哭啼啼。靳宝看了安慰道："二老放心，我这清凉散就是专治烫伤的药膏，消肿止痛不在话下，平疮生肌疗效神奇，您俩心落到肚子里，我保管让您家宝贝女儿脸上留不下一点伤疤就是。"任家夫妇听了略展眉头。靳宝打匣中取一支薄片竹夹，迅捷撕下溃疱死皮，再取一贴清凉散药膏敷在伤处。不多时任家女儿觉得面上灼热渐渐生凉，也不如刚才那般疼痛了。她一双俏眼望着面前的清秀恩人，含情脉脉，既悲且喜。

任家夫妇大谢神医恩德，连声询问药资，老靳憨厚笑道："区区小费，何足挂齿。再说我吃过你家饭食，不是也没给钱嘛！"任家夫妇过意不去，草纸包了几个烧饼交给老靳催他快走："神医带了干粮速速离去，刚才那泼皮扬言要叫人报复，晚了怕神医吃了他们的亏！"老靳听了哈哈一笑："这个不妨，我还正要等着试试他们的身手，看看他们如何来拆这任家铺子呢！再说你家千金的伤，还需再用几帖药，等治好了她的伤，我再走不迟。"铺里一众食客，听了老靳言语齐声向任家夫妇贺喜："壮士武艺高强且神医妙药，这下任家人和铺子都可安保无虞了！"任家夫妇听了心内觉得欣慰，却不知一对小儿女目下心思：一双俏人儿一见钟情已互生爱慕之意，彼此心内都不忍分离，谁承想竟遇到这档子事，不过也好，正好有借口厮磨几日。祸兮福所倚，福兮祸所伏。不约而同想到这句话的一对小儿女，心中都涨满了柔情蜜意。

任家夫妇好言打发走一众食客，便早早关了铺门，一来怕那泼皮真来砸铺子；二来思谋着要替神医收拾住处。与任家铺子相隔不远的拐角把边处，有两间铺面房是任北河堂弟的，年前租户退了房，至今还空着。任北河和堂弟暂时借来，打扫清洁，打点靳宝住了进去。

一连半月，任家夫妇忧心忡忡，担心那泼皮汪丹再来铺中寻事。不意那泼皮竟然迟迟没有现身。任家夫妇虽心下纳罕，倒也想到那泼皮已坏了名声，村里人家子弟多不愿与其交接，要找人来报复，也只是那泼皮逞口舌之能的一句话。却又听食客们说，那汪丹已在村中扬言："待那狗游医走了，再去闹腾他任家铺子不迟！"一时间又心生忐忑，暗想那靳神医，能长远驻扎村中才好。任家女儿任福娥，经靳宝悉心疗治，烧伤已经痊愈，光洁的肌肤较之伤前还要细嫩白皙。半月相处，靳宝任福娥二人已情根深种，不忍分离。

鲁村人聚辐辏商旅繁华，靳神医暂驻于鲁村的消息，随着商帮驮队而流播四方，找靳神医疗伤的病患们闻知消息纷至沓来。本来就不愿离开鲁村的老靳，也就索性以此为借口，决意长住下来，既可疗伤治病，又可与心上人长相厮守，此举于公于私两便，又何乐而不为呢！任家女儿听了自然欢喜无尽，任家夫妇闻知也颇感欣慰。这些天任家夫妇看那靳宝收治病患无分贫富，不但不看人下菜碟，对于那些贫困病患，诊费药资一概全免。如此宅心仁厚，真是个可托付终身之人。又见两小儿目下情投意合，彼此都有那层意思，任家夫妇干脆将二人叫在一处，捅破了窗户纸。不多日，靳宝与任福娥拜堂成亲，结成了夫妻。靳宝求泰山大人租下了堂叔家的那间铺面房悬壶济世，堂号就起名叫作了保全堂。

告别游医生涯的老靳，好戏的性格依然未变。周边十里八村的庙会唱大戏，老靳还是逢场必到。上党之地的梆子戏高亢激越，荡气回肠，杨家将满门忠烈，岳家军军纪严明，习武出身的老靳，尤其喜好杨家将岳家军之类的武戏，不光爱看，还爱唱，戏里的大段唱词、道白，他都能惟妙惟肖地演将出来。一直以来，老靳心底就藏着个梦想，他梦想自己有朝一日也能行一班戏，不为盈利，只图过瘾。

有一年陵川庆云班三东家的儿子，锅边嬉闹踏进汤锅烫伤了腿脚，大面积的烫伤使得小儿差点见了阎王。多亏老靳神医妙药，悉心诊治，鬼门关前拉回了一条小命。三东家千恩万谢，感激不尽，奉上一大包银钱执意要重重报答老靳。推辞不过的老靳，见其时的庆云班，正欲削价处理一批置换下来的戏箱戏服，就和三东家商议，自己情愿再添些银钱，买下这批行头。三东家自然乐得做顺水人情，老靳行戏的梦想行将实现。

晋城、高平、陵川三县交界的鲁村周边一带，投身梨园行的大有人在：原寅卯、李胡孩、郎小孩、张发元、李秋红、吴来成、车春保、杜金顺、丁白圪塔、司黑旦，这些人可都是上党梨园行里的佼佼者。购置下戏班行头的老靳招贤纳士，把周边村庄里的一众梨园好把式悉数招来，起了鲁村三义班。郎小孩的《三开膛》，原寅卯与李胡孩的《夸官拿府》，吴来成的《坐山吵窑》，车春保的《龙头案》，司黑旦的《三岔口》，鲁村三义班所演剧目尽管随驻班的主角而变换不定，却因戏唱得精彩而大受欢迎。戏班名叫三义班，人们却都习惯叫它老靳戏。老靳妙手回春的本事众所周知，医者仁心的名声流传甚广，以其名呼其戏也就是顺理成章的事了。

鲁村人尊神敬教，村中以玉皇庙为中心的六庙、五堂、五阁，香火旺盛，信众多多。心怀敬畏的鲁村人笃信是因为有了诸神的护佑，才为鲁村招徕了四方商旅的光顾，所以他们对诸神的酬谢就毫不含糊，四时八节，神佛诞辰，神前供奉的大戏都会写名班社来献演。可名班社的台口通常一年到头都排得满满当当不说，还戏价大，花费重，想顺利写来亦颇费周章。鲁村六庙五堂五阁的酬神戏，经常会出现捉襟见肘的尴尬局面。老靳戏起班后，尴尬局面至此化解。做事行侠仗义的老靳，看鲁村写戏有难处，遂毛遂自荐，由自家的三义班主动承担起了酬神戏的任务。三义班戏演得出色，所演剧目也大宜酬神。鲁村民众自然欢喜无尽，只是这老靳戏不要报酬，到底使得鲁村民众心里过意不去。老靳闻知反倒劝乡亲们不必在意，他说自己行戏本也不为图利，能造福乡民，已是自己最大的福报。视鲁村为第二故乡的老靳，将平日行医卖药所得补贴于戏班，二十余载造福乡民，为他赢来了仗义疏财的好名声。

可惜老靳有妙手回春的医术，治得了别人的病救不了自己的命，四十余岁的老靳就身逝而去了。人死戏班未散，老靳的妻子任福娥和鲁村板店掌柜任根成、高平常乐李秋红三家入股，三义班改成了三乐班，继续为鲁村的六庙五堂五阁演酬神戏，人们却依然以老靳戏呼之。直到多年以后，老靳戏图名不求利的好名声仍在鲁村民众间口口相传着。

再来说说师出须有名的小河戏。小河戏的掌班姓连名小河，是沁水湘峪村人。说起湘峪村，在沁河沿岸可谓大有名声。湘峪村出过许多大人物，明万历年间的户部尚书孙居相、都察院右副都御史孙鼎相兄弟，就是湘峪村人。湘峪村中最显赫的“三都堂”，是孙家兄弟当年修建的豪华府邸。三都堂建筑以条石为基，基台之上，通体青砖砌筑，楼顶覆以灰瓦。巍峨耸立、雄伟壮观，在湘峪村中可谓鹤立鸡群。门头匾额“文武衡鉴”“四部首司”，无不彰显当年主人家的显赫与尊荣。明末时局动荡，打陕西而起的起义军在沁河沿岸打家劫舍，属意挑战明廷权威，专门劫掠当朝官员的故居老宅。为防掳掠侵扰，沁河沿岸的不少村落都筑起了城堡，湘峪堡是其中最大最雄伟的一座。湘峪堡靠山面水，高高矗立于山坡之上，城墙耸峙，蔚为壮观，上设藏兵洞，既可屯兵储械，又可料敌守险，大大提高了村落的防御能力。

湘峪堡里的连家是梨园世家。祖师爷赏饭，连家人个个生的样貌清秀，嗓音醇厚，天生就有唱戏的好根基。连小河的祖父连正兴唱二净，父亲连小顺唱小生，连小河、连小瑞兄弟俩，少年时代就随父住阳城咸意班学唱戏。旧时唱戏的地位低下，这连家人经几辈唱戏，一直以来在湘峪村里都默默无闻。

打小就入了梨园行的连小河、连小瑞兄弟俩，牢记父祖“要想人前显贵，就得人后受罪”的谆谆教诲，踏实练功、刻苦学戏。哥哥连小河攻生角，弟弟连小瑞攻大净，八载寒来暑往，八练三九三伏，连家兄弟出脱成了风华正茂的青年，也锻打成了上党梨园里的名角儿，攻大净的弟弟连小瑞尤其出类拔萃。

大净一角本就威风八面、气壮如牛，连小瑞身段架码好，魁梧挺拔，四肢修长，台上一亮相已占尽了风头；起霸完，唱，字正腔圆，铜喉金铃，响遏云天，一开口就是满堂彩。三年学艺五年谢师，期满后众多戏剧班社争相邀请连家兄弟前往驻班。考虑到父亲已有一把年纪，身边得有人照应，哥哥连小河选择了陪父亲留在咸意班，弟弟连小瑞本来也想留下陪侍，父亲和哥哥却执意让小瑞出去闯荡。连小瑞就去了最先下来请柬，上五班之一的尹寨公顺班。

其时的尹寨公顺班由李寨乡南岭人宋喜珠掌班。宋喜珠掌班身材高大魁梧，擅演生角，以演昆曲《长生殿》里的唐明皇驰名。宋喜珠有个窝徒班，班里生旦净丑行当齐全，好把式不少。公顺班东家请宋喜珠来当掌班，也正是看中了他的这一优势。就在去年，尹寨公顺班在庾能村庙会上唱戏时，班里的一干青年演员，在祁家一个名叫祁子纲的义和团员的策动下，在庾能村烧了教堂，打了教民。官府追查，祁子纲带着公顺班一众青年演员，一夜之间不知所踪。官府严惩、人员流失，当时的尹寨公顺班面临散班的局面。宋喜珠临危受命，受邀前来出任尹寨公顺班掌班。除自家的窝徒班外，宋喜珠掌班招贤纳士，广邀名角儿，一心要帮公顺班重振昔日威风。连小瑞就是受邀的众多名角儿之一。一同被邀的名角儿还有：李寨乡底道街人原小江，以演三铡戏有名：《徐公案》铡子、《对亭楼》铡判官、《龙头案》铡陈世美；靳氏三兄弟的师父老小土，以演三挨有名：《打严嵩》邹应龙打严嵩、《打午门》岳飞打张邦昌、《火烧赤壁》周瑜打黄盖；连小瑞以演三乐有名:《东门会》齐王戏姜氏、《凤仪亭》董卓戏貂蝉、《黑风帕》高旺戏儿媳;大箕楸木洼的王春阳,以演武丑有名:《三岔口》的刘利华、《张三跑马》的张三、《九龙杯》的杨香武;高平唐安生角福成,以演《挂龙灯》的赵匡胤、《平阳宫》的介子推、《复金陵》的岳飞有名;犁川西沟陈宿太,以演刀马旦有名:《杀四门》的刘金定、《琵琶洞》的琵琶精;李寨乡西冯沟茹补补以演须生有名:《清河桥》的楚庄王、《乌鸦山》的杨伯、《诓舟》的颜世敏……一时间尹寨公顺班里好手云集,大腕如林。一众好把式里,连小瑞和茹补补二人同岁,年轻有为,待人宽厚,脾气性格相投的二人底功扎实,演戏卖力,很快就赢得了戏班上下人等的爱戴和拥护。班里风气为之一新,演出剧目也大大丰富,尹寨公顺戏班往日风光再次得以重现。

因掌班宋喜珠是李寨人的缘故,尹寨公顺班里的李寨籍演员也就颇多,连小瑞和李寨人同台几年演戏,彼此间结下了深情厚谊。连小瑞和茹补补,更是至厚不薄的好兄弟,后来茹补补不幸英年早逝,家中妻儿老小无人赡养,连小瑞义无反顾,主动承担起抚养好友儿女的重任。不久为了避嫌,干脆和茹补补遗孀结为夫妻,甚至一度更名为茹小瑞。李寨籍艺人见连小瑞侠肝义胆,顾念旧情,都十分感佩他的为人。

几年后,父亲连小顺老归故里湘峪村颐养天年,哥哥连小河随侍父亲归乡奉养,萌生了兴戏班以振连家声望的念头。可苦于人微言轻,势单力薄,迟迟不敢付诸实施。连小瑞闻知赶回家中,兄弟俩详细合计一番。来年四月二十四,上党梨园行搁旧班起新班之日,连小瑞带着茹松茂、王文英、李小甲、小怀、应科等一班李寨籍艺人,回到故乡湘峪村,和哥哥连小河一道兴起了天意小河班。考虑到上党梨园戏班众多,竞争激烈,为尽快打开局面,兄弟俩合议决定,自家的天意小河班以专演西岐戏为主,下功夫排演了《女娲宫》《摘星楼》《三山关》《出潼关》《汜水关》《太极图》等西岐剧目。

湘峪堡内大院多,庙宇也多:关帝庙、山神庙、张公庙、岳飞庙……彰显着湘峪村慈心向善,忠义仁厚的村风村俗。连家天意小河班起班之初,先于湘峪村众多的庙里演戏，一为排演剧目；二为答谢乡亲们的深情厚谊。有连小瑞和带来的一众好把式登台献艺，天意小河班一开演就显得身手不凡：连小瑞的黄飞虎、茹松茂的姜子牙、王文英的赤精子、李小甲的哪吒，一干梨园好把式，把一台台西岐戏演绎得精彩纷呈，让湘峪村人大饱了眼福。

《太极图》：

周武王　纣王无道乱朝纲，
四海纷纷动刀枪。
几时得见太平日，
草木沾春达上苍。

姜子牙　昆仑学艺四十冬，
斩将封神无不同。
文王渭水请我至，
扶起周王坐龙庭。

赤精子　自幼修真太华山，
云霄护体岂等闲，
神仙道作非凡品，
游遍环宇顷刻间。

黄飞虎　飞虎生来志气刚，
全凭韬略定家邦。
弃纣归周扶明主，
官封开国武成王。

哪　吒　自幼生来胆气豪，
陈塘脱化鬼神惊。
英勇到处无人敌，
要与周王定乾坤。

天意小河班凭着专演西岐戏，在班社林立的上党梨园唱出了一片天地。虽不及上五班那样风行上党赫赫有名，但在当时也算得上沁河沿岸小有名气的戏曲班社了。

年光似鸿翩翩过，世事如棋局局新。湘峪古堡里的三都堂、双插花院、天绘图院、书房院，关帝庙、山神庙、张公庙、岳飞庙，一处处院落、一座座庙宇，以及明万历皇帝御赐的“三世少宰”“二世清乡”两座高大石牌坊，就像一颗颗棋子，错落有致地排布于湘峪古堡这座巨大的棋盘之上。文武衡鉴、四部首司也好，三世少宰、二世清乡也罢，彰显得俱乃官家的荣耀，诉说的都是读书的好处。“朝为田舍郎，暮登天子堂”曾是无数读书人梦寐以求的终极目标。江山易代，世风流转，曾经的官家荣耀都渐渐被时光遗忘了，也难怪天意班小河戏那样的些微末技，又有几人能够记得？夕阳下，只有气定神闲的湘峪古堡，像一位饱经沧桑的老人，依然在默默守护着湘峪村的子民们。

第十二回

积玉堂积盛转复盛　文元寺文人弄清音

九叔讲古：

南沟吴家，有堂积玉。

家有戏班，初名积盛。

煤窑失利，戏班困顿。

梅开二度，更名复盛。

文元票社，行当齐全。

珏山扬名，悦怡俱乐。

八仙过海，各显其能。

修身怡情，文人本色。

列位看官：人道是世上有百千种行业，须得有百千样人来做。各业自有各业的规矩，各行自聚各色的人等。正如高平秧歌《朱砂记》开场白中所道：“宇宙间事百般不得一样，世上人分几等士农工商，或是耕或是读勤俭为上，终能以振家声福寿荣昌。”梨园行既是这百千行业之一种，自然也难逃此间窠臼。戏台之上描摹古今世态，演绎虚幻真妄；氍毹之间唱念文白戏词，做打武弓刀马，真可谓纷繁热闹；投身梨园行者，或为仅求一娱的富家子弟，或为只求一饭的困顿儿郎，亦真可谓鱼龙混杂！纷繁热闹归纷繁热闹，鱼龙混杂归鱼龙混杂，到底最终都难逃人事宿命，难逃随世事盛而盛、衰而衰、荣而荣、辱而辱的下场！今日这回书，就是说这梨园戏班盛衰有命，荣辱随世的。列位且听听看，到底是不是这个理儿？

要说积玉堂积盛转复盛这回书，就得先提说一个村庄——南沟村。说起南沟村，就不能不说大名鼎鼎的泰来号。“山西泰来号，独修火神庙，捐银十万两，不够再来要。”如此财大气粗、出手阔绰的泰来号，说的正是南沟村北，楸木山庄的泽郡首富王泰来先生名下的商号。关于王泰来，泽州民间素有两种说法：一说王泰来是王氏家族几代生意人的统称；一说王泰来就是王璇，王璇字在只，是明末清初由仕而商，富甲天下的泽商大户。王家的泰来号因经营盐业大富，渐成晋商魁首，泽州望族。发达后的泰来号热衷慈善，捐银放粮、赈灾济困、捐赠公益，动辄十万八万的大手笔，为泰来号赢得了仗义疏财的美誉。

富甲泽郡的王家，发达后于南沟村北大兴土木，依着北低南高的地势，因地制宜、甃石为坪，于坪上建起了气势宏伟的楸木山庄，山庄高墙围护，固若金汤。城设南北二门，北门外有接官厅，厅旁设吊桥，遏制内外交通。森严的高墙之内真可谓雕梁画栋，翘角飞檐，牌楼高阁，屋宇相连达二十余亩。砖雕木雕石雕华丽考究，万字纹、团花纹、犀牛、麒麟、花草、瑞兽，各类吉祥图案栩栩如生、蔚为大观，彰显着高门大户花团锦簇的富贵生活与泼天气概。

江山易代，风流远逝。而今的楸木山庄已容颜老去，繁华旧梦也随着王氏先人而风华渐逝。朱颜翠色铅华褪尽，牌楼高阁角坍檐倾，就连那镇宅的石狮也没了往日的威风霸气，夕阳里似乎还在怀想主人家百多年前的辉煌鼎盛。

闲话少说，书归正传。现在来说那积玉堂。积玉堂是清光绪年间南沟村里吴姓人家名下的堂号。彼时的吴家一门三兄弟：老大吴学曾，老二吴学孔，老三吴学孟。吴老大长兄如父，拉着俩兄弟在梨树沟打窑挖煤，打了几年也没见着个煤渣。家资用尽，变卖家产外带女眷们的陪送嫁妆，才勉强坚持到出煤。吴老大领吴家靠着煤窑发了大财，却也因此积劳成疾，年过不惑就逝去了。紧跟着老三学孟也撒手人寰。积玉堂偌大一份家业统归了老二吴学孔。老二名为学孔实不学孔，游手好闲还抽大烟，积玉堂一切大事小情全赖其妻孔文秀一手打理。孔文秀乃大家闺秀，识文断字，爱好听戏，生有七子一女，村人谓之有“七郎八虎”之势，孔文秀也被尊呼为“佘老太君”。佘老太君有好戏之癖，吴家七郎八虎等四十余口，早年间就组有一个积盛班自乐，常演剧目有《洞房堂断》《牧羊卷》《杀路灵堂》。除自乐以外，遇上本村及周边村庄有人家过婚丧嫁娶红白喜事，吴家班还会主动登门助乐致哀，积玉堂积盛班此举深得乡民们爱戴与夸赞。南沟村里每年春祈秋报所写大戏的盘缠，也都是靠积玉堂出资。吴家因此享有点戏的尊荣，每逢其时，佘老太君总要点几出杨家戏，既显了自己的文秀之才，又扬了吴家七郎八虎的威风，实可谓一举两得。

积玉堂吴家七郎八虎众子弟里，家班自乐之余，打牌赌钱者有之、提笼架鸟者有之、负气斗架者有之、清谈高论者有之，纨绔子弟们不思进取，也就数老二吴万德还算个干事之人。其时，晋普山脚下包括吴家积玉堂名下的众多小煤窑，都归同记煤矿公司经营，各家只管按井口坐收利息。深孚众望的吴万德被各家煤矿联名推举为同记煤矿公司的执行监理管事，成了权重一时的人物头。公务之余的吴万德醉心于唱戏玩票，尽挑名班名角儿同台演对手戏，晋普山周边的村子里凡遇名班演出，吴万德管事都要带着自备的靴子、翎子、吕布盔粉墨登场，玩票过瘾。一次公乐意戏班在楸木洼演《黄鹤楼》，靳马驹的刘备，靳三驹的赵云，吴管事知难而进，明知山有虎偏向虎山行，愣要逞强演周瑜。不怕不识货就怕货比货，在自乐班里风头无二的吴万德老兄，要和职业班社的名艺人同台飙戏，结果当然可想而知，表演水准相差悬殊的三位爷，硬是将一出好戏生生地搁死在了台上。台上台下笑成了一锅粥，就这，吴管事也觉得过瘾！得劲！

吴万德仁兄把舞台失利的原因，归咎为家班不够档次，日常演戏缺乏专业操练，立誓要行一班像模像样的职业戏班。还别说，机会还真让这位万德仁兄等到了。

望城头牤牤戏“昌盛班”，掌班翟牤牤，大号翟继昌，翟继昌自幼随名艺人毛德会学徒唱戏，名师高徒，长河两岸名声响亮。翟牤牤出师后，从发印子钱谋利的翟牤牛处借债，采买箱份、驮骡，置办下了窝徒班，收罗邻村冯沟、南岭上、李寨乃至阳城县里的一众梨园好把式组班演戏，数年之间风头无二，台口之多，戏价之大引人瞩目，长河两岸的村庄皆以能写到牤牤昌盛班戏为荣。翟牤牤奇货可居，恨不能一夜暴富，利蒙心窍的他将昌盛班一分为二：昌盛头班、昌盛二班，以便承接更多的台口谋利。如此一来，力量自然分散，演戏质量必然大打折扣。眼看就台口锐减，渐至少人问津的地步。昌盛班境遇急转直下，竟至入不敷出。驻班的一众好把式却不依不饶，全不顾及东家之难。戏班人员上下失德、各虑其利，终弄得牤牤戏班垮台歇班，班里的一众好把式飞鸟各投林，发印子钱的翟牤牛见状也赶来收债，迫不得已的翟牤牤只好卖房典地，出卖戏班箱份还高利贷。正欲行职业戏班的吴万德仁兄，借机用四百二十封铜元买下了牤牤戏昌盛班的一架好戏箱，八妹吴玉娥沉湎演戏，将自己的妆奁彩礼银洋一百七十元支持戏班又购置了“一道边”——五蟒、五靠、开氅、对披、大铠、龙套衣的豪华行头，吴家自乐班一夜之间鸟枪换炮，积盛班也顺势更名为复盛班。

吴万德仁兄或许是叶公好龙，或许是有意栽培后生。“我已经老了，公务又忙，戏班的大梁还是由你们年轻人来挑吧！”年近半百的吴管事，借口同记煤矿杂事冗陈而无意再俯身操虑戏班事务。佘老太君孔文秀深谙“养羊自放、行戏自唱”的道理，遂让吴万德的四个儿子，各分管一项家务，大儿吴甲成放“一棍羊”、二儿吴贵成管“一顷地”、三儿吴雷成学“一架书”、四儿吴买成行“一班戏”。吴买成天资聪慧，佘老太君孔文秀对这个多才多艺的四孙孙也比较偏爱。演戏方面，吴买成身上似乎天生就遗传了其父的基因，十一岁学戏，隔年就演熟了《飞虎剑》连四本，十三岁饰演《清河桥》里的养由基，雄姿英发，风华绝代，为吴家复盛班赚足了名声。孙子吴买成是面上的小东家，奶奶孔文秀是幕后的老东家。老东家有威望且有肚量，有手段也有仁义。下麓村人阎交易是老东家最为倚重之人，即使是申银洞那样的大把式来复盛班当掌班，实权也还是握在阎交易手里。吴家积玉堂资财雄厚，戏装行头考究，演员待遇也比别的班社丰厚，一时间，梨园行的众多好把式都纷纷前来投靠，彼时的复盛班阵容豪华，须生有申银洞、陈蔓菁、陈玉富、徐执忠、曹二土、王坤正；小生有关谷都、史喜孩、梁怀生；净行有王小保、翟喜炉、原东河、关替毛、翟文泉、赵德俊、胡全荣；旦角有茹丙午、李小炉、李子清、王丑牛；上下场音乐有张五狗、李小五、成小要、蒋九土。生旦净末行行精彩，锣鼓管弦样样出色，戏班台口四时不断，演出范围涵盖凤台、阳城、沁水，是当时三县风头最劲的戏班。

“七七”事变，日寇侵占了宛平城。太行山上的民众们觉得战事还远在天边。几个月之后，日军在豫北集结起一个师团，由博爱清化向着山西开拔而来，一路上烧杀抢掠，为所欲为，其时的晋城民众还寄希望于国军能够杀退顽敌，直到日军兵临城下，城内民众还心存侥幸。日寇飞机绕城盘旋而过，从没见过飞机的晋城百姓正仰头看稀罕，不想飞机投下的炸弹却将城内的不少官署衙门、商铺民房炸了个七零八落，登时火光四起，烈焰冲天，房倒屋塌，死伤无数。飞机上的机关枪向着城内惶恐乱窜的百姓哒哒哒哒猛烈扫射，顿时血溅白墙，仆尸满街。民众们哭爹喊娘，这才明白战争已血淋淋地降临在了自己头上。

日军占领了晋城，于城内西安街设立了伪政府，阳城人曹子明任县长，下设教育科、民政科、财粮科。教育科负责开设日语课，奴化凤台民众；民政科负责良民证的颁发，良民证须随身携带，以备查验，进城出城，无证不得通行；财粮科除为日军收罗钱财粮草外，还负责搜刮铁、铜、硫黄等军事战略物资。铁锅铁壶铁盆铁罐铁农具，铜佛铜像铜锣铜镲铜元铜制钱，甚至连家具柜子上的铜锁铜饰件，都统统被强行收缴了去。硫黄需从臭煤中提炼，煤矿因而也成了日本人的重要管控目标。同记煤矿的吴万德管事，因不肯为日本人效力，便托病归家，闭门不出。

日本人坚壁清野，城内城外严格军事管控，四乡八野遍设碉堡据点：东厢的北石店、宫岭、柳树口，西厢的东沟、周村、柳树底，南厢的犁川、佛头山、拦车，北厢的高都、三家店、大阳……昔日商旅驮队必经的驿路繁华之处，日军都役使民夫，筑起了鹄望鹰视的碉堡，顶插膏药旗，每层都留有射击孔，日本哨兵巡视其上，随意扫射，常伤及无辜。碉堡之下一圈兵营，其内驻扎一班十二个日本兵，几丈开外又是一圈营房，内中驻扎一排三十余人的“皇协军”，他们对过往的商旅驮队严加盘查，不是说你走私携带，就是说你私通国军，最终都难逃被扣押充公的厄运。一时间路断人稀，交通贸易几近断绝。碉堡据点简直就是人间的阎罗殿。

兵荒马乱年月，身家性命且还朝不保夕，哪还有心思唱戏行乐？偏偏日军还要强征戏班义演劳军，南沟复盛班不肯为日寇唱戏，遂逃到了新成立的晋北县。晋北县也好不到哪里去！日寇时来时走，拉锯战一直未停。复盛班夹缝中求生，在抗日根据地辗转卖艺。一次赶台口途中遭遇“皇协军”，生拉硬拽，威逼复盛班跟着回军营演戏劳军。复盛班小东家吴买成心忧着赶台口，敬烟敬礼好话说尽，一句“我们复盛班水平低，只敢在根据地瞎胡混，不敢来敌占区献丑”，话音未落，劈头盖脸挨了一顿巴掌拳头，霎时间鼻青脸肿、嘴破血流。事后才知道，是敌占区的说法坏了事。人生乱世不如狗，做戏人的境遇就更不用说了！

抗战胜利，复盛班返回了故乡南沟村。不久又遭逢土改，吴家被抄，复盛班戏箱行头一律充公，收归南沟村农会所有，除给本村留下一套《刘金定下南唐》的戏装外，全部箱份行头卖给了追山村，换回的三十二担小米，南沟村户均分得一担。卖干吃尽，兴盛有年的南沟复盛戏班终于繁华落尽、烟消云散。

想当年，身为上五班之一的吴家复盛班风光无限，不光在南沟周边的村庄里影响大，甚至还一度影响到了远在凤台城内的文元寺。

“说寺院无和尚，说庙宇无神像。也不是会馆，倒像个祠堂！”这几句顺口溜，说的就是凤台城里的文元寺。文元寺殿宇之中，不见泥偶佛像只设神龛牌位；两边厢房之内，不住佛道僧众，却响丝竹管弦。光绪末年，凤台城里以王洪、王北方打头的一伙小商小贩，自备鼓、锣、钹、旋、笙、箫、笛、管等诸般八音会乐器，于文元寺中办起了“悦怡会”；几乎是同时，营房阁也起了名叫“乐意会”的八音会。悦怡会以老鼓长皮有名，乐意会以细吹细打见长，两家八音会各凭绝活，招徕看客。常常开台打擂，难分高下胜负。

凤台城东南二十五里处的丹河南岸，巨嶂横列、峭壁雄伟，山顶双峰苍翠，宛若一对碧簪俏插云天，山因形而得名珏山。珏山林壑深蔚、险峻雄奇，自古就有“晋魏河山第一奇”之美誉。珏山之奇，奇在月色，每年八月中秋之夜，一轮硕大满月自珏山双峰间奔涌而出，朦胧迷离，殊类天宫形胜，这就是历代诗家咏叹的“珏山吐月”了！

珏山钟灵毓秀、洞天福地，有“太行真武归珏山”之高名。珏山东顶有一座玄武殿，供奉着道教的玄天上帝。相传玄天上帝本是玉皇的化身，在众神之中地位最为尊崇。玄武殿之下是三官殿，殿里供奉着的天、地、水三官，偿人间善恶，掌人间祸福，统摄凡间一切众生。每年农历二月十五的珏山东顶会，就是专为祭拜这玄天上帝以及天、地、水三官而起。民众们都笃信祭拜玄天上帝能享风调雨顺、四季平安之福运；祭拜三官能得天官赐福、地官赦罪、水官解厄之护佑，所以珏山每年二月十五的东顶会，凤台城内城外、四面八方的民众们都会纷至沓来，虔诚祭拜，人头攒动、摩肩接踵的珏山东顶会，可谓泽州府最负盛名的香会了。

烧香祭拜、花果供养可表敬神之虔，鼓乐供奉似乎才更能表达奉神之诚，文元寺悦怡会、营房阁乐意会，两家八音会重任在肩，每年都会被选派为珏山东顶会玄天大帝及三官爷驾前的专职供奉。二月十五日那天上午，珏山东顶会鼓乐供奉之前，两家八音会先要在凤台城内彩排巡演一番，但见：文元寺的鼓彩楼，锦绣艳丽、缤纷繁复；营房阁的招旗，迎风招展、龙飞凤舞。两家阵仗各具特色，耀眼夺目，此举谓之“走街压香”，一为展行头亮排场，二为造声势引信众。“走街压香”过后，两家八音会齐头并进，向着珏山方向开拔，紧随其后往珏山东顶进香的信众队伍，香客居士、善男信女，高矮胖瘦、长幼咸集，经村过寨，还不断有红男绿女汇流加入。队伍一路走来，绵延浩荡竟达数里之长，阵仗蔚为壮观。八音会登临珏山之巅，东顶会高潮陡然显现：整本大套的八音会曲子，或铿锵激越，或悠扬婉转，次第供奉于玄天上帝和三官爷驾前，悦怡会这边鼓乐喧天、钹声动地；乐意会那边笛声裂云、箫音排汉。八仙过海，各显其能。两家依旧是棋逢对手，将遇良才，各有千秋，难分伯仲。

民国新世革旧除弊，珏山东顶会日渐式微。八音会不再是神前的供奉客，却又成了众多商号的座上宾。悦怡和乐意两家八音会合二为一，更名为文元寺俱乐部，内中鼓锣钹旋好手纷纭，笙箫管笛人才济济。老鼓长皮的热烈奔放，细吹细打的清越悠扬，最能烘托出喜庆气氛。于是，晋城城内如雨后春笋般新张致庆的诸多商号，开业酬宾无不争相邀请文元寺俱乐部前往助兴，以此聚拢人气。

上元巷里的改进戏剧委员会，是民国政府为净化戏剧演出而设立的专门机构。政府有令：梨园班社所演剧目，都须经改进戏剧委员会逐字逐句考究，修正纰漏，剔除淫邪语汇，方允登台演出。改进戏剧委员会里的一众委员，都是具有深厚戏剧造诣且有相当声望之人：丁僧惠，字小弥，凤台东街人，曾在襄垣虒亭当过区长，以擅司鼓而闻名于梨园票友界；绅士马骥选，字奇才，西峪人，弹得一手好三弦，亦可登台演老旦。在票友界也有着极佳的口碑、同为改进戏剧委员的丁僧惠、马骥选二人，因家住文元寺附近的缘故，得空就会踅进俱乐部过把锣鼓家伙瘾。时间长了，引得众多梨园票友们也纷纷聚拢而来：红生晋克惠、郭二娃，小旦李玉堂、张世仁，小生朱玉太、马贵馨，三花脸晋安根，二净马凤鸣，大花脸陈玉英等。这些票友虽多是半路出家、无师承关系，但演起戏来却也不乏可圈可点之处：李玉堂乳名锁孩，身为小学教员的他，可谓是上党梨园票友界的佼佼者，上五班之一的大阳三义班，在晋城城关七府阁报恩祠演出，虎头牌上还要专门注明——“特聘名票友李玉堂先生演出《青峰山》”；晋克惠与李玉堂后来在太原承庆园演《采桑·秋胡戏妻》，还得过绥靖公署秘书长贾景德先生特意发给的赏金。

有了这帮票友们入驻，文元寺里从此戏声悠扬。不久，在众人再三提议之下，成立了文元寺票社。推举丁僧惠、马骥选、韩天印、李玉堂四人联手主持票社事务。寺内厢房被整修一新，还专门辟出几间净室待客。赵群孩先生每到晋城，亦常住文元寺，与票社人等探讨切磋，交流舞台表演心得。如此一来，更引得城里的许多好戏之人，纷纷要求加入文元寺票社。其间有书生，有官人，有店铺伙计，有富家子弟，职业虽然各异，但都是清一色的文人。票友们不为求名图利，只为自娱自乐：晋克惠，白天当牙行，晚上忙唱戏；马贵馨，一边织毛巾，一边练唱腔；李向荣，城关西街人，外号“守家”，为能加入文元寺票社，先在井盛园摆了酒席，才争得了《大八仙》剧中的财神一角，总算过了把登台唱戏的瘾；王洪，在衙门里听差，虽只会打个小锣，却也是逢场必到；铁窗巷大富户陈焕文，几句过门也学不会，却愿为票社出资。得四方支援的文元寺票社人气旺盛，成员一度多达五十余人。此时的文元寺票社开始向舞台过渡，上演的整本大戏有《五福堂》《打金枝》《金玉佩》《九龙峪》等。一九二一年，李玉堂领文元寺票社，在青杨掌村与陈发囤领的周村三乐班，同台演了《雪花江》《青峰山》《五福堂》，从此文元寺票社士气大振。同年的秋报戏，河东村写了南沟复盛班的台口，文元寺票社也随台口演了一出《梦会许亲》，自此算是正式进入了买卖戏的行列。

演戏离不得行头，票社成员韩天印回老家黑石岭租赁下一架戏箱行头，从此城里演乡下演，一连三月大受欢迎，台口不断。冬季搁班，票社请鸣凤班的名小生刘丫头来为文元寺票社排演了《忠节义》《三龙殿》《赏花楼》《双龙剑》《东门会》《杀狗》……剧目增多了，水平也提高了，正准备出戏赶台口，黑石岭却将戏箱行头收了回去。紧要关头，社员马骥选等人出面，裕寿当铺里租来戏箱行头，才算勉强渡过了难关。

赶完了台口，痛定思痛的文元寺票社，于门前高搭戏台，请来全县士绅名流、富商大贾看戏募捐。多少在己，丰俭随意，几场戏下来，募得了不少银钱。后又在巴公、高都、南村、大阳等镇上如法炮制，筹得的银钱，除偿还了裕寿当铺的租金外，还盘下了阳城小侯戏的三担戏箱，文元寺票社自此有了考究的行头戏箱。一九三四年，上党大戏赴省城公演，用的就是文元寺票社的箱份行头，得了“誉满并门”的缎幛。文元寺票社还花重金请公顺班的生角老赵、司鼓岳长水、张木土等一众好把式入驻票社，演戏教戏、带徒传艺。《宁武关》《黄鹤楼》《五绝阵》《长生殿》《祭旗大战》《赤壁游湖》……文元寺票社剧目越来越丰富，演出也越来越地道，一年到头台口不断。

文元寺票社一无东家，二无掌班，自然也就不被条条框框所羁累。加之票友们多系城内文人，平日里不事农活，不像别的业余班社那样受农忙时节的牵掣，故而城关的庙会、商号的堂会，也都最愿请文元寺票社前往助兴。戏价不大还随请随到，文元寺票社因此大受欢迎。

日寇占领了晋城，为防中国军队藏身，将城东南角上的文庙、吕祖庙、明道祠、忠烈祠、孔教会等大爿古建筑统统夷为平地，一片开阔空场被日军做了遥拜场。每逢礼拜天，日本兵整齐列队朝着东方遥拜；日军火化阵亡将士的火化场也在遥拜场；新征入伍的日本士兵，训练也在遥拜场里举行。侵略者大毁古建，践踏文明的嚣张跋扈，本就引起了文元寺票社一众文人的无比愤慨，日本宪兵队送来邀文元寺票社去唱堂会的请帖，更加激起了票友们的强烈抵触。丁僧惠、马骥选二位，义正词严回绝道：“家国有难，我等读书人纵无力替国分忧，也断然不会不顾国殇，行戏作乐！”宪兵队悻悻而去，临走撂下狠话：“除非票社解散，否则绝不会就此罢休。”文元寺票社不得已关门歇业，戏箱行头起先寄存于源泰当铺，后又秘密转移至辘轳井村。日本人知道后从中作梗，指使地方日伪武装，将戏箱行头抢劫一空。盛名一时的文元寺票社就此香消玉殒、灰飞烟灭。

不管富人穷人文人武人，无论大家小家戏家商家，欣逢盛世自然康泰平顺，遭逢乱世岂能安之如虞？世上的人和事，都难逃随世事盛而盛衰而衰、荣而荣辱而辱的定规。复盛戏班和文元寺票社，乱世之中尚能以民族大义为重，不媚顽凶，不辱气节，毕竟还是值得钦佩的啊！

第十三回

大阳三义三起三落　周村三乐五班五魁

九叔讲古：

多财好义，大妇小妻。
打窑行戏，大阳三义。
东家毅武，祸起情敌。
毒酒一壶，死于非命。
周村郭家，仕宦如云。
振三堂显，沂水官清。
三乐戏班，梨园劲旅。
崇文尚儒，五班有名。

泽州西北四十里，吾神山之东，阳阿水之北，绵延横亘着煌煌一座巨镇，青山绿水环绕，青龙白虎旁峙，山形水势，震上乾下，正是《周易》中所说“雷天大壮”的卦象——声宏势大、阳盛气壮，巨镇依此而得大阳之名。

大阳古镇户分五里，人聚万家，生意兴隆，商贾云集；若按“秦时设县、汉封侯国、西燕置郡”的说法算来，古称阳阿侯国的大阳镇，已有两千余岁高龄。

天下梨园先歌舞，古时的大阳就以歌舞而闻名于世。悠悠的历史长河里，大阳涌现过许多能歌善舞的人物：相传汉代赵飞燕未入宫前，就曾“属阳阿主家学歌舞”，她身轻如燕、色舞双娇，名传天下，汉成帝以此册封她为后，《淮南子》中就有“足蹀阳阿之舞”的记载；三国曹植以阳阿歌舞为典，在《箜篌引》中写下了“阳阿奏奇舞，京洛出名讴”的诗句；一代音乐大师，宋代人孔三传，自幼在大阳这个歌舞之乡成长，深受故乡“阳阿奇舞”“阳阿薤露”灵动柔美轻歌曼舞的熏陶滋养，稍长入京师汴梁后，首创诸宫调，将唐宋以来的大曲、词调、绕令以及当时北方民间流行的乐曲和上党曲调，按其声律高低，归纳成不同的宫调，并且按故事情节相连缀，巧妙调夺，演唱起来端的是变化无穷、丰富多彩。这不仅为后来日渐兴起的“北杂剧”开了先河，更由此而传承出了金代董解元的《西厢记诸宫调》、元代王实甫的《西厢记》。人杰地灵的大阳镇，在华夏戏剧史上功劳可谓大焉！

大阳不光有轻歌曼舞的柔美，也有铿锵铁音的豪气。古镇东南隅的虎尾山富产铁矿，藉此之便，大阳镇从古至今即以冶铁业名重：早在春秋之时，此地出产的阳阿宝剑，可陆断牛马、水截鸿雁，以锋利著称于世；明清之际，此地制针业发达，因供应着帝国境内九成以上的用针量，而摘得“九州针都”的桂冠。彼时大阳镇里人烟稠密、商贸发达、经济繁荣、科甲鼎盛、仕宦如云。当地流传着“大阳出了三斗三升芝麻官”“有官不到大阳夸”的民谚。大阳古镇因仕绅显贵、富庶繁盛而城池寨堡高耸、街巷勾连纵横、官宅商居林立、楼阁雕梁画栋、寺庙祠庵比比皆是，高门大户庭院森森。一支顺口溜讲述古镇当年的盛况：“东西两大阳，南北四寨上，九十三个阁，七十二条巷，九市八圪垱，老街五里长。”明清的大阳古镇里，涌现出一大批风流人物：耿直敢谏的茹太素、刚正不阿的王国士、儒雅淡泊的裴宇、三荐阮元的关遐年、为国捐躯的武状元张大经、一家三殉国的张家、一门七进士的孟家……粉墨登场的他们，各自都在大阳这帧巨幅画卷上留下了浓墨重彩的一笔。

今日要说的这回书，既不说那一家三殉国的张家，也不表那一门七进士的孟家，单来说说大阳镇上，父子两代离奇死于情杀，创立戏班三起三落的张家。

早在清嘉道年间，张家的先祖也像大阳镇上的其他针商针贩一样，四乡游走，撂地摆摊，引吭高歌，售卖大阳钢针。《卖针歌》随着他们的游走，被传唱得家喻户晓：

小小钢针做得精，卖遍天下四大京。
东京卖到汴梁地，西京卖到长安城。
南京卖遍应天府，北京卖遍顺天城。

每到一地卖针的小商小贩，都会引声高唱《卖针歌》以招徕顾客。听到《卖针歌》响起的老婆婆、大婶子们，从四面八方聚拢而来。闺房绣楼里的大姑娘、小丫鬟们，听到这《卖针歌》响起，也早都迫不及待地想赶来选买，临行之际却不忘对着菱花镜理鬓描眉、涂脂抹粉一番，然后按捺心内急迫之情，轻移莲步，出门向着卖针摊款款而来。贩针商看见来了买主，拉高嗓门继续唱：

山西泽州出铁货，好马出在口外头。
石子峪的好甘草，大阳钢针光油油。

一边厢唱一边厢还要往木板上甩针，一时间，眼见得银光闪烁，耳听得针扎声声，木板上早已钉满了密实实一簇簇钢针。针贩娴熟的手上动作，引得围观的一众女人们纷纷聚目凝视，贩针商见状接着唱道：

头号能纳千层底，二号能缝万件衣。

三号四号老常用，针线活儿不可离。

女人们叽叽喳喳，一边拉家常说闲话，一边挑选自家中意的钢针。婆婆们挑头号针的多，婶子们挑二号针的多，大姑娘小丫鬟们最中意那三号四号的绣花针。买家踊跃，针贩看了心喜，甩针上板，不厌其烦地说这针好，那针也不赖，由着顾客们尽情选买，选好后用锡纸包针，仍是边包边唱：

包住点，别住点，走到路上好拿点。

大阳针，金字牌，走州过府有买卖。

卖针虽是蝇头小利，可大阳产的钢针物美价廉，趁手好使，每到一地都大受欢迎。薄利多销，集腋成裘，倒也是一桩上算的买卖。张家先祖不辞劳苦，远走他乡，辗转于河南、河北、山东、安徽诸地贩卖大阳钢针。因口齿伶俐，待客热情，诚信营商，生意做得很是顺溜。年复一年，日积月累，攒下一笔不菲的财富。衣锦还乡的张家先祖，在大阳镇的五里老街上盘下来一间铺面，办起了咸义亨商号，从而结束了四方游走的栉风沐雨生涯，坐店营商，批发大阳钢针。贵在诚信经营，货不二价，很快就坐实了童叟无欺的好名声。

张家的咸义亨商号传到张汉源手中又更上层楼。不几年，颇有胸襟的张汉源东家在河南洛阳、山东登州等地设立了咸义亨分号，不光批发零售大阳钢针，渐渐地也营务起了珠宝、绸缎、布匹等获利更为丰厚的买卖，商路甚至一度远达江浙一带。生意兴隆通四海，财源茂盛达三江。此时的咸义亨张家资财雄厚，位列大阳走外商人之首。

发达后的张家在大阳镇上的醋坊巷中广置地基，大兴土木。建成的棋盘四院，雕梁画栋，金门绣户，屋宇纵横。砖雕、石雕、木雕雕工繁复，花厅客厅门厅用料考究。财多思文的张汉源东家自此开始留心于功名，于庭中特意辟出了清净幽雅的书房院，延请名师专门教习四书五经，以期后辈子弟能够跻身科举以振家声。张东家的独生儿子张毅武自幼聪敏，读书写字用功尤勤，每日鸡鸣即起诵经读典，挑灯夜战临帖描红，四书五经学来颇有心得，小小年纪便考取了秀才功名。私塾先生常对其称赞有加，阖家人等也将其视为了家族可造之才。家业丰饶，子孙贤达，此时的张家颇有将要飞黄腾达的气象。

这年年底，张汉源东家和往年一样，亲身莅临各地分号，核对账目、盘点库存、奖励先进，论功行赏。张汉源知人善任，咸义亨各商号管理有方，利润自然比较丰厚。张东家论功行赏罢各分号里的掌柜、伙计，志得意满地着人将两大箱银钱装船，亲自押了沿运河水路打道回府。

这日行至在一处地方，张东家出舱凭栏眺望，但见江流浩荡，水天一色，几只小渔船不时跟随商船左右，忽而又隐没于港汊之间，心下稍有纳罕。其时冬风凛冽而起，刮得干枯的芦苇丛泠泠作响，展眼间彤云密布，日色转淡，天上竟纷纷扬扬地飘下雪花来。张东家回舱围炉向火，顺手取过炉边已温热的那坛杏花村老酒，连筛几杯，仰脖下肚，捏碟中几粒花生米嚼了就酒。醇酒醉人，酒酣耳热的张东家不觉间生出几分睡意，拉展被卷盖了身子，倚枕恍惚睡去。

一觉醒来已是向晚时分，突然间舱外一阵忙乱，几声凄厉嘶喊，惊得张东家慌忙起身出舱探看，只见两名划桨的艄公，一个已然落水，一个躺倒于船板上呻吟不止。几条壮实蒙面汉子，手提明晃晃钢刀，看见出舱而来的张东家，呼啸而上，白刃闪过，可怜张汉源七尺男儿，睡眼惺忪间身中数刀，仆倒于血泊之中。眼见得强人们入舱抬了银箱，麻溜装上小渔船，紧摇橹急划桨，霎时就隐没于港汊芦苇丛中，不见了踪影。张汉源忍痛撕下衣袍内衬，指蘸身上鲜血写下几句遗嘱，便血流殆尽，溘然长逝矣。

原来这一带地方就是素以盗薮恶名著称于世的大渊泽，周边村庄民户多以捕鱼为业，内中却又掺杂一些未知来历的豪强无赖之徒，假借捕鱼为名，驾舟扬帆，溪流港汊间游荡巡回，昼则四下打探，夜则出港行劫，四处混迹，飘逸无定。凡过往此地的商贾舟楫，多遭尔等打劫。大渊泽湖面辽阔，港汊交错，沙洲纵横，芦苇丛生，江湖盗匪选此得天独厚之地为老巢，劫掠行凶，掩迹藏身。官府捕快亦素难查缉尔等归案伏法，地方乡勇屡遭民怨也只能徒唤奈何！水盗之害，已成大渊泽一带的恶疮毒瘤，颇为商旅货贾所诟病痛恨。

噩耗传回大阳镇，咸义亨张家上下人等皆痛心不已，哀号不止。张家主母遣管家速速前往大渊泽，含悲棺木殓尸，水陆辗转，将张东家灵柩运回故里大阳。高搭灵棚，满庭缟素，披麻戴孝，延三班僧众诵经，三班道士打醮，放焰口消债解业，做法事超度往生。七七四十九日守灵哭祭，选两班阴阳生堪舆核校茔穴。大殡之日，哀乐震天，哭声动地，花圈纸扎首尾相接，排出足有三四里地长。葬仪虽隆重，却奈何张东家一介商贾，并无功名在身，葬制只能从简。张家主母尽管心有不忍，也只得厚隆墓堆，高立石碑，哭奠夫君入土为安，恋恋归家守孝，含悲整饬家务。

张家主母翻检夫君遗物，临死之际指蘸鲜血写下的遗书："……务令吾儿毅武谨记，习文不忘尚武，勿使再落其父任人鱼肉之可悲下场……"等语，触目惊心，伤怀落泪。痛定思痛，张家主母花重金聘请武师驻家授艺。自此之后，张毅武每日前晌学文，后晌习武，恪守先父崇文尚武遗训。冬练三九夏练三伏，雷打不动，风雨无阻。几年勤学苦练，青年张毅武饱读满腹诗书，精练一身武艺。皇天不负有心人，这年秋闱，张毅武得中武举。有了功名在身，张毅武禀过母亲，祖坟上增设一架石牌坊、一对石望柱，彰显张家功名，以告慰先父在天之灵。又增修庭宅，门前上马石、鼓乐台、旗杆石威风八面。名利双得的张家，成了大阳镇上煊赫一时的大户。

清王朝穷途末路，戊戌变法胎死腹中。不几年又废除了科举，张毅武从此无缘于仕途，遂属意于实业。其时洋货横行于华夏，大阳钢针已风光不再。张毅武文韬武略慧眼独具，在香山脚下打窑挖煤而再度大发其家。张毅武素以大阳先贤段思恭、段直、张大经等英武豪杰为楷模榜样，行侠仗义做事，乐善好施做人，乡民之中大有声望。社首、村长、息讼会长，他一人身兼数职，为民办事公正廉明，深得百姓们拥戴。每逢在大庙办完公事，围观的乡亲们都会请求他耍武，张毅武总是有求必应，一准会揎袍捋袖来上几段，文武皆备且平易近人的张毅武，俨然就是大阳乡人们眼中的包青天、守护神。

公务之余，张毅武喜欢看戏。每遇时令节日、神佛诞辰，他铁定会慷慨解囊，出资写戏，既为乡民造福，也图自家过瘾，这似乎已成了对戏剧情有独钟的他，多年间乐此不疲的一项事业。西大阳张家巷有个唱戏的年轻人贾增孩，素慕张毅武社首慷慨好义之风，两人私交甚厚。这一年，二十岁不到的贾增孩，协同张毅武在长治潞安买回来一架戏箱，又说服东大阳裴家巷老社首张忠入股，三人合办起了三义班。老社首张忠温良仁义，不计较名利。张毅武出资份额最多，名正言顺做了三义班大东家，好讲排场的他，给戏班定制了全套的苏杭下路货：文官补服、武生铠甲、大幔小帐，桌围椅披，用的尽都是上等的杭绸苏绣。贾增孩唱黑头，演三铡戏，虽然技艺一般，组织能力却很强，自告奋勇任了三义班掌班。颇有人脉的贾掌班踌躇满志，他游说上党梨园一众好把式前来三义班驻班演戏，各个行当都有名角儿挑梁：大净有车春保、陈闺女；生角有靳伯庐、陈蔓菁、郎不香；旦角有刘丫头、李小保、郎喜全、茹丙午、王安牛、陈小堆、陈仁水；二净王小保，大东沟下坪人氏，侯堆金的高徒，以演《五丈原》魏延的笑、《送印杀差》马强的跳而赫赫有名；小生有两位，碰巧还都叫喜孩：李喜孩，城关西巷人，《盘肠战》的罗通、《长坂坡》的赵云、《伐子都》的子都，他都演得火爆炽烈，观众于是送他“火神爷”之雅号，以区别于演《黄鹤楼》周瑜、《甘泉宫》秦始皇为佳的史喜孩；老生两位：一位是人送外号“糜屎窟窿”的李小红，李小红身材魁梧，擅演上党皮黄，《打金枝》里的唐王是他的拿手好戏。他曾在东宅三乐意驻班，因和掌班赵群孩戏路雷同，返回故乡大阳入了三义班；另一位红生马二喜，是东宅三乐意掌班赵群孩的高徒，演《天井关》里的孔明、《清河桥》中的楚庄王，深具其师赵群孩雅韵，与李小红不分伯仲。新起的三义班名角如云，行头也耀眼夺目，在大阳后大寺里的首演就一炮打响，大获好评。行当齐全，行头完备，三义班所排演的剧目，也都是大本头：《行乐图》《彩仙桥》《夺秋魁》《伐子都》《回龙传》《甘泉宫》《徐公案》《打金枝》……很快三义班就成了有实力的大村大社、庙会戏的首选戏班。

既是举人老爷，又是戏班东家，三义班的每个台口，笃歌好戏的张毅武东家都要出席，他身骑一头大黑骡，随戏班走遍了泽潞两府。寒来暑往，乐在其中，事无巨细，悉心经办。不几年，三义班就唱进了上五班。举人东家张毅武高兴之余自嘲道："我平生行商行窑又行戏，可谓名副其实的行者了。行者无疆，此生足矣！"

这年冬季搁班，三义班垛箱休整。举人东家张毅武久未归家，新朋故交甚为想念。这天，张毅武在大阳镇西门里的得月楼上，设宴款待一众亲朋，酒足饭饱离店归家之际，见饭店隔壁的旅店门口，一位年轻女子坐倒在地，连声哭泣。问过了才知女子姓吕，本是河北吴桥人氏，和母亲在杂技班里献艺，母女俩相依为命。吕姑娘姿容出色且身手不凡，善踩软索，一身轻功了得。因母亲身染沉疴不能随班行走，吕姑娘陪娘住在大阳镇西门口的旅店里养病。母亲久病未愈，钱粮已花销殆尽，还欠下了旅店一个多月的店钱。要强的吕姑娘不忍店家作难，于旅馆门前空场上拉起一条绳索，撂地走索卖艺，想挣点银钱好还店家。久未练功技艺生疏，加之临时借来的绳索亦不趁手，走在半道的吕姑娘失了平衡，坠下绳索，摔得胳膊骨折了。既疼痛又气恼，平日要强的她，此刻委屈得泪水涟涟了。素来做事行侠仗义的举人东家张毅武，问清了事情原委，恻隐之心顿起，忙命小厮张孝天将吕姑娘背了送往医馆正骨，又着下人将自家棋盘四院中的一处小跨院收拾出来，算清了旅店房钱，将吕姑娘并她母亲一起接来府上住下。延请名医，望闻问切，诊治开药，调拨府上两个丫鬟悉心照料调养。吕家母女绝处逢生，打心底感激举人东家的大恩大德。

大阳镇上几家药铺子里抓来的中药，吕母吃了都不顶用。试过了东宅保泰先生的秘方，病情亦无多大起色。沉疴难起，积病难医，未等吕姑娘骨伤痊愈，母亲就撒手人寰，驾鹤西游了。吕姑娘眼中蓄泪，心底波澜，不知该如何料理母亲后事。张毅武东家却早已在和吕母的几次闲谈中，得知吕姑娘并非婚生子，所以随了母亲的姓。吕母这一死，并无须归乡附葬夫君。张东家遂着人置办寿衣、采买棺木，并禀明乡里，替吕母求得一穴茔地。吕姑娘引灵扶柩，将母亲葬在了大阳村西，一块专门收葬外乡人的义地里。

不久，举人东家张毅武纳吕姑娘做了三姨太。有人说张东家是贪恋婵娟娇娥疏财买色，也有人说吕姑娘是爱慕荣华富贵以身许人。张东家或许是对吕姑娘一见钟情，吕姑娘也许只是对张东家日久生情。一见钟情见色起意也好，日久生情以身报恩也罢，问世间情为何物，直教人说不清楚。一个是青春年纪如花美眷，一个是人到中年家资富饶。佳宵良夜琴瑟和鸣，缠绵缱绻凤凰于飞。新婚燕尔，如胶似漆的二位，倒也是人们眼中艳羡的一双妙人。

彩阁内飞针走线、画堂中刺绣织锦。深锁闺房的生活，三姨太不久就生厌了。曾经四方奔走卖艺的吕姑娘，早已养就了自由奔放、率性随意的性格。夫君在堂时，喝茶吃酒，赋诗弹琴，看戏听书，三姨太终日相伴在旁，倒也觉得活色生香，新奇惬意。新年过后开班，张毅武随戏班在外奔走，留下她孑然一身，形单影只，三姨太渐渐就觉得闺房寂寞，度日如年了。加之张府治家甚严，女眷人等一律不得抛头露面，恪守大门不出二门不迈的家规。三姨太几次欲出门上街，都遭到了大太太的严厉训斥。三姨太出门不得，胭脂花粉之类的物事，只好托付小厮张孝天代为采买。张孝天与三姨太年纪相仿，又有背她医馆正骨的一段经历往事，本来就走得近些。三姨太闺房寂寞，张孝天蜂蝶恋花，一来二去的，俩人就有了主仆间的不伦私情。天下哪有不透风的墙？张府的二姨太，早就对夺了其宠的三姨太恨之入骨。看到此等情状，连忙给举人东家老爷修书一封，添油加醋夸大其词，狠狠地告了三姨太的红杏出墙状。

收到书信的举人东家张毅武心生大怒，他撂下戏班匆匆归家。关紧宅门，命人将小厮张孝天剥脱衣袍，吊将起来，麻花鞭子蘸水，咬牙切齿好一顿抽打，把个欺主的奴才打了个皮开肉绽，血乎淋拉！犹不解气，命人叫来张孝天父母，当面辞退了他，让带回家去严加看管。临出门撂下句狠话："再要干这不冒烟的事，指定叫你进牢子蹲大狱，可就再不是抽顿鞭子这样简单了！"这小厮张孝天和张东家是出了五服的本家，生得模样俊秀，行事干练，深得举人东家器重。不想却犯了这等的禁忌事，叫张东家恨得牙痒！教训完小厮又收拾小妾，训斥、罚跪，三姨太始终无动于衷。趴在春凳上挨家法，任板子把屁股打成发面饼般也不吱一声疼。可听了举人老爷要把小奴才张孝天送官纠治的话时，却声泪俱下，抽泣连连起来："错只错在贱妾一人身上，奴家思念老爷，思念得紧时无以排解，才做出了此等的出格事，老爷息怒啊老爷，奴家往后再不敢了老爷！奴家只想老爷能日日陪在奴家身边，老爷爱戏班不爱奴家，奴家镇日等老爷等得好苦！"本在气头上的举人东家张毅武，看三姨太哭得梨花带雨，心自软了下来。想想自己常年随戏班在外奔走，居家的日子有数，三姨太正值青春年少，贪欢图爱也在情理之中，寂寞难耐时让那狂蜂浪蝶钻了空子也情有可原。想到这里的举人东家不由得怜香惜玉起来，搀起趴在春凳上的三姨太，紧紧搂在了怀中。此时的三姨太放声号啕，眼泪打湿了举人东家胸前好大一片衣襟。

举人东家张毅武自此守娇妻在堂。白日喝茶吃酒，赋诗弹琴；晚间看戏听书，相伴而眠。举人老爷已有一把年纪，身子骨自不能和年轻人相比，虽打心底里宠爱三姨太，到底已是力不从心，五七日能和三姨太效一次鱼水之欢已属难得。就这三姨太也觉得心满意足。菩萨面前跪拜祈祷的她默默许愿："老爷啊老爷，你要能不随那戏班四处奔走，镇日陪着奴家如此过活，可该多好！"

光阴易逝，不觉间又是俩月。秋收已罢，秋粮入仓。农事渐闲，农人们翘首期盼的秋报酬神戏就要登场了。三义班的秋报戏台口，早已被写得个满满当当。挂念着戏班的举人东家张毅武镇日忧心忡忡，里出外进六神无主，喝茶吃酒亦显得心不在焉。看在眼里的三姨太心中矛盾，她既不舍得老爷外出离家，又怕如此下去，思念戏班心切的老爷会憋出病来。纵然心中有万分不舍的她，思想一番过后，终归还是说了让老爷以戏班为重，暂且将这儿女私情抛散一边的话。得了赦免的举人东家张毅武兀自心底感激，归心似箭的他打点行装，辞别娇妻，身胯大黑骡，行色匆匆追随戏班去也。

醋坊巷中张家的棋盘四院又回归到了往日的平静冷清。纵然此时，大阳镇上的秋报戏也锣鼓喧天演得热闹，可这热闹却并不属于高墙深院里的女人们。大门不出二门不迈，恪守家规的张宅女眷们，白日针榻绣案前活计忙碌时还算好过，夜晚青灯黄卷旁独守冷清时就觉出难熬了。秋霜渐起，秋风送凉，越发洇染得枕席湿寒，罗衾冰冷。三姨太灯下泡一杯热茶暖身，一声烛花爆响，几滴烛泪嘀嘀嗒嗒流下烛台。哎，春蚕到死丝方尽，蜡炬成灰泪始干。此情此景，怎一个惨字了得！三姨太摘却发钗首饰，和衣躺倒在绣床之内。窗外月明星稀，时隐时现的戏音随风传来，又随风飘走，万般寂寥的三姨太昏昏欲睡了。

恍惚间，三姨太耳边听到了两长一短的轻微叩击声。吃了一惊的三姨太猛然坐了起来。她侧耳倾听，笃笃又是几下，可并不是门那边传来的声音。三姨太心头小鹿乱撞，她趿鞋下床，仔细察看，是床头脚地上那道暗门下传来的两长一短、熟悉而规律的叩击声。三姨太蹲在暗门边低声问：

“谁？”

“我！”

“孝天弟弟？”

“吕姐姐！”

“孝天弟弟，真是你吗？你怎地还敢再来？”

迟疑犹豫，犹豫迟疑。门上边悄无声息好一个沉寞。决绝渴望，门下边叩声笃笃好一阵紧急。

“我的冤家，这要让旁人听见了可不是耍的！”迟疑犹豫的三姨太心下一惊，她屏息静气，轻轻拉开暗门闩，吱溜一条黑影，将暗门顶了起来。

进屋就拥三姨太入怀，温香软玉，口对口作了吕字。

干柴烈焰，欲火焚身。鸳梦重温，兴发如狂。说不尽的温柔缱绻，道不得的浪蝶狂蜂。帐摆流苏蜻蜓急，被翻红浪鸳鸯忙。檀口轻开浅吟低唱，玉股频摇欲拒还迎。玉山倾倒拥秀体，云鬓斜堆倚情郎。灵犀一点滋玉露，红莲两瓣浸甘霖。风息雷歇说温存，云散雨收话缠绵。

"孝天弟弟，你怎地还敢再来？"

"姐姐。孝天想姐姐想得紧。一日不见如隔三秋。"

"你难道不怕鞭子抽？不怕进牢房蹲大狱？"

"不怕，姐姐。孝天不怕。能和姐姐厮守一起，孝天掉头也不怕！"

"哎，弟弟。想着今生再不见弟弟了。可一见了弟弟，还是那般情不自禁！"

一对打不散的俏冤家，一双刨不断的连理根。他爱她婀娜多姿俏颜色，她爱他英姿勃发好人物。自此以后，张孝天夜夜来和三姨太幽会。举人东家宠爱三姨太，和她同居于棋盘四院中最为尊贵的敦睦院。敦睦院正房脚地底下，有一条直通庄河边崖皮洞中的暗道，本是防备非常时期的逃生之道，不想如今却成了张孝天小厮和三姨太的偷情暗道。暗道的秘密少人知道，两个人梅开二度的私情也就保守得十分严密。男欢女爱琴瑟和谐，颠鸾倒凤阴阳相悦，一对露水夫妻享尽了人间至乐。那孝天小厮却犹嫌不足，几番催促三姨太和自己私奔，远走他乡做一对实在夫妻。每逢其时，三姨太总是双眉紧蹙，她实在是斩不断举人东家替自己还债疗伤，尽孝葬母的那一份厚意深情。孝天小厮摸清了症结所在，他要绝了三姨太的后顾之忧，釜底抽薪的一条毒计成竹于胸。

展眼又是腊月。戏班垛箱歇业，举人东家张毅武搁班回到了家中。腊月二十三过小年那天，举人东家祭过了灶，送灶王爷上天言好事去了。三姨太犒劳东家老爷，晚饭专门做了他爱吃的羊肉馅儿饺子。热腾腾捞好两盘摆上桌，早烫了一壶潞酒。三姨太亲自去请东家老爷来敦睦堂中吃饺子过小年。她刚一出门，一条蒙面黑影，打脚地地道里钻出，在酒壶里做了一番手脚后，潜入地道，溜之大吉。

三姨太站立桌旁伺候老爷用膳，老爷拉三姨太身边坐下。三姨太柔情蜜意地端详这个比自己大出两轮，气度雍容，慈颜善目的男人。三姨太饺子蘸了醋喂给老爷吃，老爷兴致勃勃地看着三姨太一张俏脸微笑，连声夸赞三姨太饺子做得好吃，香！三姨太连连斟酒，双手端了敬给老爷，老爷喜之不尽，连说："饺子就酒，越吃越有。"每次接过酒杯，都要捏一捏三姨太那张粉脸。不大会儿工夫，一盘羊肉饺子见了底，半壶潞酒也下了肚。举人东家心急着要和三姨太亲热，牵了三姨太的手向床边走去。忽然间觉得肚疼，刀绞一般地疼，豆大的汗珠从额头滚落下来。没等走到床边就呻吟着扑倒，抱着肚子满地打滚。惊慌失措的三姨太哭着大喊："来人啊，快来人啊，快来看看老爷这是咋了？"匆匆赶来的下人们，慌慌跑去叫来了郎中。可此时的举人东家早已是七窍流血，呜呼哀哉了！举人东家张毅武吃过羊肉饺子中毒身亡，包饺子的三姨太自然就成了最具嫌疑的杀人凶手。羁押到官百般拷问，三姨太连连大呼冤枉，拶指受刑亦拒不认罪。孝天小厮听闻心上人受罪，心下不忍，到官自首，交代了酒中下毒的始末经过。葫芦官判断葫芦案："三姨太与张孝天私通，合谋毒死了亲夫，依律双双典刑正法。"可怜一对床上比翼鸟，含恨做了刀下连理鬼。

三义班开年复班。掌班贾增孩觉得老东家死了，没人会再来过问三义班事务，自己总算是多年的媳妇熬成了婆，便自作主张，领班外出，想趁机摆脱三义班和棋盘四院张家的关系。少东家张智富精明强干，他识破了贾掌班的企图，一纸诉状将贾增孩告了官。官府断三义班仍归棋盘四院张家所有。贾增孩掌班颜面扫地，一怒之下，带着他的徒弟们投奔了东四义鸣凤班。

少东家张智富亲自坐镇，查点清三义班家底，安抚一众艺员，又给戏班添置了行头戏箱。少东家颇有胸襟，他宣称三义班仍归三家共有，但也强调以自家棋盘四院张姓为主。他以贾增孩掌班企图夺权为前车之鉴，让大哥张仁富监管戏班总务，弟弟张信富管理戏班伙食，掌班只管戏务，无权财务。改掌班负责制为东家负责制，从而牢牢揽定了戏班实权。万事俱备，少东家张智富遴选擅演红生的贾本卿任新掌班，领三义班外出赶台口。重整旗鼓的三义班牌子老，少东家张智富又是民国新青年，三义班所到之处，台口依然是红红火火。

贾增孩到了鸣凤班，一心想争掌班的职位，奈何鸣凤班女东家赵引娣重内臣不重外臣，贾增孩退而求其次，只盼能领衔主演，可鸣凤班里好把式甚夥，领衔主角的安排上也时有争吵，常常闹得不可开交。每次幸亏有女东家的调配才得以平息争端。走一家不如守一家，事到如今，贾增孩才算体会出了这句老话的含义。

民国新世，一夫一妻制写进了《民国临时约法》。大妇小妻的社会风尚逐渐转淡。三义班少东家张智富虽无大妇小妻，却有情妇暗中来往。河南固始籍人士高岭木高岭土兄弟，来在大阳镇上开了一家固始鹅火锅店。哥哥高岭木专责养鹅，弟弟高岭土掌勺主厨。嫂子高栗氏端盘上菜，迎宾送客，饭店生意还算不错。哥哥高岭木忠厚老实，嫂子高栗氏却狐媚风骚，和客人打情骂俏乃是家常便饭。脾气火爆的弟弟高岭土看在眼里颇觉好气，但碍于饭店的生意也不好发作。高家租赁醋坊巷张家棋盘四院小北门上连通着的旗杆后院居住，高栗氏看张智富少东家颇有家资且人物轩昂，便属意勾搭于他。俗话说："男挑女隔层山，女挑男隔层纸。"很快，高栗氏就与少东家打得火热，密约偷期，采兰赠芍，暗度陈仓，巫山云雨。好几次被小叔子撞破。高岭土替守园养鹅不常归家的哥哥暗自叫屈，每每规劝二人改邪归正，不可再做此等伤风败俗之事。不想二人色迷心窍，当面应承改过自新，下不为例，过后依然我行我素，竟丝毫没有悔改之意。那年七月十五,二人苟且偷期，又被捉奸在床，怒不可遏的高岭土举刀相向，劈死了少东家张智富，将高栗氏也砍成了重伤。高岭土投案自首，固始鹅火锅店关门歇业。张家因行戏班而父子两代横死，对三义班由厌恶而生恐惧，遂无意再作经营。料理少东家张智富丧事又变卖了不少箱份行头。掌班贾本卿讨要薪资报酬无着，便以剩余箱份做了抵兑，又拉吉星山东家入股新组了戏班。至此，以棋盘四院张姓为主的三义班两起两落。

闻知少东家张智富亡故的消息，在鸣凤班难于出人头地的贾增孩趁机回到了大阳，他仍与老东家张忠联手，买下了李家庄喜凤班的戏箱行头，重新招兵买马，立誓要三起三义班。人争一口气，佛争一炷香。为使三义班再度兴旺，贾增孩在东大阳接官亭开设窝徒班，花高价请朱家窑四路不挡、文武双全的朱小铁前来开班授徒，典房卖地亦在所不惜。李小保、苗小起、老水太等一众名角儿，也先后受邀而来驻班授徒，人多的时候，窝徒班又搬进了宽展的西大阳古佛堂。窝徒班开了四五年，教出的徒弟有郎喜全、王安牛、王铁孩、陈小堆。三义班第三次又兴盛起来，贾增孩改东家责任制为掌班责任制。老社首张忠温良恭让，随其所欲。贾增孩为区别于前两度的三义班，在丫门帘上特意写了“四三义班”，四三义班盛行了七八年，老东家张忠病故。其时日寇进犯上党，民不聊生，四三义班搁班停演。一九四三年贾增孩掌班离世，戏箱行头变卖，换了几斗小米。“四三义班”的名号始终没有叫响。三起三落的三义班最终倒得了个“增孩戏”的雅号。增孩掌班也算是有心种花花不开，无心插柳柳成荫了。

人间万事，大抵如是！

说过了三起三落的大阳三义班，再来说说五班五魁的周村三乐班。

周村镇原名长桥镇，因镇旁一座七孔长桥而得名。相传晋朝的平西将军周处，死后葬于长桥镇西，并建有周孝侯祠的缘故，长桥镇因此而易名为周村镇。周村镇位于泽州西部的华阳山脚下，人文富庶、商贸繁荣，素有“丹水名区”“行山重镇”之称谓。周村镇上有一户郭姓人家，是沁河沿岸有名的大户望族，书香门第。郭家十八院雄踞于镇北高岗之上：旗杆院、书房院、平地院、串心院……院院木刻屏栏，石雕柱础，繁缛秀美，精致考究。周村郭家诗礼传家，科甲繁盛，子弟入仕者众。郭家府邸门楣悬挂的匾额：“三元及第”“三凤齐鸣”“司直大夫”“一品小京官”，以及祠堂楹联：“振三堂一门四户，沂水官三子十孙”，无不彰显着郭家“门传典章科甲盛，腹有诗书气自华”的豪迈与自信。

郭家代出才人，郭象升可谓其中的佼佼者。郭象升祖父即为官吏，其父郭涣芝乃同治癸酉科举人，诗赋辞章皆大有可观。郭象升幼时聪慧，深得祖父喜爱，亲自启蒙教之。稍长拜于沁水名士贾耕门下，从之五年，尽得真髓。博览群书，厚积学理，终成饱学之士。入仕于山西督军府各重要部门，有“山右第一才子”“中国古文殿军”之美誉。其兄郭象恒，光绪间举人，官潞城知县；其弟郭象蒙，民国间历任解县、稷山、河津、荣河、洪洞等县县长。此际的郭家科甲繁盛，仕宦恩荣，声名远播于三晋。

郭家大排行老七的郭象震，凭借家族势力，在大阳行有煤窑，在周村开有烟坊。郭象震为人豪爽仗义，有大家公子气。他无心于仕途功名，虽无党无派无官衔，却有闲有钱有情趣。望城头复聚班东家郭锁锁，死前将复聚班的豪华戏箱行头售予了西阎庄的陈学仁，一两年后，又被郭家老七郭象震收入囊中。郭象震取家族祠堂楹联里：“振三堂一门四户，沂水官三子十孙”之意，为戏班起名为“三乐班”。颇有情趣的郭老七，骑一头菊花大青骡，常随戏班四方游走，悠然快意，好不自在！

财大气粗的郭老七，花重金聘请以擅演上党皮簧而蜚声太行的名须生陈发囤前来出任三乐班掌班。陈发囤颇有文墨，略通岐黄，喜读三国水浒，爱编传奇故事，是上党梨园界有名的秀才和郎中。他常年开设窝徒班，上党梨园里的不少好把式都是他的亲传弟子。来在三乐班的陈发囤，感念东家郭老七的知遇之恩，他和徐金堂通力合作，为三乐班量身编演了连四本的三国戏——《破徐州》《解白马》《汉阳宫》《北平桥》。新起的三乐班人才济济，各个行当都有佼佼者挂帅，生角有陈发囤、陈蔓菁；小生有冯水国炉、李小二；小旦有李小刚、翟喜全；大净有翟喜炉、陈闺女；二净刘长启；小丑翟文全、赵小晚；司鼓岳长水。好把式众多，演出剧目也就越发丰富：上党昆曲《长生殿》《游湖》《别母》《富贵长春》；上党梆子《赏花楼》《三龙殿》《黄河阵》《天门阵》《龙虎会》《两姨缘》《绣龙剑》《行乐图》《三世缘》《回龙传》；上党皮簧《满床笏》《九龙峪》《佘塘关》《取荥阳》《一捧雪》《天水关》《回龙阁》等，三乐班排演的剧目一度竟高达七十七出之多，加之戏班箱份崭新，行头豪华，东家资财雄厚，掌班名声响亮，刚一起班的周村三乐班就台口不断，阳城沁水高平陵川等地的许多大村大社纷纷前来写戏；甚至潞安府的不少大庙大观，也慕名而来邀约台口。三乐班后来居上，很快就跻身于“上五班”之列，成了上党梨园风头最劲的戏曲班社。

这年的六月十三，周村三乐班在兴龙山与高平“大保戏”打对台，正遇上高平官府为六月十五的城隍庙会来抓官戏。抓官戏的差人马超、牛霸，只因收了大保戏暗中使的银钱，便将本该支应官戏的大保戏，临时改作了周村三乐班。

六月十五的陈村庙会戏，早就写下了三乐班的台口，陈发囤掌班以此和抓戏差人求情，可蛮横惯了的马超牛霸哪管你那些？仗凭东家财多势大的陈发囤掌班，也就不再和二位纠缠。他悄悄叫过戏班里唱武生的几个小青年，附耳低言，如此这般交代了一番。

马超导前牛霸断后，押解着三乐班回高平县城复命。三乐班驮骡列队，桶箱排头作龙眼，大衣箱二衣箱紧随做龙身，枪把在后做龙尾，一字长龙行过了黄石岭，却径直向陈村方向进发。看出了端倪的牛霸心生大怒，上前一把拉过头骡的缰绳，连踢带打吆喝道：“畜生不懂事，难道尔等一干臭戏子也不懂事？老爷拉了大半辈子官戏，还没见过如此胆大妄为的戏班呢！”说着夺过马夫手里的鞭子，点着陈发囤掌班，颐指气使地命他老实从事。“再要耍花招，老爷认人鞭子可认不得人！”陈发囤从容淡定，朝几个青年武生使了个眼色。几条大汉围将过来，将差人牛霸团在了中间。牛霸看此阵势，心内已有几分惧意，却仍兀自嘴硬：“尔等要怎样，想造反吗？老爷替官家办事……”话未说完，早有一人拉了牛霸，旋将一圈，狠狠掼在地上，疼得牛霸龇牙咧嘴，半天爬不起来。导前的马超，见牛霸与人起了争执，本欲调转回身上前助阵，看见几条汉子又朝着自己围将过来，老谋深算的他见风使舵，双膝一软跪倒在地，连声求列位好汉高抬贵手，“好汉不打圪锥货”。发囤掌班喝退几位武生，引领戏班向着陈村方向继续前行。马超牛霸二位差人只等戏班走远，才狼狈起身，怒羞回城而去。

对于许多戏班来说，抓官戏司空见惯，早已成了家常便饭。一年到头，官府承办的祭祀活动可谓多矣：万寿节、文昌宫、关帝庙、城隍庙、火神庙、马王庙……许多祭祀每岁还不止一次。“有祀必有戏”已成因循之陈规。这祀戏，按规本应由梨园众班社轮流支应，可抓差胥役也要觍面子送人情，于是常常偷梁换柱，有一岁支应五六次差务不能告竣之戏班，有终岁不支一差即可无事之戏班；还有那抓戏差人要借机敲竹杠打秋风，借此中饱私囊，有一票官戏，出票三四家戏班，挨次打秋风者；有此衙门已出票，彼衙门复出，勒索蒙混敲竹杠者。拉官戏之举舞弊丛生，“遂致写戏之家，或因失误日期，纠众抢箱，或因缚捆掌班，聚众攒殴，几于酿成案件者屡矣”！演了官戏的戏班，也只能象征性地得到些微报酬，就这还有污胥皂役从中作梗，拿不到一点儿报酬也是常有的事，梨园戏班深受拉官戏之累，深恶痛绝却又无可奈何。

打了官府差人，自然不会平安无事。第二天，几名公人来在陈村，将陈发囤掌班押回高平县衙审讯。陈发囤掌班堂上禀明原委，指摘抓差官人马超牛霸营私舞弊，李代桃僵之举激起戏班民怨，自己也是解劝不住。又将郭象升的名帖奉上当堂老爷。老爷看了名帖，知道周村郭家势大，心底暗自忖度一番。当庭呵斥马超牛霸不该荒唐法纪，又责令陈发囤掌班回去整饬戏班，务将滋事之人严惩，以儆效尤。陈发囤掌班允诺定当照办，叩谢过了，扬长而去。马超牛霸怒气难平，嘴上不敢说，心里却深怨老爷偏袒三乐班，巴结豪阔人家。老爷看了二位模样心底冷笑道：“尔等发财尚知巧立名目，老爷我想发财就得升官，要想升官还不得看那些豪阔人等眼色！许尔等舞弊，就不许老爷我营私吗？真是笑话！”说声退堂，拂袖而下。

时隔不久，周村三乐班演完沁水五龙头窦家岭的台口，赶往高平焦河村唱庙会戏。一进村就看到有四五个公人早在那里守着了。原来那马超牛霸上回看老爷偏袒三乐班，心里颇有不甘。打探得焦河村庙会也写了周村三乐班的戏，就数着日子带人前来寻事。焦河村村长看公人们来者不善，真要抓了官戏耽搁了庙会戏，村民们那里不好交代，自己丢了面子也不好看。村长只想平平安安唱戏，顺顺当当过会，就打定主意，将公人们好酒好肉招呼一顿，又使钱打点了，恭恭敬敬请公人们高抬贵手，不要难为焦河村。几位公人受了吃请，得了好处，又见三乐班陈发囤掌班横眉冷对，戏班里的几位青年武生也是一副摩拳擦掌、剑拔弩张的样子，寻思着也不好对付，便就坡下驴，送了焦河村长一个顺水人情，放过了三乐班。三日庙会戏唱罢，焦河村的社首们在给三乐班结盘缠时，却扣下了一笔不小的数目。陈发囤掌班也不好说什么，谁让自家的戏班摊上了这档子顽缠事呢？看来这硬碰硬终究不是什么长远之计，是得认真想想，到底该如何应对这拉官戏了！

一个月后，周村三乐班在石末乡侯庄村演完秋报戏，正打算转场去赶陵川下东河的台口时，八位荷枪实弹的国民党士兵却拦住了戏班去路。原来那牛霸的姐夫，是国民党驻扎石末党部的一个小头目，吹了老婆大人的枕头风，属意要替小舅子出这口恶气。侯庄村村子大，村长社首门路广，这小头目知根摸底，也就不去碰侯庄村这根硬钉子。所以只等三乐班要离开侯庄村时，才擎出了国民党石末支部的官戏传票。陈发囤掌班眼见得这回在劫难逃，便找来了副手陈闺女。陈闺女师出侯堆金，虽擅演大净，却性格沉静，足智多谋，人称三乐班小诸葛。戏班有什么棘手的事，发囤掌班一般都要和陈闺女问计。

拉官戏的事情，发囤掌班私下里和陈闺女议论过，他也认为硬碰硬终归不是什么好办法。戏班游走四方，江湖风波险恶，动武能逞一时之强，过后却会遗患无穷。既然逃躲不得，干脆分而化之。陈发囤掌班和一部分班员留下来演官戏，陈闺女带着另一班人马，去赶陵川下东河的庙会戏。分班的举措解了石末侯庄之围，却引起了陵川下东河之乱。陈闺女带着三乐班去到了陵川下东河，卸箱装台悬灯挂幕，好一通忙碌。开场戏唱到一半，却被下东河的社首们给叫停了。他们因三乐班分了班，陈发囤掌班没到场而大为不满。三天的庙会戏勉强唱完，三乐班不但没领到丝毫的盘缠，陈闺女还被罚打了二百戒尺，戏箱也被扣在了下东河。应酬完石末国民党官戏的陈发囤掌班，匆匆赶来陵川下东河，呈告求情，赔礼谢罪。又重新装台挂幕，加演了两场由陈发囤掌班领衔主演的剧目《打金枝》《取荥阳》后，三乐班才被放行。

唱戏这个行当，表面上王侯将相、披蟒着靠，锦绣满台，风光无限；可内中的无分寒暑、不避风雨、吃苦受累、吞声忍气，又有几人能知其味？纵是周村三乐这样的戏班，掌班有名，东家势大，还要遭受如此这般的欺凌与弹压！那些普通的班社是何等景况也就可想而知了。

周村郭家书香门第、诗礼传家，历来就有崇文重教、尊师敬儒的家风。每年八月二十七孔夫子诞辰，郭家的三乐班指定是不会安排别的台口的。三乐班每年不但雷打不动无偿献演文庙戏，对参演人员也都有着严格要求：提前三日斋戒沐浴，不得赌博，不近酒色，三乐班虽名角如云也定会精挑细选，行头豪华还仍要仔细配搭。虔诚恭敬，一丝不苟，以确保演好每一出文庙戏。上党地区，凡能入文庙演戏的戏班被人们尊称为“上班”，其时的周村三乐班，与四义鸣凤班、尹寨公顺班、南沟复盛班、大阳三义班，一起跻身“上五班”之列，周村三乐班得了五班五魁的美誉。

陈发囤任三乐班掌班十余年，与东家郭象震和衷共济，荣辱与共。陈发囤掌班有窝徒班做后盾，不怕任何人拆台、拿搪、卡脖子。他勇于担当，善于创新。三乐班在他的执掌下风生水起，声名远振。一九二四年郭象震仙逝，陈发囤掌班带领戏班全员为东家守灵、献戏，直至入土为安，也算尽了相互间共事一场的情分。郭象震临终之际托付郭家老九郭象谦接任三乐班东家职位。此后的周村郭家江河日下，已不复当年盛景。老九郭象谦虽也戏趣浓厚，奈何年老体衰，烟瘾难除，心有余而力不足。他不再过问戏班事务，也不再对戏班做任何投入，只管年终按股分红。戏班经济因而时常捉襟见肘，添置行头这类事情还须陈发囤掌班另想办法。人们都称这个时期的周村三乐班为“发囤戏”，只是还扯着三乐班这面旗子而已。一九二九年，李家庄喜凤班的东家孟喜成，高价收买了东四义鸣凤班的台柱子刘丫头、宋苟明，鸣凤班因此而无法出戏。鸣凤班老东家赵引娣求助于陈发囤。陈发囤临危受命，领着一众徒弟前往鸣凤驻班救驾。至此，周村三乐曲终人散，五班五魁又少了一魁。

欲知后事如何，且听下回分解。

第十四回

陈发囤窝徒三锦囊　刘丫头旦丑两头红

九叔讲古：

乳名发囤，大号凤岐。
身顶两姓，亦陈亦李。
家境贫寒，天资聪颖。
带徒传艺，高足如云。
丫头本是，男儿之身。
少演旦角，妙口灵心。
年华渐老，改饰丑角。
风采依然，两头称红。

上回书说到，大阳镇李家庄喜凤班，花重金挖了东四义鸣凤班的台柱子刘丫头和宋苟明。鸣凤班因此无法出戏，老东家赵引娣求助于陈发囤。陈发囤临危受命，领着自家窝徒班的一众弟子进驻鸣凤班救驾。女东家赵引娣与陈发囤掌班英雄所见略同，一致决定鸣凤班排演西岐戏以渡过难关。

西岐戏又叫封神戏，是指由《封神演义》改编而来的一类剧目。《岐山脚》取材于《封神演义》第四十六至四十九回：殷太师闻仲兵伐西岐不胜，峨眉山谎诱师弟赵公明下山助阵。姜子牙用陆压之计，祭死了赵公明；《二冀州》据《封神演义》第五十七回敷演而来：闻太师战死，邓九公归顺周室。纣王派苏妲己之父苏护兵伐西岐。苏护早欲归顺周室，其子苏全忠反进宫中。纣王力败苏全忠，责命苏护父子出征；《黄河阵》取材于《封神演义》第四十九至五十一回：赵公明已死，申公豹到碧霞宫请赵公明三个妹妹云霄、碧霄、琼霄，下界为兄报仇。三姐妹带着摄魂铃、混元斗、金蛟剪三件法宝下界，摆出“黄河阵”与众仙斗法，大败群仙。元始天尊、准提佛、接引佛三佛到来，劝三姐妹收阵回宫。三人不从，最终落了个法宝被收、人身受损的下场。

鸣凤班日夜加紧排演西岐戏：《岐山脚》《黄河阵》《二冀州》。陈发囤掌班打一众窝徒班弟子中甄选人头，分配角色：申银洞饰演申公豹，赵玉水饰演赵公明，李子清、宋小松、陈宿太分饰云霄、碧霄、琼霄三姐妹，徐执忠饰演闻太师，阎交易饰演苏护，王小福饰演苏全忠，原东河饰演燃灯道人，窦来富饰演黄飞虎，凡戏中主要人物，陈发囤掌班都挑选了精锐力量饰演，即使群仙这类配角，在人选安排上也都毫不含糊。陈发囤掌班饰演姜子牙督师坐镇，不出半月，鸣凤班的西岐戏就排演得有模有样，可以登台打擂了。

钟家庄山门村过会，鸣凤班压低戏价主动要求驻会，端意要和喜凤班打对台。喜凤班见状不敢怠慢，严阵以待，由刘丫头、宋苟明二位挂帅，演的还是鸣凤班的老本子《彩仙桥》《夺帅印》《对松关》等连台本戏。戏演得自然精彩纷呈，一开始两家台下都是人头攒动，观者如堵，可等到鸣凤班那边的西岐戏一开锣，喜凤班台底的观众们就像被吸铁石吸着一般，纷纷跑过鸣凤班那边厢去看。《二冀州》装台华丽别致、“点炮杀宫”一折中的吵台，锣、鼓、铙、钹铿锵激越，尤其火爆热烈；《岐山脚》里，赵公明化为巨齿獠牙时，扮演者赵玉水施展耍牙绝技，口衔四枚猪牙，吞进吐出，“咯吧吧”作响，就这还能把唱词道白念得一清二楚；《黄河阵》中三姐妹摆下奇阵与诸仙斗法，法宝、法术变幻无穷；鸣凤班的西岐戏演到这些精彩场面时，喜凤班的台底下越发变得门可罗雀，观众几乎一个不剩，都跑到鸣凤班那边厢去看了。山门村的对台戏，鸣凤班把喜凤班打了个落花流水，溃不成军。

鸣凤班好把式众多，戏演得精彩自不必说。不过能把喜凤班台底观众卷得一干二净，还要归功于已极少在台上搬演的西岐戏。西岐戏以表现神仙鬼怪、道行法术为主；以戏服排场，舞台华丽见长；戏里的仙衣、道袍、头盔，道具纷繁复杂：譬如元始天尊坐洞一场，要同时召来十二位弟子，道袍仙衣全是盘金刺绣，满台灿烂、花团锦簇；纣王观灯一场更是豪华富丽，耀眼夺目：红、黄、紫、白、绿五色大小幔，大幔绣龙凤牡丹，小幔绣盘龙花草，斧钺金瓜朝天蹬，幡幢伞盖舞流苏。这些行头道具，一般的小班社根本置办不起。大的班社虽有力量置办，却因表现神仙道行、鬼怪法术的西岐戏，戏路狭窄，台口较少，而多不愿意置办，故而观众们能看到西岐戏的机会也就少之又少了。鸣凤班排演西岐戏本是挽狂澜之既倒，扶大厦之将倾，铤而走险的这么一着险棋，可鸣凤班就是凭着这着险棋出奇制胜，成功赢得了观众，斗败了喜凤班，从而挽回了戏班声望。

对台戏败北的喜凤班，名声一落千丈。刘丫头、宋苟明也重新返回了鸣凤班。喜凤班自此写不到台口出不了戏，从此一蹶不振。班员们都吃住在了孟喜成掌柜家，不少班员怕拿不到工钱而偷携行头离班，债主们见状也纷纷前来催债，逼得孟喜成东家典房卖地，变卖完头口、箱份、家什仍不够还债。孟喜成最终因行戏落得个一无所有，不得已入了煤窑行，俩儿子在窑底拉驮，他自己在井口绞把，气恼成病，一年上下光景便含恨离世，终年四十六岁。陈发囤掌班领着刘丫头、宋苟明，于孟喜成坟前烧纸、洒酒祭奠，发囤掌班喃喃言语道："好好安息吧老伙计。行戏苦，行戏累，到那边可再不要受苦受累行戏了！"

要说行戏的艰辛苦累，陈发囤掌班可谓是最解其味之人了。陈发囤生于光绪十三年（一八八七），乳名发囤，官名凤岐，原籍本是李寨乡正圪脑村，其父于光绪三年（一八七七）迁移到了西尧村。陈家家境贫寒，家中弟兄们自幼便纷纷离家出外谋生。六兄弟中陈发囤排行老二，他忙时替人打短工，闲时到东沟镇七干村趸下砂锅，担子挑了四里八乡售卖。五弟陈小五自幼学戏，祖师爷赏饭，自身也肯下苦功，十七八岁就唱成了红人，有“活周瑜”“活赵云”之称。小小年纪的他就带起了徒弟，投在他名下学艺的先后有：段富昌、刘长启、史保童、李盛州、庞金珠、海州、庞小明等。五弟见二哥打短工、卖砂锅，餐风沐雨、漂流无定，便引荐他入了戏班。班主看陈发囤已有一把年纪，本不想收留他，但碍于其弟陈小五的面子，也不好回绝，于是勉强答应先留下试试看再说。

打短工、卖砂锅之余的陈发囤喜欢看书，《东周列国演义》《封神演义》《三国演义》《西游记》《红楼梦》《西厢记》《聊斋志异》《今古奇观》等，他都看过多遍。投身梨园行的他，觉得戏班里搬演的诸多戏曲台本，读来都有似曾相识之感。很快，聪慧的他就把这些戏词倒背如流了。天资聪颖外加潜心学习，没过多久，陈发囤就能粉墨登场了。只是班主觉得他一个卖砂锅的出身，怕名声不好听，跌了戏班的身价，故而迟迟不肯让其登台演出。陈发囤脾气倔强，性情自负，不肯低声下气求人，每日忙完分内之事，便坐在后台看书看戏本。

这一日，戏班里的牛柏旦师傅侯台准备“坐头场”，连声唤陈发囤替自己取纱帽过来侍候，见看书看得入神的陈发囤不理睬自己，便指着陈的鼻子，颐指气使地骂将起来。回过神来的陈发囤听了责骂，回敬了一句：“把式不大，架子不小。”这可把牛柏旦师傅给气坏了，他恼恨地讥讽陈发囤道：“你个卖砂锅的架子也不小！”说着把自己身上的戏服脱了给陈发囤披上，一把将他推到了台上。

只见那陈发囤，不慌不忙，踱着方步摇在了台中央，诗白引对念过一通，【霸王鞭】一开唱，立马震惊全场，台下鸦雀无声静观其演，台上的不少演员也依在丫门口，聚精会神地看这个“卖砂锅的”在台上作艺。陈发囤丹田有力，发声刚柔并济，行腔圆润优美，把台上台下所有人等看得如痴如醉，大家心底纳罕不止：“这样的好把式，怎么就从来没见登过场？这不是浪费好把式呢嘛！”

一次坐头场，使得“卖砂锅的”崭露头角，脱颖而出，陈发囤借此一鸣惊人，局面大开，此后戏班缺啥角儿他补啥角儿，台口少了谁他替谁。由小角色到大角色，从三花脸到须生，陈发囤几乎唱遍了戏中的所有行当。旧时艺人识字无多，学戏多凭口传心授，陈发囤读书明理，理解能力强。他经常给班员们讲解剧情，分析人物性格，渐渐也就成了许多人的业余师傅。牛柏旦无心插柳，却歪打正着做了陈发囤的伯乐，二人因此而成了无话不谈的好兄弟。戏班里的人都戏称他俩是一对“架子大兄弟”。

天有不测风云，人有旦夕祸福。五弟陈小五身染肺痨，不幸病故。临终之际将自己名下的一帮徒弟托付于二哥陈发囤。一夜之间，师兄弟成了师徒父子，陈发囤立马感到了肩上担子的沉重。他强忍悲痛带徒传艺，一丝不苟揣摩演戏，上党二簧《打金枝》里的唐王、《取荥阳》里的纪信、《天水关》里的孔明，梆子戏《寄女杀家》里的冯亮、《翠屏山》里的杨雄，这些被视为梨园重头戏的一系列须生角色，他越演越好，终至出神入化。赵群孩在上党梨园素有“戏王”之称，一般人轻易不敢和他演对手戏。一次高平官府拉官戏，点名让陈发囤演《打金枝》里的唐王，让赵群孩演郭子仪。陈发囤镇定登台，从容应对，开场“说为王撩袍端带登龙位”一句高腔，便得了个满堂彩！高手过招，两强同台，一场对手戏演得精彩绝伦。从此陈发囤的名声不胫而走，名须生的称号在上党梨园传扬了开去。

李寨乡黄河村的茹春阳，在戏班家伙席上打梆子，他看陈发囤正直忠厚，踏实能干，是个靠得住的，堪做乘龙快婿，就想把自己漂亮的宝贝女儿嫁予他为妻。一次邀请陈发囤家中做客，有意让两个年轻人互相见见面。二人一见钟情，很快喜结连理。隔年生下个乖巧伶俐的千金，给家中带来了无穷的欢乐。

将近而立之年的陈发囤携妻将女移居周村镇李堨村，给姨父李岐岐做了干儿。李岐岐在戏班唱大花脸，生性豪爽仗义，家中颇有些房屋田地，只是年过半百仍膝下无子，为此妻子深感愧对于他。她几次三番登门，终于说动了姐夫姐姐，将打小就和她夫妻俩颇有缘法的陈发囤过继为了干儿。陈发囤亦无须改姓，以后生下男丁，袭了李姓就是。

为避李岐岐名讳，从此不再用凤岐之名，乳名发囤遂作了官名。李岐岐有了干儿心中欢喜，将偌大一份家私全交于干儿打理。陈发囤看家里房屋院落宽展，百十亩田地亦颇有些收成，遂萌生了开设窝徒班行戏的想法。和干爹李岐岐商量，不想正中他老人家下怀。李岐岐早就想开班行戏，奈何自己名声不够响亮，谋划过几次皆未成事。今见干儿陈发囤有此想法，心中大喜，极力支持。来年开班时节，陈发囤召集一众徒弟来在李堨村，从此开始了边教戏边行戏的掌班生涯。

周村镇上的郭家，累世书香门第，数代仕宦恩荣，是沁河沿岸有名的大户望族。光绪末年，凭借家族势力行煤窑开烟馆，大发其财的郭家老七郭象震，打西阎庄陈学仁手上，盘下了望城头郭锁锁复聚班的豪华戏箱行头，属意要开班行戏。郭象震取家族祠堂楹联里“振三堂一门四户，沂水官三子十孙”之意，为戏班起名为“三乐班”，花重金聘请以擅演上党皮簧而蜚声太行的名须生陈发囤，前来出任三乐班掌班。

郭家老七郭象震一派大家公子气度，三乐班掌班陈发囤满腔梨园情怀。郭东家知人善任，放权给陈掌班，任他大展身手；陈发囤领班有方，潜心打理戏班事务以报东家的知遇之恩。三乐班箱份行头豪华，演员阵容强大，一年到头台口不断。

陈发囤任三乐班掌班上下十余年，鲜少为人手发愁。有自家窝徒班里的学徒垫底，不惧任何人拆台、拿搪、卡脖子。要说在上党梨园行，开设窝徒班的也大有人在，可能把窝徒班开得如此这般风生水起的，陈发囤可谓是上党第一人。归结陈发囤窝徒班大获成功的原因，三条锦囊妙计功不可没。

第一条，待徒如子，夫唱妇随。陈发囤仗着家中房屋院落宽展，百十亩田地颇有些收成，故而从不在徒弟身上谋取私利，对于入班学戏的学徒，不但不收学费，而且食宿全免。别的窝徒班，入班时要先立下字据：“从师习艺期间，严守班规师训，若有违犯，打死勿论；倘被马踩车轧，不许家属过问；投河觅井、天灾人祸、自寻短见，概与师父无关……”陈发囤的窝徒班从不立此类字据，他视徒如子，为给徒弟们疗治平常的头疼脑热，他甚至勤习医书，学成了大半个郎中。陈发囤妻子脸活心热人缘好，负责打理戏班的后勤伙食，李墕人都唤她“黄河嫂”，夫妇二人夫唱妇随，在上党梨园被传为佳话；第二条，舞台实践，趁热打铁。窝徒班里的学徒，但凡学会三五段唱，陈发囤就会酌情而定，分配角色让他们登台演出，经见阵仗、历练胆气，有了舞台实习经验，学徒们进步神速；第三条，脚头起教戏。赶台口时，陈发囤都和徒弟们同吃同住，每次晚场演完之后，睡觉之前，他都要针对当天的演出做总结：“哪里演得不到，哪里演得过了。”这已形成了固定的点评规程，徒弟们把这叫作脚头起教戏。师父耳提面命，徒弟受益良多。凭着这三条锦囊妙计，陈发囤窝徒班在上党梨园界奠定了威武之师的鼎鼎大名。

再来说说那刘丫头，喜凤班倒台后，刘丫头又返回了鸣凤班。老东家赵引娣不计前嫌，新掌班陈发囤宽厚待人，鸣凤班仍旧重用他刘丫头。心怀感激的刘丫头自此再不敢生二心，死心塌地待在鸣凤班将功赎罪，打也打不走了。

刘丫头是凤台城关人，因家境贫寒，幼年的刘丫头就早早地搋起篮子，拾焦炭换钱补贴家用。西巷黄华街本是凤台南门外，平民人家依城聚居而形成的一条西南东北向街道，也是北府通往中原之路上的必经驿站。西巷黄华街历来商贸繁荣，一条悠长的老街里，商铺多旅店多饭馆多。饭馆后厨炒菜的灶火多会用到焦炭，因为焦炭发热高，煤烟少，燃烧时间还长。刘丫头时常会篮子搋了焦炭到黄华街上的饭馆里兜售。虽然干的是脏活儿，整日和焦炭打交道，尽管家里贫穷，衣服裤子都是补丁摞补丁，可小刘丫头浑身上下始终都是干干净净，清爽利索。刘丫头勤谨吃苦，嘴巴又甜，遇人打招呼也有礼貌，黄华街里的许多人，都对这个乖巧懂事的孩子印象深刻。有一天，少年刘丫头引起了“皮坊老二”张登瀛的注意。

张登瀛是马骏的舅舅，原籍河南孟县桑坡，迁来山西凤台后，在西巷黄华街里开了间皮坊店，人送外号“皮坊老二”。北尹寨公顺班东家祁四爷祖上几代营商，家资富饶。祁家尹寨河畔的十几个大院户户相通、院院相连。祁四爷娶高平河西牛庄的姬家女儿，过门时娘家陪送了一架戏箱，财大气粗又好附庸风雅的祁四爷，索性花钱采办了上等行头，定制了豪华衣箱，大张旗鼓行起了公顺戏班，当地人叫它祁宅戏。祁四爷死后，北尹寨仗洋人势力横行乡里的耶稣教头目祁小七，看祁家一院寡妇，门头软弱，便霸占了公顺戏班。祁四爷的小老婆毕四奶奶与马骏母亲认了干姊妹，将公顺戏班转让给了马骏他舅——“皮坊老二”张登瀛。祁小七斗不过皮坊老二，最终交出了戏班。四奶奶虽出了口恶气，可公顺班却归了别家。公顺班的新东家张登瀛，其时正在为自家的戏班物色新学徒，他一眼就相中了模样俊秀且干净利落的刘丫头。张东家问刘丫头愿不愿学唱戏，刘丫头当然求之不得。张东家收了刘丫头这个徒弟，带回公顺戏班让名师好生调教。教戏的非师父，师父却不会演戏。这就是刘丫头离奇的师承关系。

刘丫头虽然没上过几天学堂，但他悟性极高，一点即通；模仿力强、记性又好，所有唱腔唱段，师父教过一遍，他就一字不差牢记在心；所有动作身段，师父示范一遍，他便一招一式熟练掌握了。刘丫头模样俊秀、眉目传神、瓜子脸盘、瘦削身材，外形上就适合演旦角；嗓子尖细、语音圆润，和旦角的声线也完全吻合。公顺班东家张登瀛认为刘丫头是天赐的旦角好苗子，特意让戏班里的旦角名师给刘丫头授艺。师父教得用心，徒弟学得认真，时间不长，刘丫头就粉墨登台了：昆曲《长生殿》里的杨玉环，他演得雍容娇贵、国色天香；梆子戏《杀狗》中的焦氏，他演得奸俏刁钻、刻薄寡情；《坐山吵窑》中的皮秀英，他演得青春活泼、深明大义；《酒楼洞房》中的丫鬟瑞芝，他演得聪慧灵秀、幽默风趣；无论是花旦小旦刀马旦，刘丫头都演得形神皆备，有声有色。几年下来，刘丫头唱红了。青年刘丫头成了上党梨园界声名最为显赫的旦角名伶。

戏虽唱得风生水起，却仍难改变家贫的困境。二十三岁那年，刘丫头不得已入赘于李寨村，与常体根家的女儿常小白结成了夫妻，改名换姓为常松山。一年后生下了儿子常富德。儿子只知道父亲叫常松山，不知其父还有个刘丫头的艺名，长大后进城看了鸣凤班大戏的常富德，回村夸耀说："那个唱旦角的刘丫头长得真是美丽！"却被李寨村人传为了笑谈。招赘改了名姓的男儿大抵都有矮人三分的心结，梨园行里风生水起的常松山仍旧在用着刘丫头的本名。直到一九三四年，上党宫调赴省城太原公演，因嫌粗陋，刘丫头之名才被改作了刘雅斗。

"秋泉、李寨、望城头，不是唱戏就赶牲口。"戏窝子里的李寨村，历来就戏班子众多：清乾隆年间的麟凤班、道光年间的长庆班，都是当地颇有名气的戏班子。到在民国年间，李寨村演戏之风尤烈，村东头、村西头和村后街，分别有公义会、梆子戏、秧歌班等不同的演出班社。每年冬季搁班回到李寨村的刘丫头，都会被村里的班社争相邀请前去指导。刘丫头不辞辛苦，热心授艺，他为李寨东头班排演了《包公断》连五本；为西头与后街的合班排演了《访永宁》《鸳鸯配》《飞虎剑》《下西洋》等剧目，李寨村的戏曲班社经此一来声名大振，刘丫头的言传身教功不可没。

梨园行里，演旦角可谓是吃青春饭，这在刀马旦是如此，在小旦和花旦更是如此。随着年纪的增长，一个大男人家，再去扭扭捏捏地扮丫鬟，娇娇滴滴地演小姐，到底就显得有些别扭了。再则人到中年，难免身段发福，脸上也添了褶子，勒紧钗裙更显得腰粗肚大，涂脂抹粉越显得沟壑纵横。和年轻人比较起来，已毫无美感可言。年过不惑的刘丫头，虽身材依然保持得很好，皮肤也没有太大变化；多年坚持练功，唱念做打也都显得轻松自然。可尽管如此，这把年纪的刘丫头，内心深处还是隐隐感到了不安。刘丫头性格细致，做事认真，唱戏更是追求完美，他已从一些同龄人的身上，看到了表演时的老态，虽然他知道自己目前还不太明显，但再过几年呢？人终究是会老的，戏班又是个不养老的地方。该是早做打算的时候了。

梨园行里，年华渐老的旦角演员通常会改行演丑角。旦、丑两角同台演对手戏的机会多，彼此之间的唱词道白都相互熟稔，改演起来也就相对会得心应手。年过不惑的刘丫头也渐渐尝试起了改演：《坐山吵窑》中他由女儿皮秀英改演起了父亲皮虎，《剜蔓菁》中他由小姐改演起了书生，《混冤案》中他由牛桂英改演起了蔡知县，《王相卖父》中他改演王相，《杀舟洞房》中他改演宋香保。

旦角改演丑角，这在别的演员那里本是稀松平常的事，可在刘丫头这里却出现了戏剧性的一幕：刘丫头的丑角演得出神入化，比那些专业的丑角演员演得还要出彩、耐看。戏迷们看过了刘丫头的丑角戏，大呼过瘾的同时，胃口也变得刁钻起来：上场戏看他的丑角，下场戏必要点名看他的旦角。旦角丑角掺杂演出，对比观看，似乎成了许多台口写丫头戏特别要注明的要求。

刘丫头心灵嘴巧，心灵是说他对舞台演戏有着一种与生俱来的精准感悟；嘴巧是说他口才好，能把自身对舞台表演的精准感悟，明白无误地讲解给别人听。凤台城上元巷里的文元寺票社，聘请的首任教戏师傅就是刘丫头。刘丫头为文元寺票社排演了《忠义节》《三龙殿》《赏花楼》《双龙剑》《东门会》《杀狗》等一批剧目，心灵嘴巧的刘丫头师傅，将自己对这些剧目独到而精准的理解，清楚明白地讲解传授给了票社的学员们，使得文元寺票社的首演就别开生面，获得了观众们的一致好评，为文元寺票社日后的走红，奠定了扎实而深厚的基础。

一九三四年，上党大戏在晋省政界要人，晋城籍名流马骏、贾景德、郭象升等人的策划安排下，赴省城太原公演。演出间隙，省禁毒委员会委员长马骏特邀刘丫头排演自己亲手编写的二簧《斩蒋干》一剧，赵群孩饰演曹操，刘丫头饰演蒋干。戏排演得很成功，丑角蒋干的表演大有喧宾夺主的气势，获得了大家的一致赞誉。此次赴并公演，刘丫头获得了“妙口灵心”的赞词缎匾，算是对他既善演旦角又善演丑角，旦角、丑角两头称红的舞台表演艺术，恰如其分的总结与评价了！

第十五回

张发元为浮名所累　申银洞得鸣凤真传

九叔讲古：

鼓板世家，享誉州底。

发元名重，掌班行戏。

内外失和，日久生隙。

诉讼争端，为名所累。

官名正泰，乳名银洞。

苦练硬功，师从发囤。

出身寒门，浪井村人。

梨园奇葩，大嘴小生。

戏班之中，掌鼓板者地位通常比较受尊崇，据说这是因为梨园始祖唐明皇当年曾掌过鼓板的缘故。撇开这点不说，戏台上，掌鼓板者就像排兵布阵的元帅、发号施令的将军，掌控着舞台的局面，把握着演戏的节奏，掌鼓板掌鼓板，一个掌字，便道尽了鼓板的重要性。作用重大，自然也就受尊崇喽！

上党梨园里，掌鼓板声名最为显赫者，恐怕要数张发元了。张发元生于清光绪十七年（一八九一），凤台北义城乡沟东村人。张家三代打鼓，他爷爷张松楼就是鼓板好手，他父亲张金钟十七岁时也以打鼓成名。到在张发元这代，越发更上层楼，不但鼓板掌得名满上党，还曾一度做起了戏班掌班。不过也正是这掌班的浮名，使张发元深受其累，甚至还为此搭上了性命。

张发元八岁那年，就在爷爷张松楼指导下练习起了打鼓。说是打鼓却不用鼓不使槌，爷爷依旧用他当年学徒时的老办法教孙子练习打鼓：一对铁鼓剑，在深插地里的一根火箸疙瘩上轮番敲打，嘀嘀嗒嗒、嘀嘀嗒嗒、嘀嘀嗒嗒……一打就是一年，除过吃饭睡觉上茅房，一天到晚尽是敲打。冬练三九，铁鼓剑冰的几乎要把手冻住，夏练三伏，汗水把火箸都湿透了。一年以后上手打鼓，小发元打得已是密不透风，鼓声雷动了。爷爷看了高兴，把跟随自己多年的一对枣木鼓槌送给了宝贝孙子，自此每日亲身示范，将那上党大戏中的【大十番】【小十番】【十样锦】【长皮】【节节高】【戏牡丹】【得胜令】等整套大部的曲牌，尽数传授给了宝贝孙子张发元。

父亲张金钟对爱子更是寄予厚望，早早将小发元领入戏班，带在自己身边经见阵仗。他有意让爱子出头露脸，有机会便让小发元打老鼓长皮、打吵台；得便就让小发元为一众大腕好把式们伴奏。血管中流淌的基因再加上勤奋刻苦的练习，几年后，张发元的鼓板就打得韵味十足，独树一帜了。

二十出头的张发元，受邀入驻了大名鼎鼎的鸣凤班。鸣凤班里大腕云集，名角儿如林，个顶个都是好把式。好把式们都有各自的唱词道白韵味，都有各自行腔道韵的节奏，张发元用心揣摩每个好把式的韵味与节奏，给他们伴奏时，鼓板掌得如影随形，把式们唱得丝丝入扣，观众们看得大呼过瘾，大把式们因此都愿意和他同台配戏。年纪轻轻的张发元就成了上党梨园里声名显赫的鼓板师。

东四义鸣凤班、周村三乐班、尹寨公顺班、东宅三乐意……上党梨园里的这些名班社，张发元先后都曾掌过鼓板。他秉承戏比天大之祖训，对技艺精益求精，视观众为衣食父母，每场演出都严阵以待，无论把式大小都一视同仁，认真伴奏。相比较而言，他对大把式们的要求似乎还要更为严苛些。张发元在东宅三乐意掌鼓板的时候，一次掌班赵群孩演《雁门关》里的杨八郎，因安排戏班的其他事务误了场，张发元只好领着家伙席打了一大通老鼓长皮做垫场，急于看群孩戏的戏迷们不知内情，台下一度响起了倒彩声。大幕拉启，赵群孩扮演的杨八郎终于登台亮相，台下观众一片欢呼。杨八郎起霸、道白、自报家门罢，正欲开腔演唱，此时的鼓板家伙声却戛然而止，掌班赵群孩被生生地晾在了台上，台上台下顿时变得鸦雀无声。观众们先是一愣，渐渐地才弄明白：鼓板师张发元是在用这种特殊的方式惩罚此类怠慢观众的行为。赵群孩掌班情知有错，他肃立戏台中央，对着观众席深鞠一躬，又转身向着家伙席拱手施礼。台下观众起了掌声，张发元这才打鼓开板，一时间锣镲震天，唢呐笛子高鸣，杨八郎有板有眼地开腔献艺了。赵群孩掌班知错就改，张发元鼓板有错必纠的美名，也随着戏迷的口碑传扬开去。

作为掌控演戏节奏的鼓板师，有错必纠是张发元不得已的偶然之举，不和演员抢风头却是张发元的一贯风格。他经常和家伙席上的人说："演员们演戏时，咱这捉家伙的要给他们加把劲，若逢上他们在台上出了纰漏，咱们还得替他们搂搂坡，想办法找补找补。"一切围绕演戏，一切着眼演戏，是张发元的座右铭。伴奏伴得出色，吵台吵得精彩，张发元成了众多戏班都想要的香饽饽。

晋普山脚下，大箕乡南庄村有户人家，父亲孔广聚，儿子孔小车、孔小福。父子三人赶着四头骡子，给望城头郭圭圭的四义戏班接送戏箱行头。郭圭圭的四义班是师父安五炉转给他的，一九三〇年久旱无雨，戏班没台口坐吃山空，不得已散了班，散班时还欠着孔家父子一大笔拉脚费无钱支付，遂以戏班的箱份行头抵了债。四义班的箱份行头大多已经破旧，孔家父子有心出手却奈何无有买主，只好重举四义班旗号，由大儿子孔小车领了戏班出外演戏。一年多的光景，南庄四义班未有任何起色。孔广聚的内侄李银锁是北义城人，在戏班里演二净，和鼓板张发元交情深厚。孔广聚托内侄李银锁请张发元来做南庄四义班的掌班，让李银锁作为代理东家跟班，监管戏班收支事务。李银锁倒也干得尽职尽责，只可惜他本儿太差，整日跟着戏班赶台口，风餐露宿加之操心受累，没干够一年便一命呜呼了。

孔广聚一时也物色不到新代理东家的合适人选，加之张发元在孔广聚面前也说了有没有代理东家，他都会认真行戏的话，孔广聚也就不做他想，把财务收支大权放给了张发元。张发元在账目上倒无二心，每个台口的收入与支出，他都会派账房先生马老虎专程去给孔东家交代得清清楚楚，张发元不图财，张发元图的是名。有去外地赶会的把兄弟回来对孔广聚说："人家张发元，把你的'南庄四义班'改成人家的'沟东四义班了'"。原来张发元背地里给戏班做了两套条幅，一套是"南庄四义班"，一套是"沟东四义班"。在南庄附近的村落演戏时挂"南庄四义班"，到远处的村庄演戏时则挂"沟东四义班"。远处台口比近处的多，沟东四义班露脸的机会倒比南庄四义班还要多。将信将疑的孔东家，在账房先生马老虎回来交账的时候，旁交侧击地问他两套条幅的事情，马老虎支支吾吾不肯正面作答的态度，让孔东家很是不满，他将马老虎狠狠地奚落了一顿，马老虎因此怀恨在心。

六月六兴龙山庙会，孔广聚东家让小儿子孔小福去赶会，顺便核实核实两套条幅的事情到底是真是假。戏台之下，小东家不但亲眼见到了沟东四义班的条幅，还受到了账房先生马老虎的冷遇，连口水都没让他喝。办事归来的张发元掌班虽然觉得马老虎先生事情做得有点过分，可他自己心里有鬼，也不好意思赶回去和孔东家解释。听了探查归来儿子的汇报，孔东家大发雷霆，发誓不会再给戏班投一文钱！接下来的两三年，心怀愧疚的张发元掌班将戏班收入都如实上缴给了孔广聚东家。可当戏班服装行头破旧，他向东家请求添置时，却遭到了孔广聚东家的严辞拒绝。不得已张发元只好自掏腰包，将四义班的行头置换一新。自此以后，他再没让账房先生马老虎去南庄村给孔广聚东家交过账。广聚东家和发元掌班因此结下了梁子，他总想着逮住机会要给张发元一点颜色看看。

这一年，张发元领着四义班演完司匠村的庙会戏，赶铁南村的台口，路过南庄村沟口时，被早已得知了消息的孔广聚埋伏下的一干人拦住了去路，将四义班的戏箱行头强行拉回了孔广聚家，就连账房先生马老虎本人的铺盖卷都给一并扣下了。张发元到县上告状，未承想孔广聚早已做了打点，他把抢回来的一部分戏箱行头捐给了新起的文元寺票社，让票社的头头——绅士丁僧惠、马骥选给他衙门里说话走后门。张发元的官司以失败而告终，不但没能要回戏箱行头，反被判为要补交给孔广聚三年以来的戏班收入。

一场官司打得张发元倾家荡产。戏里班员怕要不上报酬，纷纷吃住在了张发元家赖着要账不走。张发元是撵也撵不得，躲也躲不得，孩子吓得哇哇哭，老婆逢人说好话，家里乱成了一锅粥。张发元喊天天不应，叫地地不灵，真是连死的心思都有。还是马老虎先生鬼窍多，他悄悄将张发元拉到角落，如此这般地附耳低言一番。当天晚上张发元就不见了。次日清晨，有人在坛岭头泊池边发现了张发元的鞋子帽子、烟袋烟盒。马老虎咋咋呼呼地叫来张发元的几位亲朋好友，杆子绑了耙子在泊池边虚张声势地打捞尸首。张发元家围门搭户要账的一干人怕担罪名，脚底抹油般都偷偷溜走了。

张发元远走高飞到了潞安。自此绝了掌班之念，隐姓埋名辗转在各个戏班间安心打鼓。南庄孔广聚对张发元跳泊池自尽的事也深信不疑，唏嘘感叹之际却如释重负，想到再不会有人来纠缠戏箱行头之事，干脆一不做二不休，将剩余的那一半戏箱行头，转让给了几次登门相看过的靳氏三兄弟的马驹戏。

纸里包不住火，袋中藏不得锥。张发元精湛的打鼓技艺，很快又引起了戏迷们的关注。潞安的许多戏班不惜重金，争相聘请张发元驻班打鼓。有了积蓄的张发元渐渐还完了饥荒，可算结束了隐姓埋名的逃亡生涯。

马驹戏在姑山赶台口，孔广聚亲赴姑山和靳氏三兄弟收讨戏箱行头钱。得知了消息的张发元，带着几个心腹弟子找到马驹戏班，要靳氏三兄弟交出孔广聚。久在梨园行里的靳氏三兄弟知道张孔二人当年的过节儿，情知张发元这回来者不善善者不来。大哥靳白驴二哥靳马驹和气势汹汹的寻事众人周旋，三弟靳三驹悄悄跑到鲁村，请来几位带枪公安震慑寻衅闹事者。趁着公安盘问情委缘由，靳马驹背地里着人将孔广聚化装成前来看戏的长官，头戴礼帽手拄文明杖，在张发元眼皮子底下大摇大摆地走了。事后得知原委的张发元气恨交加，气的是中了人家孔广聚的金蝉脱壳之计，恨的是自己张发元实在是有眼无珠。其时张发元驻高平河西小山戏掌鼓板，正在赶沁水风洞岭的台口，气恨交加的他返班打吵台时猝死台上，一代名鼓板师就此抱恨而终。

张发元家是几代家传打鼓，算得上是梨园世家了，张发元投身梨园似乎也是情理之中的事。申银洞家却并非如此，申银洞是浪井村人，其父申瑞发是个铁匠，人品忠厚，手艺一般，打出的铁货销路不佳，一爿铁铺镇日叮叮咣咣，也就勉强够顾一家人的吃喝。申瑞发期盼有朝一日能发家致富，给三个儿子起名金洞、银洞、玉洞。盼了多年，瑞发依然未发，金银玉也未见出洞。申家日子过得仍是紧紧巴巴，同龄的孩子们都上了学堂，可怜的申银洞却只能守在自家的铁匠铺里拉风箱，尽管每天累得满头大汗，也只能靠玉茭面糊糊和豆皮疙瘩填肚子。长期粗茶淡饭，吃得小银洞面有菜色，体格显得比同龄的孩子瘦弱许多。

邻居白家的儿子白保洞，在陈发囤掌班引领的周村三乐班里唱小生。冬季搁班回家的他，看小银洞可怜，就想拉拽他一把。在征得申瑞发同意后，开班时将申银洞领进了陈发囤的窝徒班里学唱戏。离家时，贫寒的申家连床被子都拿不出，勉强抽出条破褥子，就打发小银洞上路了。想着儿子这回终于能吃上饱饭了，申瑞发夫妻稍感欣慰，没承想这年村里人上晋普山迎神赛社时，浪井村社首拒不给申家发迎神赛社的“香花”。原因是申银洞做了戏子，生不得赛社迎神，死不得入葬祖坟，申家门第也因此低人一等，此种待遇令申瑞发大为不满却又无可奈何。“唉，人穷志短，谁让咱家寒，儿子入错了行呢！”

陈发囤掌班看申银洞脸短嘴阔，扮相不大好看，本不想收他为徒，但听白保洞说了申家的境况，也不忍心再把小银洞退回家去，于是让他到家伙席里学上场音乐。大锣小锣大钹小镲他不久就都学会了，可性格倔强的申银洞还是再三和师父要求，说自己要唱戏。为此师父还严厉训斥过他，可他还是不改初衷，给师兄弟们洗衣服让替他向师父求情，师兄弟们也喜欢他这份勤快，于是联名替申银洞求情，师父这才答应让他试试看。

苦出身的申银洞分外珍惜这来之不易的机会，他每天起得最早睡得最晚，拳不离手曲不离口，刻苦练功，从不贪玩。早上，师兄弟们还在熟睡，村外花椒沟就响起了申银洞“哦—呜—噫、嗨—嗨—啊”的练功声。花椒沟深远偏僻，荒草繁茂，却被每天到此刻苦练功的申银洞，踩出了一大爿寸草不生的溜光场子。勤快、认真、执着、刻苦，申银洞身上的诸多优点触动了师兄弟，也打动了师父。师兄弟们都愿意帮着他练功，师父也一有机会就给他开小灶。师父是唱做皆优的好把式，尤其以簧戏出名。《打金枝》里的唐皇、《五丈原》中的孔明、《挂龙灯》里的赵匡胤、《九龙峪》中的杨四郎，申银洞得了师父的口传心授，演得唱得都深具其师韵味。勤能补拙是良训，功夫不负有心人，刻苦练功坚持不懈的申银洞创造了神话，脸短不宜扮红生，他便出色地演起了须生。嘴大不宜唱小生，他却唱成了有名的“大嘴小生”。

喜凤班重金挖走了鸣凤班的生角和旦角台柱子，鸣凤班因此出不了戏。陈发囤领着自己的窝徒班驻班救阵，他为鸣凤班排演了西岐戏，出奇制胜对败了喜凤班，被挖走的生角和旦角台柱子又重回了鸣凤班。陈发囤功成身退，申银洞谨遵师命，留在鸣凤班继续潜心升造。陈发囤名师对这个“大嘴小生”高徒是很寄予厚望的！

鸣凤班里的名角段发荣，有几出拿手好戏，那可都是在名家指点下的升华再造之作。每逢段发荣演这些拿手好戏时，申银洞总要在边上凝神观看，将段师傅的一招一式都牢牢刻在心中：《东门会》的陈文子，借刀杀人诱骗齐庄王探病时的一段唱："坐车辇走的阳关道，回宫来刮一阵鬼旋风……"鬼旋风一句的扬腔，委婉自如，起伏多变，极富韵味，开腔就会引来掌声；《夺官拿府》中的牛德安，奉旨捉拿打死国丈的秦英。秦英武艺高强，智取不得，强攻不敌，段发荣的一对眼睛滴溜溜乱转，把牛德安左右为难、煞费脑筋的内心活动表现得淋漓尽致；《寄女杀家》中的冯亮，受人欺凌反输了官司，亲人被杀、婆儿病危，国仇家恨如泰山压顶般袭来，段发荣把冯亮威武不屈、知仇必报的性格特征演绎得恰到好处，令人叫绝。看过段发荣师傅的精彩表演，申银洞悉心模仿，仔细揣摩，将段师傅的精彩之处，全部糅进了自己的舞台表演之中，勤奋好学的申银洞，在鸣凤班里，演戏技艺又有了长足进步。

有了名气的申银洞，仍然坚持练功。为使丹田有力，他甚至尝试将几十斤重的石锁石磨盘压在肚子上苦练硬功；有人说嗓子倒了忌吃白面，他就坚持了小两年只吃小米和玉米面。为了演戏，啥样的苦他都吃得了。努力就有回报，坚持不懈的苦练，使得申银洞功底过硬，演起戏来便显得气魄大。《别母》《乱箭》《打代州》为三折连台本戏，演完整本需得一上午的时间，而且此剧剧情复杂，冲突激烈，打戏又多，对鞭对刀对花枪，各种高难度动作应有尽有。大多的戏曲班社，都会安排两个甚至三个演员分饰周遇吉这个角色。唯有申银洞气魄大，敢于一人一演到底。气魄大的根本原因还是靠得功底硬啊！

一九三四年，上党梨园赴并公演，申银洞得了"鸣凤真传"的缎匾表彰，就是说他的表演，深得鸣凤班代表人物段发荣的精髓。这是对他表演艺术的中肯评价，也是对他多年坚持不懈苦练内功的积极肯定。想当年，因家贫而出了戏子的申家，曾被剥夺了领香花的权利，被摒在了迎神赛社的门外。多年后，申银洞唱成了名角，"浪井申银洞"的称号，使得家乡浪井村也跟着一道声名远扬，家乡百姓又都以他申银洞为荣了。

低下与扬名，卑微与显赫，历来就是梨园行里交错纠结，说不清道不明的一个怪圈，又有几人能看得透呢？

人间万事，大多如此！

第十六回

太行士子辉映并州　上党大戏魂萦梦中

九叔讲古：

太行雄浑，丹沁深流。
山萦水绕，钟灵毓秀。
民国年间，此地出人。
山右政坛，占尽风头。
君图培成，景德象升。
文武大员，施政龙城。
离乡日久，思土怀亲。
听家乡戏，聊慰思情。

一九三三年，农历八月的山西已是一派秋高气爽的景象。太原城的粮行里新粮耀目，菜市上瓜果飘香，沁州黄小米、应县黄莜麦、吉县红苹果、高平大黄梨……山西各地的粮果特产，都已在遍布省城大街小巷的货摊上纷纷亮相，供人采买选购。眼看就是中秋节，太原城的市民们都在忙着串亲戚，送十五，这些刚上市的新粮新果，便成了中秋节相互间的馈赠佳品。

老字号“双合成”店铺门前，这些天真个热闹，等着买月饼的队伍排起了长龙。每年一到这个时节，双合成的月饼就变得供不应求。也难怪，过中秋节谁家能离得了月饼？

离双合成不远的马公馆，门前来客常年络绎不绝，这些天更加车水马龙。颇有政声的马骏马君图先生品行中正且交游广泛，又从来不摆官架子，为宦多年，每到一界主政，皆以百姓福祉为念，自然口碑甚好，因而备受拥戴。时逢中秋，新粮下来之际，各处衙门、商帮、会馆，自会有应季的新粮新果送来马公馆孝敬。马公馆门前车水马龙之情状，正是马君图先生深孚众望之写照！

马骏，字君图，回族。祖籍宁夏，其父早年间因营商辗转而至山西，落户凤台东关开骆驼店。清光绪七年（一八八一）生于凤台的马骏，自幼聪颖，常听家里长辈讲明代回族将领、先祖马文升之英烈故事，年少时即立下报国之志，读书作文用功尤勤。十八岁中秀才，次年又考入山西大学西斋。毕业后赴英国牛津大学深造，学成归来留驻日本时，即与阎锡山、商震等人加入了同盟会，被孙中山派往山东发动革命。辛亥革命后，马骏由山东回山西，在阎锡山部下从政。一九一三年国民政府推行新政，改道管体制，阎锡山派马骏为河东道尹，驻守运城。彼时河东道政局不稳，反阎势力猖獗。马骏力推新政，建村闾政治，肃杀不少遗清势力，晋南政局趋稳。后奉调回并任民政厅长，将十余名无政绩县长悉数撤换，引晋省大哗。阎锡山改马骏为河东盐运使，降职以平民意。后又调任教育厅长，上任伊始即着手整顿，撤换不少平庸校长，阎锡山又改任马骏为实业厅长，名为平调，实为轻用。既得阎赏识，又遭阎防备，尽管如此，马骏仍不改其雷厉风行、行事笃实之秉性。

阎锡山将政府班子有意分权于东、西洋两派，东洋派以赵戴文为首，西洋派以马君图领头，两派对阎锡山本人虽毕恭毕敬，私底下却相互攻讦。苗培成掌权国民党山西党部，大力发展党员，文瀛湖边召开的誓师大会上，马骏被推举为大会主席。山西国民党部暗中指使太原大中学生游行示威，静坐省府门前请愿。阎锡山两次派人劝解无效，马骏出面学生才散去。赵戴文弦外有音地对阎锡山说："还是君图能干。"不久阎给马看一封匿名信："谨防内部人勾结外部人……"马骏看信怒不可遏，知道是赵戴文暗中做的手脚；蒋介石定都南京，向山西要一内政部人选。阎锡山起初拟由马骏出任，听赵戴文说"马骏为人大方"话中有话而迟疑，最终改派了别人。阎锡山分权正是为了制衡东、西两派，一直以来，马骏对此做法就颇有成见。一九三二年，阎锡山复任太原绥靖公署主任，委任马骏为禁毒委员会督办。马骏上任即敲山震虎，将辛亥革命元老黄国梁之侄黄大清，这个无人敢管的大毒枭开刀问斩，随即又把金守信、尹秃子、雷七则等毒贩子尽数查办。一时间，山西禁烟之风大兴，吸毒者纷纷下瘾悔改。可此时的阎锡山，表面厉令查禁烟毒，暗中却又专卖"官制戒烟饼"。马骏对阎挂羊头卖狗肉的做法深恶痛绝，遂挂印去职，赋闲休养去了。

八月十三这天，马公馆闭门谢客，马公馆的膳食房里愈加忙活起来。主人要招待两位特殊的贵客，食材自然比往日丰富许多：两腔口外羊、几只三黄鸡已收拾干净，肉钩上挂着备用，一大筐青壳蟹，刷子刷过几遍换水，个个使线绳缚了，就等着上笼蒸。厨子马二喜昨天写了菜单给马先生过目，四凉八热几道菜下，马先生提笔又加了道"羊杂汤"。马大厨想不明白："羊杂汤是什么好东西？边角碎料，肝肺下水！今天来的是啥人物？马先生为何要特意加道羊杂汤呢？"

马公馆会客的花厅窗明几净，檀烟缕缕，茶香袅袅。窗上镶嵌着充满异域情调的进口彩色玻璃，和厅内摆设的满堂紫檀家具，中西合璧、相得益彰。墙角靠窗一口满雕西洋花卉的角柜上，百代公司出品的黑胶唱片正在唱机上缓缓旋转，巨大喇叭花状的扬声器里传出京剧——讷绍先演唱的《空城计》：

诸葛亮　【西皮慢板】：

我本是卧龙岗散淡的人，

论阴阳如反掌保定乾坤。
先帝爷下南阳御驾三请，
联东吴灭曹威鼎足三分。
官封到武乡侯执掌帅印，
东西征南北剿博古通今。

相较于戏院看戏，现而今深居简出的马君图先生更多是在自家花厅的留声机旁听戏。唱针在黑胶唱盘上圈圈犁过，唱腔打铜色喇叭里悠扬流出，赋闲休养的马君图先生，每日最惬意之事，当属听着唱片看书写字喝茶赏画了！

看戏是马骏打小即养成的爱好。母亲爱看戏，每每身边都带着幼年的小马骏。十四五岁时候，舅舅家有了戏班，看戏就变得越发方便起来。三铡三乐三挨戏，本是北尹寨公顺班的拿手剧目，公顺班东家祁四爷死后，地头蛇祁小七欲霸占公顺戏班。祁四爷的小老婆毕四奶奶与凤台东关大户马家攀了亲，将公顺戏班让给了马骏的舅舅——“皮坊老二”张登瀛，挫败了祁小七，毕四奶奶出了口恶气，祁宅戏却变成了张宅戏，张宅戏是少年马骏看得最多的戏班。

墙角西洋雕花落地钟响起，淹没了留声机音色。当当打过十一下，留声机重新清亮，唱腔再现悠扬：

诸葛亮　【西皮二六】：
我正在城楼观山景，
耳听得城外乱纷纷。
旌旗招展空翻影，
却原来是司马发来的兵。
……

马公馆门前电铃响。开门来看，是郭象升先生到了。青衫礼帽，椭蛋镜片下一双细眼炯炯有神。老家人马泰要进去通报，被郭先生做手势拦下了。老家人知道郭先生是怕扰了马先生听戏，也清楚他二人是交情笃厚、无所避讳的老相知，于是笑笑点头退下，由着郭先生飘然踱进花厅。摇椅上躺着听戏的马君图先生浑然不觉，直到起身喝茶，才看见欠身坐在花厅门内交椅上，指头叩着扶手打拍，也一道沉醉于戏中的郭象升先生，忙起身抱拳施礼："哎呀呀，可阶兄何时就到了，怎么也不吭声，由着马骏怠慢先生？"郭象升亦抱拳回礼："《空城计》百听不厌，我还想借机过过瘾呢，安忍扰了君图兄雅兴？"二人相视哈哈大笑，马骏上前拉郭先生，于花厅正中太师椅上落座，连唤侍女快快去取封存于瓷罐里的晋祠难老泉水，他要亲手给郭先生沏他自己正在喝的上等碧螺春茶。

郭象升是山西泽州周村镇人，与马骏同乡又同年。自幼聪颖好学，举人父亲取"天可阶而升"之寓，为他起名象升，表字可阶。年稍长，即拜于沁水名士贾耕（贾景德之叔）门下习儒家之学。名师高徒，一时间在沁河沿岸传为美谈。首次乡试，因文章用典高深，考官不识而未能取中。心高气傲的郭象升遂以此断绝功名之念，立誓要兴学育人。数年间，他辗转多地设馆授徒。二十四岁任浑源学堂教习时，经举荐入山西大学堂中斋升造，其间各门学业皆为优等。三年后，郭象升考中己酉科拔贡，此后又考取了学部七品京官。因目睹北洋军阀的黑暗统治和官场腐败，郭象升深感失望，遂决然离京返并，重拾旧业，潜心躬耕于晋省教育界兴学育人。

浸泗学海书山多年的郭象升学富五车，胸藏锦绣。山西大学教学之余，其所著《文学研究法》一书，深为学界称许，赞誉其为"中国古文殿军"。阎锡山就职山西省长伊始，推行"六政三事"，成立天足会，特擢郭象升拟写《山西全省天足总会公告》，文中历数男子剪辫，女子放足之诸般益处，深启晋省大众民智。雄文有力，影响深远，山西省公署亦慕名请郭象升撰写《山西各县志书凡例》，晋省各地的县志纂修工作因受其指导而得以顺利进行。郭象升由此得阎锡山赏识，被委任为山西督军府参议、山西省参事会参事、山西党政学院蒙藏问题教授等要职，政府各类重要典章文诰多出其手。时人慕其大名，社会名流、豪绅巨富皆以能求得其墨宝为荣。不少政界闻人，譬如辛亥革命元勋黄兴、蔡锷以及燕京联军大将军吴禄贞逝后的墓文，也都由被时人誉为“三晋翘楚”的郭象升大才子撰写。

不一时，侍女捧一只精洁白瓷罐入得花厅中。马骏将白瓷罐盖打开，让郭先生看罐中之水，晶莹透亮，纯明干净。原来马君图先生每旬派人去晋祠取难老泉之水，到家将水煮开，贮入铺满洁净细石的大瓷缸中，夜里开缸受露后，藏于瓷罐中以供烹茶之用。

郭象升心忧家国，积极策动阎锡山响应广东国民政府之号召，誓师北伐；向南京政府请命讨奉之誓词，亦是他应阎锡山秘书长贾景德之请所起草。心忧家国亦情牵百姓、任山西省立国民师范学校教务长时的郭象升，资助贫困学生之举即大受社会各界好评。山西省立教育学院成立，郭象升受聘担任院长。繁忙公务之余废寝忘食，将自己多年的研究成果辑成《古文家别集类案》一百四十四卷，卷帙浩繁，蔚为大观，由此更加奠定其文坛之大声名。同时还身为山西善后协进会委员的郭象升，为争取山西利益奔走呼号，在他的积极倡导下，省政府拨专款成立了山西文献委员会，郭象升为主任委员长。今年起，他更是亲自披挂上阵，领衔编辑《山右丛书初编》《山右丛书目录提要》《山西献征》等鸿篇巨制。郭象升深居简出，闭门谢客，专心致志伏案笔耕。马骏深知郭象升脾性，从不肯虚度光阴。半月之前和郭先生预约此次中秋聚会，郭先生犹豫着没给肯定答复。马骏见郭先生今日准时赴约而来，且兴致盎然地随自己听戏，不禁喜出望外。

此时水已烧开，侍女将茶壶拧下柴炉，并不急于泡茶。马骏先生取一只水晶玻璃杯，投入一茶匙上等的碧螺春茶，先用凉水两分泡过，才命侍女提壶续滚水至八分满。茶叶于水中翻滚浮沉，一杯香醇青绿的碧螺春茶立现眼前。马骏请郭象升品茶，看难老泉水泡的碧螺春，到底味道如何。郭先生呷口茶，连声称好。郭马二先生喝茶品香，聊得津津有味：聊谭鑫培，聊马连良，聊昆曲、京剧、上党梆。

西洋雕花钟敲过十二下。马公馆膳食房的马二喜大厨来问马先生："菜肴已准备齐整，何时摆盘上桌？"谈兴正浓的郭先生未等马先生开言就回复道："不着急上菜，韬园先生还未到，等他到了再上不迟。"话语未落，只见老家人马泰入得花厅，身后一人，体态微胖，仪表堂堂，身着合体的中山装，鼻梁上架着副金边眼镜，愈显得气度不凡。郭马二人见了忙起身致意："韬园先生到了，韬园先生到了，快请上座，快请上座。"

贾景德，字煜如，号韬园，清光绪六年（一八八〇）生于山西沁水端氏镇上的一户书香人家。端氏乃沁河流域第一重镇，秦汉时就曾设县。端氏镇土地肥沃、商业繁荣、车聚辐辏、人文荟萃，代代不乏功名者，世代书香的贾家便是如此：贾景德的父亲贾作人，光绪己卯科以优贡第一名中举，光绪己丑科又高中进士，当即分发直隶候补知县。不谙官场潜规则的贾夫子哪知打点？自然五年间未授任何实缺。知晓了实情愤而离去的贾作人，应聘做了汾州府西河书院主讲，数年间育英才无数；贾景德的叔父贾耕，清光绪辛卯科举人，先任潞安上党书院和令德堂（山西大学堂前身）主讲，辛亥革命后任北洋政府总统典礼官、约法会山西议员、段祺瑞政府安福国会议员。贾景德既得端氏文气风水之滋养，又受饱读诗书的父叔辈的刻意培养，年少即开蒙接受传统文化教育。十三岁时贾景德随叔父贾耕到太原，就读于山西大学堂中斋，以科举为第一要义，练就了一手文辞谨严、比兴有据的妙手华章。光绪甲辰科中进士后，先后放山东招远及郯城知县，后经叔父举荐，应黑龙江巡抚周树模函邀，入幕巡抚衙门。

辛亥革命爆发，太原城头响起了起义枪声。太原光复、清军入晋、阎锡山率部北撤转战绥包、南北议和……走马灯般一番动荡过后，阎锡山返并复任山西都督，晋省咸与共和，时局归于平静。其时的贾景德再得叔父贾耕引荐，从东北返回晋省，为亟待号令三晋的都督阎锡山做了秘书。其时省政初创，得力之人不敷使用，贾景德文牍之余兼及行政，早期从政的历练，使得他处理起诸类棘手的行政事务来得心应手、驾轻就熟，这一切都是初登都督之位，雄心勃勃要干一番事业的阎锡山所迫切需要的，贾景德因而深受阎锡山倚重，很快擢升为秘书长，成了阎锡山的股肱之臣。贾景德鞍前马后追随阎锡山，阎锡山大事小情都倚重贾景德：赴京结交梁士怡，托其做袁世凯工作，留阎锡山主政山西；拜访与己有“同年之谊”的内务部要员汤化龙、蒲殿俊，打通关节，擎回任命阎兼山西省长之政令；说服冯玉祥入晋，冯阎反蒋联盟形成。这些不同时期决定阎锡山政治命运的诸多关键运作，贾景德都是全权谋划和实施者。贾先生有辅佐阎锡山成一国元首之思想，阎锡山欲发动中原大战，贾景德是他唯一的铁杆支持者，中原大战失败，阎锡山下野，贾景德一度淡出政坛也就是顺理成章的事了！阎锡山复出任太原绥靖公署主任后，实施晋省十年建设计划，修筑同蒲铁路，成立晋绥兵工筑路总指挥部，阎锡山亲任总指挥，贾景德助理襄办，为同蒲铁路的修建殚精竭虑。早年就组织过“漫社”“韬园”等诗社，从政之余喜欢写写旧体诗，经常和文人学者往来相和的他，现而今几乎推掉了一切应酬事务，就连和郭象升、马骏这两位既是同乡又是密友，三人之间经常举行的品茶、听戏、赋诗之类的雅集，也出席得少了。

为赶工期，同蒲铁路工程指挥部下设了南北两个工程局，由两头向中间合拢，同时展开施工作业。工地上平日间就一直是加班加点，逢年过节亦不停工。中秋将临，施工现场要举行慰问犒劳工兵仪式，八月十三日上午召开的协调会议上，交通运输、安保警卫、物资调配、文艺演出、表彰嘉奖等诸多事宜，贾景德都做了详尽周到的部署安排。会议开罢，时已近午，贾景德看到桌上马骏早在半月前就着人送来的请柬，算算今天正是约定的日子，本想推掉邀约的他看了请柬上“有要事相商”之语颇感神秘，遂命秘书叫司机备车，并嘱他同车随行，途中又交代一番下午要办事项。不一会儿车子到了马公馆门前，贾景德自顾下了车，别克轿车又载着秘书返了回去。

马骏、郭象升、贾景德，三个已多日未见的老相知，寒暄见礼互致问候。就着桌上已摆好的豌豆黄、驴打滚、艾窝窝、柿子饼等几个清真甜点又喝过一阵茶。贾景德因心忧着下午还要开会，遂提议开席，边吃边聊。马公馆的下人们一通忙碌，膳食房的小厮们鱼贯传菜，侍女们穿插布菜。不大会工夫，蒜泥羊头肉、红油肚丝、莲藕腐竹、西芹花生四碟凉菜，红枣羊肉、芝麻牛里脊、芫爆散丹、党参炖牛排、炸羊尾、油爆肚仁、甘草羊肚、栗子炒鸡等八道热菜，便依次摆上了桌，一时间花厅内香气四溢。郭先生还正说菜品太过丰盛了，不想马二喜大厨又亲自端上来一盅羊杂汤。这羊杂汤，说来可算是马、郭、贾三人都情有独钟的一道美食。少小离家，异乡求学，恰是长身体的时候，难免肚子时时饥饿。正是太原街角巷尾随处可见的羊杂汤摊子，慰藉了莘莘学子三更灯火五更鸡后的饥肠辘辘，是他们苦读生涯里最解饥暖胃的法宝。看着三人大菜未动，却先舀一碗羊杂汤细咂慢品的马二喜大厨，终于明白了主人马骏，菜单之外要另加一道羊杂汤的良苦用心，不由得心生感慨。

马骏指着桌上的炸羊尾、甘草羊肚、栗子炒鸡、油爆肚仁等几道大菜，不迭向贾、郭二人推荐："这可是我派我家二喜师傅，端意去北平西单路口的西来顺饭庄里学来的手艺。西来顺饭庄的经理诸连祥，曾在清宫御膳房里掌勺，是名冠六九城的清真名厨。这诸大厨见多识广，灵心巧思，西餐中餐糅作一起，创出了不少新味清真菜，二位尝尝二喜师傅学来的这几道菜，看看究竟味道如何？"站立桌旁的马二喜大厨闻言赶忙上前，拿桌上公筷夹了菜肴，分发于郭、贾二位先生碟中，二位拈筷尝过，齐夸二喜厨艺精湛，真好味道也！

说话间小厮们又端上来酸奶数盅。清真禁酒，马先生每次家宴，膳食房都要准备地道酸奶供客人享用。冰镇过的酸奶，上面撒一层白砂糖，点几粒葡萄干，酸酸甜甜十分可口。贾先生、郭先生深知回民饮食习俗，每回来马公馆赴宴皆客随主便，压根不提喝酒之事。见菜吃得差不多了，二喜大厨适机退下，笼屉蒸了螃蟹，着小厮传至席上，侍女们开壳去腮，剔肉撷黄，服侍三位先生用过了。最后上主食，酸菜饸饹面。面是三和面：小粉、豆面、白面；菜是四合一：豆腐、豆芽、粉条、刺芥小浆水。这酸菜饸饹可是二喜师傅的压轴绝活，饸饹筋道，菜码酸香，刮油去腻，过瘾解馋，每次家宴，酸菜四合一的饸饹面，都要博得食客们的交口称赞。马、贾、郭三人虽已腹饱，却也忍不住又加一小碗酸菜饸饹面下肚。这也难怪，试问哪个山西人，又能抵挡得住面食的诱惑呢？

菜足面饱，离桌罢宴。漱过了口，马先生请贾、郭二位先生移步太师椅上坐了，唤侍女再沏新茶。他自己亲手燃炉好香，打开留声机，寻了谭鑫培一张黑胶唱盘播放：

《秦琼卖马》

秦　琼【西皮慢板】：

店主东带过了黄骠马，
不由得秦叔宝两泪如麻。
提起了此马来头大，
兵部堂黄大人相赠与咱。
遭不幸困至在天堂下，
还你的店饭钱无奈何只得来卖它。

侍女上茶，盖碗斟了献于贾、郭、马三位先生。开盖闻香，入口品咂，三位好戏之人沉浸于声腔戏韵间的心神又移至茶香里了。郭象升先生感叹：“这京戏，悦耳归悦耳，动听归动听，到底不如家乡的大戏听着舒服痛快！”马骏、贾景德闻言点头称许，于他三人而言，听家乡戏正如吃家乡的美食一般，是打小就渗透于灵魂深处而无法轻易改变的东西。离乡日久，家乡戏那激昂高亢、响遏行云的唱腔行板自不待言，那方言浓重、乡音醇厚的念白道字，更使游子们魂牵梦萦。贾景德呷口茶，问马骏道：“君图兄请柬里说有要事相商，这大菜也用过了，饸饹也吃过了，君图兄也该公布答案了吧？”马骏闻言笑笑说道：“二位兄台公务繁忙，我要不说有要事相商，恐怕二位不肯抽身前来寒舍做客也未可知。不过这答案嘛，刚才可阶兄已替我公布过了啊！”贾景德诧异望向郭象升说道：“看来二位早已合计好了，只瞒着我一人，这要事，不会也和这戏有关吧？”郭象升抬头看看贾又看看马，故作嗔怪道：“君图兄葫芦里卖的什么药？把我都药蒙了！请柬里说得神秘，你快些说说看，究竟是何要事？我也着急想知道呢！”马骏望着二位老友兴奋说道：“上月回乡为母亲大人过寿，堂会上请了几位家乡大戏里的名角儿助兴：赵群孩、刘丫头、靳白驴、赵金圪塔、赵狗不吃，个顶个的好把式！戏本子也好，那岳家军杨家将的戏，一出是一出，叫人看得热血沸腾、听得酣畅淋漓！我当时台下看戏就想过了，一定要找机会请家乡大戏里的一众好把式，来这并州城里演上一演，让省城的民众们饱饱眼福，见识见识咱家乡戏的大好风采，也让咱的家乡戏在龙城之地风光风光！今日请二位兄台光临寒舍，正是要和二位商议此事。不知二位兄台意下如何？”郭象升未等马骏说完即插言道：“好事啊，君图兄要家乡戏来省城露脸，我第一个举双手赞成！”贾景德亦抚掌笑道：“君图兄要传扬我上党梆子的这份情怀，贾某实心感佩！君图兄看有什么要贾某出力的，尽管言语啊！”郭象升也随声附和：“对对对，君图兄有什么需要帮忙的，尽管吩咐就是！”郭、贾二位先生听马骏公布了“要事”，面上皆尽露喜色。同样好戏的二人，对家乡戏的喜爱丝毫不比马骏逊色。听马骏说欲邀家乡戏来省城演出，自然心底极是赞同，齐声说好主意。又喝过一阵茶，三人才依依别过。

毕竟后事如何？且听下回分解！

第十七回

上党宫调唱响龙城　泽州梨园誉满并门

九叔讲古：

一九三四，因缘际会。

上党大戏，唱响龙城。

赵君清海，涵盖一切。

刘君雅斗，妙口灵心。

靳君伯庐，魄力雄厚。

郭君金顺，后起之秀。

上回书说到，一九三三年马骏邀贾景德、郭象升二位中秋家宴，席间相商家乡梆子大戏赴省城公演之事，得贾、郭二人极力赞成。中秋节过后，马骏先生修书一封，叫来部下王弥高，让他带了书信回乡，去找晋城文元寺票社的丁僧惠、马骥选，托他二位组织上党大戏赴省城公演事宜。王弥高也是晋城人，行为笃实、办事老成，深得马骏先生器重。许多贴身事务，马骏先生都交由他经手办理，这回邀家乡戏赴省城公演之事，自然责无旁贷又落到了王弥高的头上。

王弥高回到晋城，文元寺票社中拜会丁僧惠、马骥选，将马骏先生亲笔信面呈二位过目。丁、马开封展卷，见字体流畅、笔力遒劲，正是马君图先生手迹：

丁君僧惠并马君骥选

二兄台鉴：

久未通函，至以为念！

承蒙二君费心操持，家慈寿诞堂会戏名角云集，星彩纷呈，骏深怀感佩。今与贾煜如郭可阶二位先生计议，欲邀上党梨园众名角赵群孩、刘丫头、段发荣、靳白驴、申银洞等诸君，前来省城公演献艺，以彰家乡梆子戏之风采。切望二兄劳神接洽、费心操持。吾与贾郭二先生不胜感激之至。

静候佳音，顺颂秋安。

马骏

丁、马二人看过马骏先生亲笔书信心内振奋，忙命人上茶，与王弥高热情谈叙。又修书一封，将定当殚精竭虑、全力以赴筹办赴并公演事务之情书于信内，交由王弥高带与马君图先生复命。

丁僧惠、马骥选是晋城改进戏剧委员会里的资深委员。改进戏剧委员会是民国政府为净化戏剧演出而设立的机构，专门负责修正改进梨园戏班所演之剧目内容。丁僧惠、马骥选二位，都是具有深厚戏剧造诣且有相当声望之人，在上党梨园票友界有着极佳的口碑与人缘。由他二位牵头创立的文元寺票社，与上党梨园的一众名角都过从甚密。赵群孩每到晋城，必来文元寺票社点拨指导。刘丫头、张土木、岳长水等许多名艺人，也都曾受邀来社里传授技艺。马骏为其母寿诞所演的堂会戏，就是委托丁僧惠、马骥选二位，帮忙遴选名角儿主持筹办的。马母寿诞堂会戏演得异彩纷呈！马君图先生也正是看了堂会戏的精彩演出，才萌生了邀上党梨园众名角儿赴省城公演的这一想法。丁僧惠、马骥选二位先生以振兴家乡梆子戏为己任，创立文元寺票社之初衷，本就是为了弘扬上党梨园之声名。马骏先生的来信，自然使得二人喜出望外。送走了王弥高，丁、马二人捧着马先生的亲笔信看了又看，兴奋喜悦之情实在是难以言表！

眼下是秋报戏正忙的时节，派去的信使费尽周折，辗转多地知会了各大名角儿赴并公演之事。绝大多数人未置可否，也有角儿表示愿意参加，但碍于秋报戏台口排得太满而分身乏术。丁、马二人早已料知会是如此情境，行缓兵之计修书一封，将眼下秋报戏正忙之情禀告给马骏先生，提议将公演日期定在冬闲时节里为宜。不久马先生寄来回信："任由二位酌情调度，届时派人前来接洽。"

展眼进了腊月。秋报戏纷纷落幕，上党梨园又到了冬闲时节。丁僧惠、马骥选二位计议过，命人拿了名帖，前往东宅三乐意戏班，请赵群孩先生前来文元寺票社中商议赴并公演之事。腊月初八这天，文元寺票社门前咴咴一阵驴鸣，赵群孩先生骑着驴子到了。丁僧惠、马骥选二位闻知大喜，忙出门见礼迎至堂中，命人上好茶。三位老友久未相见，喝茶谈叙，备感亲切。不觉间聊到了赴并公演之事，丁、马二人将未得众人响应之情状说予了群孩掌班。请他出面一道游说大家，促成公演之事，以报马骏、贾景德、郭象升三位先生欲彰家乡梆子戏风采的一片拳拳赤子之心。

赵群孩掌班听了丁、马二位先生之言沉吟片刻，呷一口茶缓缓说道："赴并公演对于上党梨园来说是天大的好事，大家伙儿未表现出足够的热情，是因为他们还没有体会过出外公演的益处。您二位大可放心，艺员们那里由我去游说。马、贾、郭三位先生心系桑梓的赤子忠心岂可辜负了？"听了群孩掌班的一席话，丁僧惠、马骥选二位先生大喜，当下摆酒设宴，留群孩掌班于文元寺票社中下榻。有群孩掌班助阵，赴并公演之事胜券在握了。

次日上午，群孩掌班和丁、马二位先生拟写赴并公演人员名单，扳着指头将上党梨园里的一众好把式细数一遍：鸣凤班的段发荣、阎小发、李小保、翟文全，南沟戏的申银洞，公顺班的晋喜顺、李小二、张银生、原小江、茹小瑞、李小锁、陈珠珠、张发元、岳长水、蒋九土、晋小黑旦，另配上文元寺票社的晋克惠、李玉堂，生孩戏的郭金顺，黑旦戏的李虎孩，陵川王郊戏的赵狗不吃，阳城贤易头班的刘丫头、靳白驴、郎喜全、赵金圪塔，泰顺班的陈宿太、徐贵生、史小旦等都榜上有名。丁僧惠提笔将赵群孩大名写在了名单顶头，捻须微笑道："如此场合，自然得仰仗赵老板领衔打头了！"群孩掌班抱拳回礼："恭敬不如从命。"拈笔舔墨，照名单亲手一一写好请柬，信邀一众角儿于腊月十三日，前来文元寺票社里议事。丁、马二人拟就一份电报，将赴并公演艺员名单报于马骏先生过目，并请示赴并日期。

腊月十三日那天，一众名角儿陆续来在了文元寺票社中，丁僧惠、马骥选二位先生见状大喜，不由得对群孩掌班在上党梨园里的威望肃然起敬。文元寺票社中群贤毕至，高朋满座，茶香袅袅，笑语喧哗。赵群孩掌班循循善诱，给大家列举出外公演的诸般好处。大家伙儿听了深受启发鼓舞，纷纷表示愿意参加公演。正说话间，门前汽车响，王弥高带着马骏先生书信到了。丁、马二先生将王弥高迎至堂中，与众人见过礼。王弥高将马骏先生书信奉上。丁、马二先生展卷读信：马君图先生信邀公演名单里的一众名角儿，年后正月初五于晋城东关马公馆会合，初六一早开拔并州城。座中一时沉寂，丁、马二人心里清楚，大概众人都有正月天轻易不想出门的想法，不过倒也没人提出反对，赴并公演日期和人员就此敲定下来。票社中吃过午宴，大家依次告退，安心回家过年去了。

忙腊月忙腊月，尽管忙，可人们却忙得心满意足，不亦乐乎。二十三献糖板，二十四写大字，二十五去担土，二十六去割肉，二十七去赶集，二十八蒸馍馍，二十九去打油，三十儿晚上圪蟆老鼠都得来磕头。小年后的一系列张罗采办，无不饱含着浓浓的传统仪式感。三十儿晚上守岁，初一拜把子兄弟们喝酒聚会，初二随媳妇回老丈人家中拜年，初三初四相互间走亲戚。一晃就是初五，赴并公演名单上的一众上党梨园名角，都陆续赶到了晋城东关马公馆。赵群孩掌班并丁、马二位先生查点艺员人数，名单中唯缺段发荣一人因嫌破五出门不吉称病未到。一众人于马公馆中用过了茶点，又被邀至隔壁土地庙中赴宴。原来土地庙庙祝素与马公馆交厚，闻知上党梨园一众名角齐聚马公馆，亦备下酒席款待众人，特邀名角们当晚于庙前为土地爷献演神戏。

早有人知晓了上党梨园赴并公演之事，又闻说公演团艺员今晚要于东关土地庙前演出。大腕云集，名角如林，几乎将上党梨园好把式一网打尽的豪华大戏岂容错过！知情者于是走亲串友奔走相告。初五傍晚，闻知消息的晋城民众纷纷从四面八方集来，土地庙前的土场上万众云集，人山人海，尽管挤得已是密不透风，可民众还是源源不断地争相涌来观看。戏台下人头攒动，奔涌如浪，将台下专为马骏先生留置的茶座都挤了个七零八落，一塌糊涂。

初六上午装箱上车启程赴并。马骏、贾景德、郭象升三位先生，早已事先和省政府各衙门口打招呼借下车辆，共派四辆轿车并一辆卡车回晋城，接演戏人员和由文元寺票社提供的戏箱行头。车队沿着白晋公路浩浩荡荡向北挺进，尽管正月天里路上车马稀少，车队行进得还是十分缓慢——大多数艺员都是头一次乘坐轿车，闻不惯汽油味，晕车晕得一塌糊涂，不断有人下车呕吐，车子走一段就会被叫停。晕车人晕得难过，纷纷要求步行，再不想坐回轿车里去。那可得走到猴年马月？断然是不行的，于是不少晕车人爬上了拉戏箱的卡车，坐到敞篷车斗里虽然不晕车了，但凛冽的寒风没多久就把人冻僵了，不得已车队只好缓慢前行。

午时行至长治吃午饭，满桌的丰盛美食：甩饼、炒饼、腊驴肉、羊汤、猪汤、肚肺汤……因不少人晕车晕得没胃口而剩下大半。傍晚行至祁县子洪口晚餐，艺员们都不想上桌，纷纷要求点碗面吃吃了事。车队一路走走停停，直到晚上九点才抵达并州城。疲惫不堪的一众人，被安排住进了裕民厚旅社，草草洗漱过，便倒头昏昏睡去。

初七全体休整一日。艺员们经昨夜一枕好眠，都已容光焕发。大多数艺员是首次来在省城，心情显得格外激动，他们三三五五结伴出去逛街。过罢初六，街上不少店铺已开门迎客。绸缎店中的丝绸灿若云霞；布庄中的布匹五颜六色；药铺里党参黄芪连翘当归，各类道地药材琳琅满目：广誉远的龟龄集、定坤丹、六味地黄丸、乌鸡白凤丸、牛黄清心丸，这些在地方上很少见到的名贵药品，在省城的药铺中展眼皆是；照相馆橱窗里展示着各色人等的写真相片；百货店货品齐全；钱庄当铺门脸气派豪华……到底是省城气象，处处都显得比地方上高出一筹。

初七傍晚，马骏、贾景德、郭象升三位先生设晚宴为家乡艺员们接风洗尘。宴前的茶话会上，马、贾、郭三位先生分别发表了热情洋溢的讲话，隆重欢迎家乡艺员们来并公演。大才子郭象升宣布：将此次公演定名为"上党宫调泽州艺员在并公演"。郭先生学识渊博，取上党宫调之名，是对宋时于东京汴梁城首创诸宫调的泽州籍艺人孔三传的致敬，亦是对上党大戏"词意豪爽，音乐隆重"这一特征的最好诠释。会上郭先生还特意提请将一些艺员不甚雅致的艺名稍做修改：将赵群孩改为赵清海，刘丫头改为刘雅斗，靳白驴改为靳伯庐，阎小发改为阎发生，赵狗不吃改为赵永年。郭先生解释了修改名字的原因：一是考虑海报登出的效果；二是为了维护家乡戏的雅致形象。艺员们听了文雅名字颇感新奇，宴席未散就私底下相呼起来。

宴罢移师本次公演主场——大水巷里的承庆园。承庆园是并州城里最早也最为有名的大戏院，园中既可观演戏曲，亦可茶会宾客。承庆园的老板是呼延村富商张积山。张老板本人爱好戏曲，又见经营戏楼有利可图，遂于一九一五年盘下了大水巷里的振兴茶园，新装戏楼舞台，增建池座包厢，定制帐幕帷幔，布景灯光，更率先置办下了新式的麦克风和扬声器，将承庆园打造成了并州城里装备一流的豪华大戏院。承庆园首开并州城卖票之先河：看戏凭票进场，对号入座，戏迷们趋之若鹜，承庆园日进斗金。许多戏班纷纷慕名而来，承庆园里的精彩好戏四时不断。上党梨园这次在并公演的主场也选在了承庆园。王弥高到承庆园接洽，张积山老板得知省城政界贾、马、郭三位大佬，邀家乡戏来并公演，自然是鞍前马后效劳，亲力亲为操持，为公演做了细致周到的安排，演前好几日，就在承庆园门前的报纸广告栏内做了详尽的海报宣传。然而初七晚上的首演却没有取得预想的效果。

初七晚上首演上党簧戏《佘塘关》，赵清海饰演火山王杨衮，赵永年饰演佘赛花，阎发生饰演杨继业，翟文全饰演佘洪。戏演得不能说不精彩，可观众席里却表现冷淡，这大大出乎了人们的意料。初八晚上演昆曲《长生殿》，赵清海饰演唐明皇，刘雅斗饰演杨贵妃。观众席里依然是平静如水，贾、马、郭三先生，丁僧惠、马骥选、赵清海并上党梨园一众人心底却起了波澜。摸不清省城戏迷们的观演喜好，不知上党大戏里的昆梆罗卷簧，究竟哪种声腔才合他们的胃口？到底还是承庆园张积山老板旁观者清，深谙戏院演戏之道的他一语道破了天机：“《佘塘关》一本三出的连台本戏，太长！《长生殿》曲调平缓戏词高深，太雅！这些都与来剧院观演的省城戏迷喜欢短戏、武戏、热闹戏的观演习惯不相吻合，戏迷们不爱看。”张老板一语点醒梦中人，丁僧惠、马骥选和赵清海醍醐灌顶，恍然大悟：是啊，整本大戏剧情繁复，拖沓冗长，确实和适合戏园子演出的短剧大相径庭。那么明晚起改演梆子腔、折子戏，节奏明快，短小精悍，应该能对上省城戏迷们的口味了吧！

初九晚上演《雁门关》折子戏，赵清海掌班打破一位演员一唱到底的常规演法，安排四位演员轮番上场，各演一折：赵清海自己演“坐宫”，郭金顺演“探母”，申银洞演“刺宗”，靳伯庐演“大战”。四个杨八郎各露绝活，八仙过海各显神通。四折戏，一折一种韵味，一折一份精彩。观众席里这回可算有了强烈回应，鼓掌声叫好声不绝于耳，演到刹戏，观众席里更是掌声经久不息，戏迷们迟迟不愿离场，返场两次才谢了幕。大幕拉闭，公演团的艺员们都长舒了一口气。

丁、马二先生并赵清海掌班总算摸清了门道：省城戏迷们既然爱看短戏武戏热闹戏，那就多演折子戏。于是让公演团众艺员，各报各的拿手好戏。赵清海的《清河桥》《一捧雪》，靳伯庐的《红桃山》，王小保的《五丈原》

《送印杀差》，李胡孩的《伐子都》，李小二的《甘泉宫》《天齐会》，陈宿太的《杀四门》，赵德俊的《烧仓杀监》，原小江的《取东川》，茹小瑞的《黑风帕》，晋喜顺、阎发生的《翠屏山》，刘雅斗、赵清海的《杀狗》，郎喜全、赵永年、阎发生的《跳桃园》。上党宫调在并公演团改演折子戏的海报，在承庆园门前的报纸广告栏里一经登出，立马引起了省城戏迷们的强烈反应，戏票随即售罄，公演立马变得一票难求了。

省城戏迷观演踊跃，上党宫调演出一票难求。承庆园为满足戏迷们的观演要求，不得已打破常规，晚场演出之外，又加了日场演出。上党宫调极富感染力的表演魅力，没几天就彻底征服了省城戏迷，开始是折子戏大受欢迎，后来就连《三龙殿》《赏花楼》《柳春园》《慈惠殿》《平阳宫》《美人图》《绣龙剑》《行乐图》《三世缘》《回龙传》以及《乾坤带》《千秋剑》《小宴》《黄鹤楼》《点炮杀宫》《别母》《行刺大审》《挂龙灯》《取荥阳》《取巴州》《访永宁》《凤仪亭》《诓舟》等连台本戏，在长达二十余天，三十多场的演出中，也受到了戏迷们的极力追捧。

马骏先生场场必到，贾景德先生也是尽力拨开冗沉，前来为公演团捧场。郭象升大才子看了上党艺员们的出色表演大发感慨，他根据艺员们各自的艺术特色题写了赞词："涵盖一切"————赵清海、"妙口灵心"——刘雅斗、"魄力雄厚"——靳伯庐、"后起之秀"——郭金顺、"鸣凤真传"——申银洞、"秀出班行"——赵永年、"玲珑活泼"——晋喜顺、"声容兼备"——郎喜全、"誉满并门"——公演团全体。马骏先生命人将赞词制作了缎匾，悬挂于承庆园内以示表彰。贾景德、马骏、郭象升三位先生，各在自己的公馆举行家宴，对家乡艺员公演大获成功表示祝贺与鼓励。文元寺票友晋克惠与李玉堂因《秋胡戏妻》演得出色，得了贾景德先生的特别奖金。鸿记银行经理看了公演团的精彩演出，赠送了一百银洋以资鼓励。

马骏先生是位超级戏曲发烧友，喜欢看戏也喜欢编戏。他亲自操刀，新编了两出折子戏——昆曲《牛郎与织女》和二簧《斩蒋干》，并提请赵清海演曹操，刘雅斗演蒋干，李小二演牛郎，李玉堂演织女。公演期间，每天晚场演毕，他便亲自坐镇督师排演，郭象升陪同说戏。不几日排好了两出新戏，作为垫戏搬上了承庆园戏台，一经展演，立即获得了戏迷们的极大好评。

看看正月将尽，上党梨园的春祈戏筹备在即，上党宫调公演团返乡的日子到了。在并二十余天，三十多场的演出中，上党大戏昆梆罗卷簧五种声腔都得以淋漓尽致的展现：上党昆曲的温雅含蓄，上党梆子的高亢激越，上党罗戏的诙谐幽默，上党卷戏的俏皮活泼，上党簧戏的行云流水，都给省城戏迷留下了深刻的印象。最后一晚的演出，几次返场几次谢幕，观众演员都恋恋不舍。马骏先生见状上台宣布："明年会邀请上党艺员们再度赴并公演。"台上台下闻言顿时群情激奋，掌声欢呼声经久不息。今年的公演还未散场，戏迷们已在期待着明年的开场了。

上党宫调赴省城公演在家乡也引发了极大反响，艺员们所在的戏班，都把本班艺员所获的金字缎匾悬挂于台口戏的显眼处以示荣耀。民众对公演艺员们尊崇有加，戏班所到之处观者如堵，阖班上下人等都受到当地民众的极大礼遇。赵群孩掌班动员会上的讲话言犹在耳，直到此时，参加公演的艺员们才算体味到了出外公演的诸般好处。

一九三五年，上党艺员第二次赴省城太原公演。这次的公演日期定在了二月，较去年晚了一个月。赴并公演团行前仍在晋城东关马公馆集结，吸取上次观众人多拥挤，险些酿出大祸之教训，未在土地庙前举行演出。此番公演用的是西巷张宅戏公顺班的戏箱和行头。演员也比去年多出几位，去年称病未到的著名红生段发荣，此次也参加了公演；潞府梨园平福成、张桂枝、陈跟成三位艺员，在长治东石槽人、贾景德秘书长裴宝堂的举荐下，也一道参加了第二次赴并公演。公演团艺员的吃住演，都被安排在了海子边中校尉营的"鸣盛楼"。公演首日演簧戏《苦肉计》，赵清海的鲁肃，郭金顺的孔明，阎发生的周瑜，原小江的曹操，茹小瑞的黄盖，张银生的甘宁，段发荣的蒋干。段发荣的表演可圈可点：蒋干灯下默念"小书"时，惊慌失措胡须被燎；黄盖假报军情，蒋干信以为真，束手无策间跌坐在地；

"盗书"后得意忘形，戴反纱帽，手提蟒袍，双腿下蹲，在鲁子敬灯影下踩着锣鼓点伪装逃走时的狼狈相，演来惟妙惟肖，几手绝活都得了满堂彩。省城的《华闻晚报》副刊刊载署名文章，说他的表演艺术，可与京剧名角肖长华相媲美，段发荣以此得了"优孟传神"的缎匾，悬挂于鸣盛楼台前。

上党大戏有州底和潞府之分，潞府戏与州底戏有两点明显区别：一是唱法上潞府戏出口重落声轻，州底戏出口轻落声高；二是道白上潞府戏以长治方言为主，州底戏以晋城方言为主。这两点区别尤以梆子声腔最为明显，因此潞府参演的三位艺员，也就只适合配演簧戏。小旦张桂枝声容俱佳，参演《虹霓关》《白鼠洞》《玉堂春》得了"桂林一枝"的缎匾；平福成参演了《一捧雪》，也获得了戏迷们一致的好评。

其时并州城里最红的晋剧名伶丁果仙，正带着锦艺园一众当红艺人：盖天红、十三旦、十三红、奴子生、乔金仙、丁巧云等，在山西大戏院驻演《舍饭认母》《戏凤》《游花园》《富贵图》《九件衣》《烈女传》等一批晋剧名剧。丁果仙七岁学戏，始攻青衣，后改须生，艺名"果子红"。她博采众长，融会贯通，不分行当与流派，将晋剧诸家之长熔于一炉，创新出她那高昂洪亮、刚劲典雅、气息运用自如、咬字清晰明白的丁氏风格。丁氏唱腔圆润豪放，无女腔女调；表演朴实华美，无女态女相。上海百代公司专门为她灌制了唱片，丁果仙以"山西梆子须生大王"的美誉而驰名海内。成名后的丁果仙多次赴京津演出，开阔了视野，丰富了演技，并有机会与马连良、谭富英等京剧大家广泛接触。她汲取京剧唱词中典雅俊逸的精华，革除晋剧中粗俗繁冗的唱词，使晋剧表演更趋精致典雅，雅俗共赏。

丁果仙在鸣盛楼看过上党宫调公演团的演出后深表赞赏，尤其对赵清海的须生表演艺术推崇备至，评价赵清海就是上党梨园里的马连良。她热情邀约赵清海先生亲临山西大戏院看自己的须生戏，恳请赵先生提出宝贵意见。她还和赵清海先生约定：适当的时机，邀上党宫调赴北平、天津公演。这一计划后因日寇侵华未得成行，成了上党梨园的一件憾事。

上党宫调公演团艺员们演出之余，在马、贾、郭三先生安排下游览了晋祠，拜谒了唐叔虞及其母后邑姜，见识了周柏唐槐、鱼沼飞梁、木雕盘龙、宋代彩塑，游览了天龙山石窟，登临了永祚寺双塔，文瀛湖泛舟，崇善寺拜佛，领略了省城的诸多风景名胜。公演团于三月十五日离并，行前在省城照相馆里拍摄了合影，上题：“民国二十四年上党宫调戏剧团泽州艺员第二次在并公演摄影志念。”多年之后，公演团的艺员们纷纷谢世，但当年上党宫调唱响龙城，泽州梨园誉满并门之盛举，仍是当地民众颇以为傲的一桩谈资！

第十八回

宫调泰斗陨落紫台　上党梨园重焕新生

九叔讲古：

烽火连天，民不聊生。
三乐意班，苦苦支撑。
清海掌班，精忠报国。
宫调泰斗，紫台陨落。
多年抗战，艰苦卓绝。
同仇敌忾，威武不屈。
邪不压正，中华必胜。
上党梨园，重焕新生。

一九三七年，“卢沟桥”事变爆发，不久平津失守，日军一步步蚕食了华北，上党宫调赴平津公演的计划由此彻底落空。一九三八年日寇进犯山西，二月二十日，日机轰炸高平城，石黑支队二月二十六日占领了晋城和阳城，三月三日占了沁水县城。晋、高、阳、陵、沁五县人民掀起了抗日救亡运动，三月八日，四百余日军从沁水进犯高平，被西北军十七师赵寿山部拦截于樊庄、端氏一带，毙敌一百二十余人。紧接着十七师某团团长阎揆要（中共党员），在巴公镇李村堡伏击日军胜利告捷。四月二十二日收复高平，二十三日收复晋城、阳城、沁水。

一九三八年七月六日，日军再次侵占了沁水，二十日占领了晋城。七月二十九日，八路军三四四旅、三八六旅、决死三纵队与国民党卫立煌部协同作战，在沁水县王寨、固镇、杨家山及东、西坞岭等地，截击日军第一零八师团，毙敌一千五百余人，所剩残敌仓皇西窜。七月三十日，日军二次从晋城退走，我军收复晋城沁水两县。一九三九年五月二日，日军再次进犯晋城，烧杀抢掠无恶不作，人民深受其害。烽火连天，民不聊生，百姓人心惶惶，各行各业皆陷于困顿，梨园行更是风雨飘摇，许多戏班不得已搁班歇业，不少戏班干脆变卖了戏箱行头。

东宅三乐意班还在战火烽烟中苦苦支撑、坚持演戏。起班二十六年以来，在赵清海掌班引领下，东宅三乐意早已成为上党梨园中影响最为深远的名班社。赵清海掌班与李甲午、李五德两位东家同心同德，相互扶持，有着亲如兄弟般的深情厚谊。赵清海早已把东宅村视作了自己的第二故乡，这里有他牵挂着的百姓，这里有爱戴着他的乡亲，这里有他眷恋着的知心爱侣，这里有敬慕着他的红颜知己。当年晋城周元巷里的那位大家闺秀，那位“不嫁财东不嫁官，就嫁群孩小掌班”的名门千金周四小姐，追随赵清海先生而来在东宅定居，现如今已有二十个年头了。

李甲午、李五德二位东家，当年对于清海掌班这位红颜知己的到来颇感欣慰。他们早就听说过上党梨园里的这桩传奇故事，设宴款待过四姑娘，便特意命人在海神庙近旁的鹅沟圐圙收拾出一处静谧雅致的院落，以供清海掌班和四姑娘居住。清海掌班却对四姑娘的到来内心矛盾，他不想四姑娘为自己误了青春而刻意回避，四姑娘开门见山表明心迹：她既不图荣华富贵，也不要什么名分，就为能和心上人长相厮守。清海先生的冷漠回避惹得四姑娘涕泪长流，清海掌班看见心就软了。他也怕自己的冷漠回避会揉碎四姑娘的心。清海先生搬到小院里住了，四姑娘脸上绽出了笑容。

缠绵悱恻但又举案齐眉，卿卿我我却也相敬如宾。四姑娘无微不至地照顾着她心目中的这位偶像，只要清海先生歇班回到了东宅，四姑娘就会为他做可口的饭菜，陪他喝上两盅汾酒。红日高升，四姑娘早已为群孩先生泡好了浓醇的热茶；静室生香，四姑娘让群孩先生头俯在自己腿上，为他采耳。四姑娘带来的小哈巴狗似乎也在享受着这美好时光，口咬尾巴绕着圈在脚地打转。兴之所至，他二人也会联袂唱上两段，引得周围四邻家的小孩儿们都要围上门来观看。他们最爱来看这位美如天仙的大姐姐了。大姐姐衣服好看、绣鞋好看、头发好看，指甲染得也好看，模样好看性格也开通，每次大姐姐看到他们，都会给他们甜甜的糖、香喷喷的瓜子、花生吃。四姑娘喜欢孩子们，孩子们也喜欢四姑娘。四姑娘的小院里总会响起她和孩子们欢乐的笑声。

相亲相爱相濡以沫，二十年的美好时光，青年变成了中年，青春过渡为成熟。不变的是清海先生和四姑娘二人之间浓浓的爱意和深情。抗日战争爆发，上党梨园深受其害。四姑娘多希望三乐意趁势能停班歇业，多想清海先生能借机养养身体。兵荒马乱颠沛流离，天灾人祸瘟疫横行，清海先生虽已身染伤寒，却仍在拖着病躯坚持领班演戏，他不想看到班员们因歇班停演而生活陷入困顿，血性的他还坚持认为：上党大戏中的杨家将戏、岳家军戏，激昂慷慨、豪气干云，最能鼓舞士气、振奋人心，既然不能够亲赴前线杀敌，那就在后方以积极演戏的方式来支持抗战吧！四姑娘既担心清海先生的身体，更理解他忧国爱民的心情。演完东宅本村六月二十五日的庙会戏，四姑娘为清海先生精心熬制汤药，盼着他能尽快康复，好去演紫台山七月初二的庙会戏。

一九三九年七月初二的紫台山庙会，早就写下了东宅三乐意班的大戏。紫台山位于晋城、高平两县交界处，山顶坐北朝南有座“蜡帝宫”古庙，正殿三间、左右两间耳殿高踞平台之上，东西各七间二层厢房，山门对过建有戏台。相传唐太宗李世民闻泽州蝗灾，匆匆赶到灾情最为严重的紫台山察看。蝗虫肆虐，竟猖獗飞落太宗身上，太宗抓几个蝗虫入口，狠狠咀嚼，以示愤恨。他的这一举动引发了神异，蝗虫立刻消失得无影无踪。两县四村（上城公、崔庄、杜村、刘庄）百姓深感太宗神威，尊他为“虫王爷”，于紫台山建蜡帝宫供奉。山不在高，有仙则名，紫台山因供奉唐太宗而声名远播，方圆百里之地的人民都常来此烧香祈愿，遂形成了每年七月初二的紫台山庙会。

尽管兵荒马乱人心惶惶，可听说紫台山今年的庙会戏写的是东宅三乐意班，十里八乡的民众就都纷纷赶来看戏了。上党之地的百姓中间早就有着“看了三乐意，上下都解气，误了收秋和种地，不敢耽搁了群孩戏”的说法。一九三四年、一九三五年，赵清海掌班两次率泽州艺员赴省城公演，得了“涵盖一切”和“宫调泰斗”的金字缎匾和戏王的桂冠后，他的声名愈加显赫，喜欢看他演戏的民众间又有了“看戏还是看清海戏，胜过摆宴吃酒席”的说法。

七月初二那天，紫台山周围的百姓纷纷慕名而来，争着都想一睹戏王风采。驻扎紫台山一带的国民党部队，闻讯也来观看三乐意班的演出。蜡帝宫山门与对过戏台之间的山坡场地本就有限，大队士兵的到来，使得有限的场地显得更为逼仄了。可尽管如此，官兵们却压根没有退让的意思，他们当仁不让地占下了戏场中央的最佳观赏位置。四社民众哪敢和部队争抢，乖乖地被挤到了戏场周边的犄角旮旯里。军人身肩护国之责不假，但心怀受享之意却也当真！他们点了赵清海掌班的拿手好戏，在台下看得津津有味。看完了整本犹嫌不足，还要点搭出。点了一个又一个，全然不顾清海先生有病在身。班员们心疼掌班，纷纷要求替演。清海先生不答应，他语重心长地对班员们说：“军人们出生入死保家卫国，值得我们敬重，他们本就是冲着群孩戏而来，能为他们演戏是我的荣幸。你们也不用太过担心，演完了戏我好好睡上一觉就好了。”

赵清海掌班说的是真心话，他敬重军人，多次领班到陵川、壶关的根据地为抗日战士们演出，以唱戏来激励鼓舞士气。去年陵川县设立“抗战阵亡将士纪念碑”，纪念抗战周年大会，赵清海掌班亲赴会上义演；今年陵川县长在城关组织了抗日救亡募捐大会，赵清海不但参加了义演，还率先带头捐了一百块现大洋。赵清海掌班对日寇入侵义愤填膺、痛心疾首，恨不能亲赴战场奋勇杀敌。以演戏的方式支持抗战，在清海先生看来是无比神圣庄严的事情，赴汤蹈火在所不辞。

紫台山庙会戏最后一晚演《忠孝节》。宋辽交战，辽国败而求和。三关议和宴上，佘太君向萧银宗索要降辽做了驸马的杨四郎。桃花公主欲随夫返宋，萧银宗严词拒绝，桃花公主碰壁自尽。杨四郎宋廷面君请罪，宋皇恕其无罪，佘太君却大义灭亲，怒责杨四郎不忠不孝，杨四郎碰御阶而死。

佘太君　想当年那辽邦设下虎口，
你兄弟去赴会大战幽州。
你兄长一个个命丧敌手，
不成功已成仁壮烈千秋。

赵清海在戏中客串老旦。他饰演的佘太君，气度雍容，大义凛然，行腔清越婉转，唱调激昂雄浑。杨家将满门忠烈一心报国的英雄气节，被他演绎得淋漓尽致。台下官兵看得同仇敌忾，热血沸腾，鼓掌声叫好声不绝于耳。三乐意班的大戏，尤其是赵清海掌班炉火纯青的表演艺术，彻底征服了台下观众，引爆了全场的热烈气氛。整本戏过后，赵清海掌班又几次登台，演了《东门会》《送印杀差》《坐山吵窑》等几个搭出戏。那一晚赵清海先生也显得特别激动，在台上气宇轩昂，神采飞扬，完全看不出有丝毫病态，直到刹戏后大幕拉闭，已身染伤寒多日的他终于累倒在了台上，浑身上下的戏服都被汗水浸透了。四村社首紧急叫来郎中为清海掌班诊治，徒弟们也赶忙给师父熬了汤药服下。终因疫病沉重劳累过度而无力回天，赵清海掌班溘然长逝，宛若戎马倥偬的战士战死疆场，倒在了他毕生眷恋的戏台上再没有醒来。

杜村大社抬出一口上好的六块头柏木棺，将一代名伶赵清海先生隆重装殓了。噩耗传回东宅村，村民们伤心不已。李甲午、李五德二位东家含悲为赵清海掌班筹备追悼事宜。回灵那天，他二人率清海掌班生前好友，赶到几里外的沟头村口恭迎掌班英灵归来。三乐意班员在海神庙戏台上挂起白幛素幔，特意演出群孩掌班生前常演的上党皮簧《五丈原》，沉痛悼念老掌班，为老掌班送行。演罢《五丈原》，三乐意班上下人等跪送老掌班灵柩还乡，李甲午、李五德二位东家及赵清海先生高足弟子吴大路等，陪同老掌班干儿子李文才，一路护送骡轿驮着的老掌班灵柩回到了故乡陵川杨寨村。

宫调泰斗陨落，上党梨园同悲。戏迷们莫不失魂落魄，扼腕叹息。虽时逢战乱，但仍有众多名伶和故交不远百里赶来吊唁，为清海掌班送行。还在坚持演戏的上党梨园戏班，演出前都要冲着紫台山方向默礼致哀。省城太原的马骏、贾景德、郭象升三位先生也送来了挽联高度赞誉并深切哀悼赵清海先生：

昆梆罗卷簧腔腔皆擅生旦净末行行俱精因赵君大戏始称宫调，
鼓锣钹镲弦样样全能唱念做打般般皆优去清海泽潞再无戏王。

整个东宅村都沉浸在清海掌班逝世的悲恸里，而此时的四姑娘却显得比往常更为冷静。她于居室正中条案上端端正正供起了赵清海先生牌位，每日早、午、晚三次献饭三次供香，其余时光，她都是端坐在蒲团上，默默念经为清海先生超度。“丹心已共河山碎，大义长争日月光。不作寻常床箦死，英雄含笑上战场！”清海先生坚持演戏鼓舞民众，慷慨赴死以身殉国的一腔赤子之情，四姑娘感同身受，她为清海先生的铁血丹心感到骄傲，她为心上人的英雄气节感到自豪。此后的十余年光阴，四姑娘守着和清海先生居住过的小院始终不曾离去，直到生命的终结。四姑娘死后，被葬在了东宅村东，黑虎庙后的一块义地里。每逢清明节、寒衣节，都有不少东宅村民和梨园弟子到四姑娘坟前烧纸祭奠。多年后，清海掌班和四姑娘的感人故事仍在东宅乡民间流传着。

赵清海掌班仙逝，三乐意搁班停演。李甲午东家悲痛伤心，送清海掌班灵柩返里，归来后便一病不起。不到半年也驾鹤西去了。弥留之际的他喃喃自语道：“我的群孩兄弟想我了，叫我到那边一道行戏去呢！”说罢含笑而逝。

一九三九年七月五日，日军对晋东南抗日根据地发动第二次围攻。白晋公路被日军打通，晋东南抗日根据地被分割为太行、太岳两个战区。日军先后侵占了高平、阳城、沁水、晋城。八月十五日，八路军六八七团与日军在高平上下井一带交战，日军败北，遭伏击死伤二百余人，日军退出晋城、高平。这一年，蒋介石挑起内战，实行军事“限共”，日军钻空子，于一九四〇年四月再次侵占了晋城。盘踞期间日寇施行“杀光、抢光、烧光”三光政策，惨无人道，百姓生灵涂炭。白色恐怖之下，人民苦不堪言。上党梨园遭受毁灭性打击：东宅三乐意班，在掌班赵清海和东家李甲午相继谢世后销声匿迹；上五班的大阳三义班，东家张忠病故后，戏班土崩瓦解，旧衣、破蟒、烂戏箱换了几斗小米，一九四三年老掌班贾增孩离世，三义班已是一无所有了；南沟复盛班拒不为日寇唱戏，逃亡在新成立的晋北根据地秘密演出，一次东家吴买成被日伪人员拦住去路，他说了“南沟戏水平低，只能在根据地瞎混，不敢来敌占区演出”的话，话音未落被打得头破血流，原来是敌占区三个字坏了事；文元寺票社，战乱之中将戏装行头寄存在“源泰当”当铺，后又转移到辘辘井村，被地方上的顽伪分子发现，借助日寇势力，将戏装行头劫掠一空。覆巢之下焉有完卵？上党梨园奄奄一息，行将待毙。

一九四一年至一九四三年，晋南、晋北、晋东抗日政府先后在晋城各地成立。此时的晋城已形成农村包围城市的大好局面。一九四五年二月，日军田中角荣部进犯晋东县，在宫岭遭八路军阻击，日军兵败回营。四月上旬，太岳、太行区召开联席会议，决定收复晋城。太行老七团、太岳独立团以及五县的地方武装组建武攻队，逐个攻破日军据点。日军调来百余辆汽车，企图把晋城的重要物资运走，遭老七团拦截，车辆全被炸毁。

二十七日晚，日军付出沉重代价突围，逃往高平，次日晋城正式宣布解放。一九四五年九月三日，日本宣布无条件投降，中国人民的抗日战争最终赢得了胜利。战乱中遭受重创的各行各业百废待兴，梨园戏班也蓄势待发。

高平解放，各家戏班纷纷起复。东宅村一个曾经在三乐意演过戏，名叫冯根孩的，也乘兴拉起一支人马，借了三乐意的戏箱行头外出演戏。缺乏名角儿站台外加经营无方，戏班苦苦支撑一年便无以为继，在安泽县走台口时，竟连吃喝都顾不住，不得已将戏箱行头变卖作盘缠回家。东宅百姓闻知人人愤恨，个个怒骂。冯根孩变卖家产另买戏服、行头交差，百姓却仍不肯原谅他，指责声不断。羞悔莫及中，冯根孩投井自尽。曾为三乐意班台柱子，擅演大净的东宅村人吴大路，时年受聘于大阳阳河剧团任教，听了消息唏嘘不已，他深知：东宅村人对此不依不饶，在乎的不是戏服、行头，无法释怀的是为他们带来无限荣光的赵群孩掌班和三乐意戏班的金字招牌，由不得人玷污啊！

一九四六年土改后，晋城的职业与半职业戏剧班社收归公有，绝大部分艺人加入了民风、民乐、民声三个县立剧团。历代个人行戏制就此告一段落，上党梨园重焕新生。

民风剧团的前身是鸣凤班，土改之初，鸣凤班的所有财产收归东四义村所有。县政府欲借鸣凤班家底重组公有剧团时，东四义村提出要保留名字，故谐“鸣凤”之音为“民风”，并要求民风剧团成立后，每年要为东四义村免费演一台戏。当时鸣凤班的主要演员有申银洞、阎发生、陈发囤、车春保、史喜孩、李子清、陈玉富、原东河、张玉山、李小五、杨发印、成奎奎、蒋九土、胡全荣，从阳城贤易班、高平万亿班返回来的“金圪塔”赵德俊、刘为祥、关替毛，都被吸收为民风剧团演员。剧团领导班子为：团长牛刚、阎发生、赵广业，指导员先后有李善修、李近义、杨森、陈玉富。

民乐剧团的前身是望城头圭圭戏，土改之初，圭圭戏收归周村第六区，在下町村整训学习时，吸收秋泉、李寨、望城头一带的梨园艺人，改名为民乐剧团，归太岳行署领导。主要成员有曹二土、晋德山（小黑旦）、王坤正、郭金土、陈喜珠、曹月孩、梁怀生、王丑牛、段芳卿、陈兰珠、稽玉土、苗国太、茹宝江、岳长水、韩德宏等。团长焦潮润，副团长陈喜珠，指导员梁土生。

民声剧团成立于中华人民共和国成立后，以大阳阿阳剧团为基础，巴公胜利剧团作补充。大阳阿阳剧团归民声剧团的主要演员有韩治红、薛光明、吴大路、靳马驹、靳三驹、王春富、王连聚、赵海洲、陈小堆、张仙荷、丁白圪塔、司其法等，巴公胜利剧团归民声剧团的主要演员有晋喜顺、程炉孩、赵国顺、司黑旦、宋罗头、成和孩等。团长韩治红、薛光明、闫德润，副团长王春富、晋德山。

民风、民乐、民声三团的演出剧目，以俗称“四大路戏”的杨家将和岳家军之类的传统戏为主，不同的是：民风剧团仍以演鸣凤班的《彩仙桥》《夺帅印》《对松关》《锁阳城》《三阴阵》《金玉佩》等剧目为主；民乐剧团多演外来剧目；民声剧团以马驹戏的《单刀赴会》《水淹七军》《困麦城》《万寿殿》为主。三团之中，名角们各有各的拿手好戏：民风剧团申银洞的《寄女杀家》《东门会》，金圪塔赵德俊的《过江杀督》《送印杀差》；民乐剧团晋德山（小黑旦）的《清河桥》《挂龙灯》，梁怀生的《盗御马》；民声剧团吴大路的《白玉带》等。三个剧团中，民风剧团名列前茅，继承了鸣凤班的艺术传统，有一批好剧目、好演员，在广大戏迷中久负盛名。在土改运动中，积极排演《白毛女》《王贵与李香香》《小二黑结婚》等一批激发贫下中农翻身求解放的进步剧目，为农村非职业戏班上演这些革命剧目，起了良好的辅导和示范作用，民乐剧团奋起直追，后来基本与民风剧团处于同等地位。它们为再后来的革命现代戏，奠定了良好的艺术基础。上党梨园在新的时代里，凤凰涅槃，浴火重生，再次焕发了勃勃生机。

毕竟后事如何？且听下回分解！

第十九回

推陈出新三关排宴　继往开来五朵梅花

九叔已逝

……

上回书说到，上党梨园在新的时代里凤凰涅槃、浴火重生，再次焕发出勃勃生机。赵群孩先生的高足弟子们都积极投身其中，活跃于上党舞台，其中最为广大戏迷喜闻乐见者非郭金顺莫属。

郭金顺又名郭应昌，一九一五年生于山西高平南关。郭金顺的祖父是专制水纱的行家里手。水纱又称水袖，是缝制在蟒袍、官衣、褶子、帔等戏服袖口上的一段白绸，以其甩动时形似水波纹而得名。水袖功乃是戏曲舞台表演中展示演员高超技艺的一门专业戏功，有抖袖、掷袖、抛袖、扬袖、甩袖、叠袖等多种表演形式，以此来表现人物性格、感情以及情绪变化，表演时如龙蛇飞舞、浪卷飞雪，水纱因此易脏易破，一件戏服终其一生，往往要多次续配水纱。郭家的水纱物美价廉，深得上党梨园众多戏班之青睐。郭金顺的祖父以此与上党梨园里的许多名角都往来惯熟。郭金顺的父亲郭生生打小随其父常常往来于戏班之中，身段模样俱佳的他，被不少戏班师傅视为唱戏的好苗子。旧时戏子地位低下，郭家却从来没有如此的成见，小小年纪的郭生生便投身于戏班，不几年就唱成了当地小有名气的旦角。

还在襁褓中的小金顺，耳边就常回荡着父亲的练嗓音，身在祖母怀抱里的他，就在祖母手指着的蟒袍、官衣、褶子、帔前牙牙学语了。浸淫在梆子声腔气韵中的小金顺，打小也一样对唱戏情有独钟。祖父看了心喜，领小金顺投名班拜名师，十岁起勤学苦练，十四岁就唱成了好把式。

少年成名难免心高气傲。一九二六年腊月初八，高平城内的咽喉祠过会，写了郭金顺所在的戏班献演神戏。为表对咽喉神之虔诚，班主特意请上党名角赵群孩前来助阵演戏。赵群孩看戏班的台柱子小金顺生得气宇轩昂、口齿伶俐，仿佛看到了自己少年时代的影子，心里大为喜欢，又见其略显年少气傲，便有意要调教其一二。当天晚场演出上党皮黄《挂龙灯》，赵群孩领衔主演宋太祖赵匡胤，并提请少年郭金顺饰高怀德和自己演对手戏。小金顺闻听虽略感拘束却也跃跃欲试；班主听了当然暗暗替自家戏班里的小台柱子高兴。赵群孩拉过小金顺一道勾画脸谱，边画边闲谈，寥寥数语便打破生疏，拉近了彼此间距离。大幕开启，赵群孩饰演的赵匡胤和郭金顺饰演的高怀德顺次登场：

赵匡胤（唱）：

孤王酒醉桃花宫，
韩素梅生来好美容。
孤王的江山归大宋，
又来了进妃人儿他的名字叫韩龙。
他言说他的妹子好貌容，
跪在了皇府金殿口口声声来讨封，
孤王我一见龙心动，
亲口把他兄封国舅妹封在桃花宫。

高怀德（唱）：

一见昏王跪流平，
铁打的心肠软三分。
为了大宋锦绣江山，
咱同到敌楼去退兵。
万岁莫跪且请起，
皇嫂人马俺担承。

宋太祖赵匡胤听信韩龙谗言，酒后错斩了郑子明。郑妻陶三春反来，高怀德上殿与赵匡胤理论之时，好戏进入高潮。赵群孩炉火纯青的表演和极富韵味的唱腔，将赵匡胤追悔莫及而又极力维护寡人天威的帝王心态演绎得细腻传神、淋漓尽致。小金顺之前演《挂龙灯》里的赵匡胤一角也演得很好，可戏王如此精彩绝伦的演法，他还是头一次经见，一见就对赵群孩先生老道的表演功力佩服得五体投地。当晚的演出，二人配合默契，自然是大获成功。戏罢郭金顺就提出要拜赵群孩为师，此举正中赵之下怀。群孩先生素有提携后生之风，他见少年郭金顺聪明伶俐、天资俊伟，也正有栽培他成大才、光大上党戏声威之意愿。赵群孩先生应允了郭金顺的请求，戏班上下人等欢喜无尽。

不久后行过了拜师礼，少年郭金顺投在了赵群孩先生门下为徒。登入堂奥的小金顺如蜂入花丛，如蛟潜深潭，如探矿者发现了宝藏。师父赵群孩昆梆罗卷簧五音皆擅，生旦末丑四路不挡，在郭金顺眼中，师父不但是名角儿中的名角儿，更是一座取之不尽的富矿。如饥似渴的小金顺向师父孜孜求学，胸藏锦绣的赵群孩对徒弟殷殷相教。除过唱念做打、除过手眼身法步这些外在的练习，对于郭金顺这个现如今已小有名气的徒弟，师父赵群孩更侧重于培养他的内在修行，亲自带着他精心研读剧本，深入分析人物性格，仔细揣摩角色的内心活动，并将自己多年积累的舞台表演经验倾囊相教，毫无保留地传授给了爱徒郭金顺。并且一有机会，就让郭金顺和自己演对手戏。如此三年，在赵群孩先生的精心栽培下，郭金顺唱成了红极一时的名角儿，戏迷们爱称其为“小红生”。一九三四年，上党艺员赴省城公演，年仅十九岁的郭金顺因表现突出，得了“后起之秀”的缎幛。在上党梨园里，郭金顺被认为是最得赵群孩先生真传，最具赵群孩先生风采的上党梆子传人了。

一九四五年高平解放，组建国营朝阳剧团，由郭金顺出任团长；一九五四年，组建长治专区人民剧团一分团，郭金顺又被上调为该团团长。每到一任，郭金顺都兢兢业业、倾尽全力，严格管理剧团事务，认真演戏，精心带徒，演出了一大批精彩好戏，带出了一大批高足弟子。一九五六年，上党梆子赴北京汇报演出，选择传统连台本戏《昊天塔》中的第四本《忠孝节》作为演出剧目。此剧的主要内容是宋辽交兵，辽国兵败。萧银宗三关议和，代主践盟的佘老太君三关宴上怒责四郎杨延辉，萧银宗方知爱婿为仇家之子，气得当场吐血。四郎归宋，佘太君带子金殿领罪。朝廷赦杨四郎无罪，佘太君激愤痛斥逆子，最终四郎金殿碰死。经艺术提炼，赴京汇报演出去掉了《回朝》及《金殿碰死》等场次，保留《三关排宴》片段，汇报演出取得圆满成功，受到了首都文艺界的极大关注。一九五九年，《三关排宴》剧目参加山西省第三届戏剧观摩大会，会上被评为优秀剧目。长春电影制片厂导演张辛看过表演后，极力提议将其拍成电影。晋东南地委和长春电影制片厂一致提请著名作家赵树理出马，着手改编《三关排宴》的电影剧本事宜。其时的赵树理，已是蜚声中国文坛的大家，他也为家乡的上党梆子大戏能有机会被搬上银幕而高兴，欣然接受了《三关排宴》的电影剧本改编工作。工作伊始，他就确立了改编方向：“对于文化遗产，我们既要继承，又要发展，《三关排宴》的原作者是个大手笔，要改编人家的东西，必须得特别注意，叫我们的和人家的配得住才行”“佘太君不只是一个统帅，一个古代女英雄，而且是一个母亲，有着女性的慈祥，有着母爱”。据此原则，他将《三关排宴》改编得大气凛然而又有血有肉，既充分表现出了佘太君忠君的爱国情操、爱憎分明的民族气节、大义灭亲的浩然正气，也细致刻画出了她爱子心切、恨之不端的侠骨柔情，他改编后的《三关排宴》剧本，受到了戏剧专家的一致好评。

一九六二年拍成的戏剧电影《三关排宴》，由郭金顺饰演杨四郎、郝聘之饰演佘太君、吴婉芝饰演萧银宗，他们对剧本的认识十分深刻，对剧中人物的理解恰当到位，表演形神皆备，唱腔高亢激越而流畅贯通。吴婉芝，高平围城村人。打小就对戏剧表演着迷，先是在村上的秧歌班里学艺，《红罗山》《断桥》两本秧歌唱得有板有眼。消息传到了正想招女演员的高平朝阳剧团，顺利通过了面试的吴婉芝，被招进团中作为大有前途的好苗子培养。她勤学苦练，进步神速。不久朝阳剧团被连锅端划给了晋东南地区，成为长治专一团，台口大了，外出学习深造的机会也多了起来。一九五五年，吴婉芝参加了文化部举办的第一届戏剧讲习班，聆听了京剧艺术大师梅兰芳、程砚秋、马连良诸先生的教诲，眼界大开，技艺更上层楼。戏剧电影《三关排宴》拍摄时，唱演俱佳的吴婉芝成了萧银宗饰演者的不二人选。郝聘之，生于一九三六年，地主成分的家庭出身，使得她的少年生活愈加艰辛，十二岁时才勉强被屯留县绛河剧团收留学唱戏。她刻苦钻研，苦练内功，演《红罗山》里的祝英台，以嗓子好、扮相好、身段好的舞台表演评价而一炮打响。后被推荐参加了中国戏曲研究院举办的演员讲习班，聆听了大师们的讲座和教诲，表演艺术有了质的飞跃，成长为上党梨园里的知名角儿。长影制片厂拍摄《三关排宴》时，郝聘之是佘太君的扮演者。

电影《三关排宴》上演后，在全国引起了极大的反响。上党梆子从此成了举国皆知的剧种，郭金顺等人也因在影片中的突出表现，成为全国有名的戏剧演员。同年，郭金顺在北京国务院小礼堂为中央领导人做了专场汇报演出，周恩来总理、朱德委员长亲自观摩演出，李先念、乌兰夫、罗瑞卿三位副总理和包尔汗副委员长演出后还上台接见并与演员们合影留念。赶上了好时代，作为戏王赵群孩先生高足弟子的郭金顺，实现了师父梦寐以求的，让上党梆子走向全国的遗愿。戏王赵群孩先生如泉下有知，一定也会含笑九泉吧！

上党梨园在新的时代里焕发新生，除郭金顺、吴婉芝、郝聘之外，一大批前辈艺人也都受到组织重用，得到从未有过的尊重。他们在长期的舞台表演中，逐渐形成了自己的流派，使古老的上党梆子焕发出了青春，为后来上党梨园的“梅（花奖）”“杏（花奖）”绽放，打下了坚实根基。

改革开放后，在党和政府的大力支持下，艺人们用才华与心血反哺，使上党梆子进入了新的辉煌期。二〇〇六年，上党梆子被列入首批国家级非物质文化遗产名录，马正瑞、吴国华、张爱珍、张保平、郭孝明先后被确定为国家级“非遗”传承人。政府为他们成立了工作室，开门带徒，传承技艺，一大批优秀青年演员脱颖而出，在全省乃至全国的戏剧会演中连获大奖；同时一批新编优秀剧目斩获殊荣：《斩花堂》被长春电影制片厂拍成了戏剧故事片；《初定中原》《婶娘》被改编成了戏曲电视连续剧，在中央电视台隆重播出。其中引起巨大轰动的，还是由张爱珍、吴国华、张保平、陈素琴、杜建萍等人，先后获得的中国戏曲最高奖项——“梅花奖”。

上党梅花开五朵，高平独占四朵半：张爱珍，一九五九年生于高平市河西镇官庄村一个农民家庭，父亲张东林是村剧团里的骨干。擅长音乐的哥哥冯来生，发现小爱珍音调准确，嗓音洪亮，能随着胡琴伴奏，有板有眼地演唱喇叭里听来的梆子戏。一九七二年高平县青年戏曲培训班招生，哥哥带十三岁的小爱珍参加考试，一路过关斩将，终被录取。大粮山下定林寺里，小爱珍艰苦而充实的戏曲生涯开始了，学小旦学青衣，她一招一式虚心向老艺人求教。《皮秀英打虎》是上党梆子名角吴婉芝的成名作，为学到其优美的唱腔，张爱珍拜吴婉芝为师，老师倾力授艺，徒弟刻苦学艺，张爱珍深得吴婉芝真传。她嗓音甜美，唱腔婉转，深受戏迷们喜爱。柏扶疏先生赞其曰：“一唱碧虚月似霜，二声回荡杜韦娘。绕梁三日音犹在，卓女娇莲哭断肠。梆子调，爱珍腔，新翻檀板有清商。教坊从此开生面，响彻南天震北疆。”上党梆子音乐大家吴宝明先生评价张爱珍：“一是唱情，腔尽意不尽；二是传神，天籁之音摄魂魄；三是味浓，韵味绵绵耐品咂；四是易学，比比皆是仿效者。”广大戏迷对她的赞誉则比较直白：“看爱珍唱戏，四五天不睡；听爱珍唱腔，四五瓶不醉。”一九八二年，张爱珍获山西省中青年演员一级优秀奖；一九八四年，获晋东南地区特等演员奖；一九九一年，获中国戏剧梅花奖；一九九五年，获中国唱片第三届金唱片奖。如今的张爱珍是国家一级演员，国家级非物质文化遗产上党梆子代表性传承人，代表剧目有《皮秀英打虎》《姐妹易嫁》《梨花沟》《三关排宴》《斩花堂》《杀妻》《两地家书》等。吴国华，山西高平人。生于一九五八年，一九七三年考入晋东南戏剧学校，受其姑母——上党梆子名家郝聘之精心教诲，勤奋学艺，苦练硬功，学员时期已名扬上党。她集其母吴婉芝的唱腔、其姑母郝聘之的扮相，其父郝同生的排场于一身，扮相端庄大方，唱腔清脆俏丽，可谓戏剧世家走出来的一代名伶。一九八一年，她加入晋东南上党梆子剧团，立马就成了台柱子。在二十余年的舞台生涯中，她演绎了众多生动的戏曲人物形象，表演入木三分，出神入化。一九八〇年饰演《砍坛》《寄刀》中的林黑娘，获山西省优秀青年演员表演一等奖；一九八二年饰演《三关排宴》中的萧银宗，获山西省最佳青年演员奖；一九八四年在彩色电影艺术片《佘赛花》中饰演佘赛花；一九八六年饰演《借粮》中的樊梨花、《酒楼洞房》中的闫惜娇，获山西省主角金牌奖；一九九一年晋京演出折子戏专场，获第九届戏剧梅花奖；一九九九年饰演《初定中原》中的孝庄太后，获第六届中国戏剧节优秀表演奖。吴国华现为国家一级演员，享受国务院特殊津贴的专家。张保平，山西沁水县人。生于一九六〇年，一九七三年至一九七九年在晋东南戏校学习。多年的舞台生涯中，张保平塑造了众多的戏曲人物形象，以其扮相俊美、作派潇洒、唱腔刚柔相济、刻画人物准确而深得专家和广大观众赞赏。一九八六年演《杀妻》中的吴汉、一九八八年演《杀惜》中的宋江，均获山西省主角金牌奖；一九九八年晋京演出历史剧《初定中原》，以饰演多尔衮获第十六届中国戏剧梅花奖；一九九九年获第六届中国戏剧节优秀表演奖；二〇〇〇年获文华表演奖；二〇〇一年策划并主演了上党梆子第一部戏曲电视连续剧《初定中原》，获第二十二届飞天奖，现为国家一级演员。张保平是吴国华的丈夫，俗话说“一个女婿半个儿”，他的这朵梅花也有高平的半朵。陈素琴，一九七二年生于山西高平，幼年即喜欢戏曲。一九八四年考入高平艺校，毕业后进入高平市人民剧团，几年舞台磨砺，陈素琴在高平崭露头角。一九九七年，陈素琴在山西省首届艺术新秀选拔赛中获了头名；二〇〇〇年，陈素琴被民主选举为高平人民剧团团长，她带领团员们排演歌舞节目、招新人，推尖子演员，排演精品剧目；二〇〇一年，陈素琴带团创作的剧目《陈圆圆》，荣获第六届中国“映山红”民间戏剧节十二项大奖，她自己获演员个人一等奖；二〇〇二年，陈素琴获第十九届中国戏剧“梅花奖”；二〇一九年，陈素琴以上党梆子《太行娘亲》，获得第十六届文华表演奖。陈素琴是新一代上党梆子领军人物、国家一级演员。杜建萍，高平人，主攻青衣、小旦，师承著名上党梆子表演艺术家张爱珍。她嗓音圆润甜美、行腔委婉缠绵，被观众赞为上党梆子“爱珍腔”的忠实传人。二〇一五年，她以《长平绣娘》中的精彩表演，获得第二十七届中国戏剧“梅花奖”。

今天的上党梨园，已经呈现出以吴国华、张爱珍、张保平、郭孝明等老艺术家“举旗”，陈素琴、杜建萍、成静云等中青年优秀演员“担纲”，张敏丽、李岩、李丹、邱亚萍等年轻演员紧随其后的三大传承梯队，上党梆子后继有人。

上党梆子起于晋城，盛于晋城。晋城是上党梆子发展的热土，晋城是上党梆子名家成长的福地。上党梨园的后辈子弟们生生不息，名家辈出，赶上了好的时代，他们将会以极大的热情，创造出上党梆子新的更耀眼的辉煌。

参考资料

1. 李近义编著:《泽州戏曲史稿》，山西人民出版社 1989 年版。

2. 卢天堆、赵魁元:《上党戏王赵清海》，中国戏剧出版社 2011 年版。

3. 赵喜胜:《赵清海传》，山西人民出版社 2013 年版。

4. 韩晓莉:《被改造的民间戏曲》，北京大学出版社 2012 年版。

5. 山西省上党戏剧院编:《上党梆子剧本选》(内部资料)。

6. 樊秋宝主编:《经典阳阿》(内部资料)。